亀井俊介オーラル・ヒストリー

戦後日本における一文学研究者の軌跡

Shunsuke Kamei
亀井俊介

研究社

亀井俊介オーラル・ヒストリー

戦後日本における一文学研究者の軌跡

目次

1 第一部 時代を追って

第三部　学びの道を顧みて　259

第一部

時代を追って

THE STUDIES OF ENGLISH AND ENGLISH LITERATURA

英語・英文學

August. 1949　創刊号　Vol.1 — No.1

Robert Browning

Tennyson と並んで Victoria 朝詩壇の双璧である Browning は、日本でも上田敏氏の Pippa passes の名訳で英文学関係者以外でもよく知られている。彼の詩はしばしば難解だと云はれる。併し、それは彼の前をのみ見て理想に邁進した熱々たる精神に触れざる者の云ひぐさである。彼については本文中、「指輪と本」の解説に述べられている。

目次

巻頭言　菅井

戦争のために久しく振はなかつた学生間の読書熱研究熱が近頃頓に昂揚して来たことは真に喜ばしいことである。教科書を中心とした狭い勉強でなく広く英語、英文学に亘る自由な考究が生徒諸君の間に見られるやうになつて来た。英文学の伝統は必ずしも世界最古のものではないが其の連綿として尽きない英詩の伝統は深く且つ久しい。古代英語から久しく鳴りを静めていた英文学がチョーサに到つて其の礎を置き其の後三百余年にして大沙翁が現れて以来現代に到る英文学は真に目まぐるしい程の大詩人大散文家を矢つぎ早やに生み出している。

英国民は鈍重であるといはれるが堅忍持久正しきことをこよなく尊ぶ実際的である反面不思議に詩の境地に遊ぶことの出来る国民である。又中庸を歩む点でこの国民程の堅実さを持つた国民は他に無いであろう。第一時大戦后二十年にして第二時大戦に遇ふや一時は大英国も危しと思はれたのであるが良く窮地を打開して勝者としての地位を保つている。英語国民を思ふ時米国に於ても燦爛として文化の華を咲かせるであろうがこの二大英語国民は世界文化史に偉大な足跡を遺すであろう。

吾々がこの英語を学びつゝあつて其の文学の一端を味ふことが出来ることはこの上ない喜びであらねばならぬ。諸君がこの研究的態度を以て今回雑誌の発刊を企てたことは内容は諸君が初学であり専攻でないことを思えば完璧を望めないことであろうが、こうした企てが諸君の将来の大成に緒を与えて呉ることは確である。又自ら今后自国の文化を正しく理解する上にも少からず貢献するものとして其発刊を心から祝したいと思ふ。

この度吾等の学校の不慮の災厄はいろいろ今後の勉学に支障となることもあり得るが諸君の若き熱情と純真さを以つてよく克服し転禍為福の実をあげようではないか。

『英語・英文学』創刊号　昭和24年8月。

S・K「お月さん」は亀井俊介訳。P. B. Shelley, "To the Moon".

第一章　少年期から大学卒業まで

はじめに

僕ごとき者のオーラル・ヒストリーを記録していただけるのは、望外の喜びです。で、どういうことを話そうかと思ってきたのですが、僕は今月（二〇一二年八月）で満八〇歳になります。平凡な人生だったけれども、平凡さの中で、自分が見て唯一目立つ特色のようなものがあったとすれば、それは学問一筋の人生だったということなのではないかと思います。で、このオーラル・ヒストリーは、自分の学問の跡を辿ることを中心にしてお話させていただきたいと思います。

学問一筋といっても、自分で見て三つくらいの道をあっちに行きこっちに戻りしてきたように思います。①アメリカ文学　②アメリカ文化　③比較文学・比較文化と三つの道です。しかも、その三つが交叉したり離れたり、重なったりしている。そこを僕はよたよた歩いてきたわけですが、しかしその有様を語ることによって、第二次世界大戦後のこれらの分野の学問史の一端を語ることにもなるかもしれない。そんな大それた気持ちももって、まとまらない話をさせていただきたいと思います。

軍国少年から文化少年へ

僕は昭和七年（一九三二年）、岐阜県中津町に生まれました。今の中津川市です。濃尾平野が木曾谷にさしかかる入口の田舎町です。小学校を卒業したのは昭和二〇年（一九四五年）です。年譜をご覧いただくと岐阜県中津東国民学校卒業とありますが、入った時は小学校だったんですけれども、昭和一五年頃に小学校が国民学校と呼称が変わってしまったのです。変わったのは呼称だけではなくて、学校の実質も、日本の軍国政策にうまく適合する国民をつくる学校ということになったのです。小学校の後半、僕はまったく軍国日本の中で成長した軍国少年であったと思います。気の弱い虚弱な少年なのにほとんど典型的な軍国少年でありました。

その昭和二〇年は日本の敗戦の年ですから、物がなにもない時代で、卒業写真というものもできなかった。それで卒業生たちが寄せ書きをしてみんなで卒業記念とした（次頁参照）。画用紙のようなものに寄せ書きしたのですが、それがいわば卒業記念で、僕には非常に貴重な財産です。どういう寄せ書きかというと、みんな軍国少年ですから「必勝」とか「必死必中」などというすごい文句ばかり。僕自身は実に下手な字だなあと思うが、「見敵必殺」という文句を書いておるんです。「平和」とか「人生」とか「友情」なんてものは一つもなくて、みんな戦争に結びついた文句で寄せ書きをやっています。ひどい時代だったんだということを痛感します。そういう軍国少年として小学校を昭和二〇年に卒業します。

中学校は恵那中学校という県立の中学校、もちろん今でいう旧制中学校ですが、そこへ四月に入りま

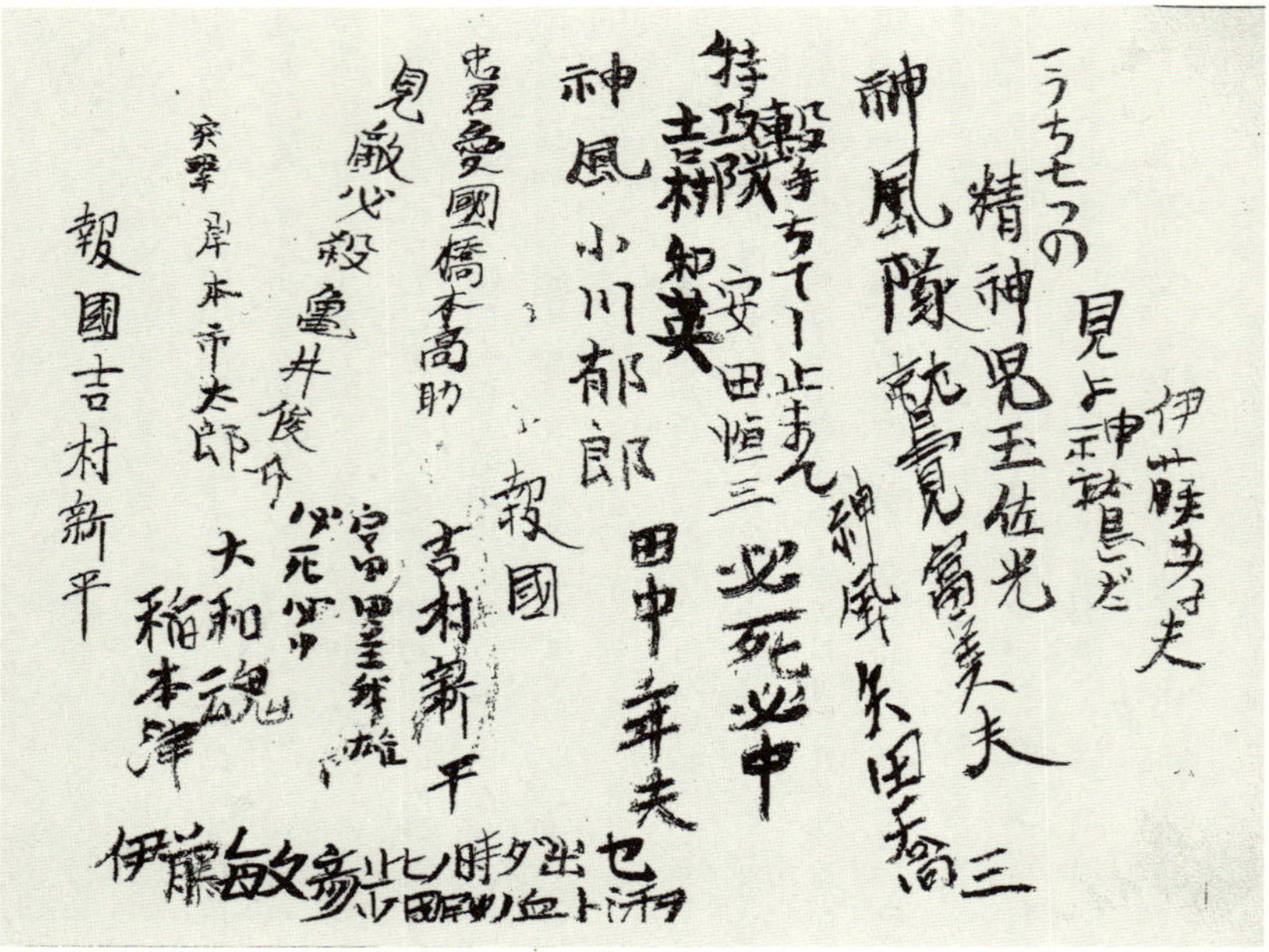

岐阜県中津東国民学校卒業記念寄せ書き
昭和20年3月

した。が、八月に終戦というか敗戦になり、世の中、急転換するんです。この転換のすごさは、文字通り筆舌につくし難いです。日本は平和国家とか文化国家とかをスローガンにし、国中が文化、文化と言い始めて、僕はその真っ只中の中学校の一年生で、文化熱に煽られっぱなしでした。軍国少年が文化少年に急転換させられる。しかし嫌ではなかったですね。軍国よりは文化国家の方がどんなに軽薄でもどんなによかったか。生活がようやく自分のものになった感じですからね。

しかもそういうふうに文化、文化と言う時の文化のお手本はアメリカの文化でありますから、アメリカを知りたい思いがたかまります。今から六〇数年前のことだから、いろいろがぼんやりしてしまっているみたいなんだけれど、よくあんなに転換したなあと自分でも思います。軍国少年は当然アメリカを敵国と見ていた。それが急に約百八十度転換してアメリカを文化のお手本と見るようになったわけです。ここではっきりさせておきたいんですけど、アメリカは僕の生涯の探求材料になりますが、僕にとってアメリカはどれだけ親しくなっても、基本的には外国なんですね、自分とは違う国なのだという思いが強い。抽象的な違いじゃない。はっきりリアリティを持って違うんです。

アメリカは敵にしてもお手本にしても、日本とは違う国なんですよね。僕はアメリカ文学を読む時に、いつもアメリカの国だとか土地だとかを思い浮かべながら読みますね。どういう作家を取り上げても、この人のバックにあるアメリカは何だろうかという気持ちが働くのです。こんな話をし始めましたのは、つい先日、僕の東大時代の教え子で今は日本のアメリカ文学界でトップにいる平石貴樹さんが『アメリカ文学史』（松柏社、二〇一〇年）という本を出版したものですから、そのお祝いの気持ちもあって、著者の平石さんと対談をしたんです。文学史とはどういうものかということをめぐって（『図書新聞』二〇一一年一月一四日号掲載）。ところが平石さんの文学史は、アメリカの国だとか民族だとか、そんなことにはあまり興味がないみたいなんです。小説とはどういう成り立ちのものかということをめぐって内容が進んでいく。それはそれで大変いいんですけれども、僕には文学史というもののバックには国家、民族の精神文化風土といったものがあるはずだと思えてならない。そこで対談の最初の方に、「平石さん、大変いい文学史だけれども、あなたと僕とは世代が違う」と僕は言ったんですね。彼は「いや、世代じゃなくて文学に対する態度が違うんじゃないですか」と言う。世代というのは間違っているかもしれないが、僕はたったいま言った軍国少年から文化少年への転換という経験がバックにあって、文学史を見ている。だから文学史の背後にある「アメリカ」の存在が重くのしかかってくるんです。平石さんは戦後に成長していますから、軍国少年の経験は全然ないし、僕の言う意味での文化少年でもなかったんでしょうね。だから小説の自立した成り立ちなんてことに関心をもてるんじゃないか。その辺の違いが同じアメリカ文学研究者でも違いを生んでくるわけなんです。ともあれ僕はそういう大変動の時代に成長した人間として、自分流の文学史観をもって、文学研究をしてきたように思っております。

戦後の中学

そういうふうな大転換をしながら僕は中学生として勉強し始めました。当時、学校の制度も次から次へと転換していましたね。年譜をご覧いただきますと、僕は昭和二〇年に岐阜県恵那中学校に入った。

八月が日本の敗戦。その二年後、昭和二二年（一九四七年）四月に岐阜県恵那中学校併設中学校三年に編入しています。中学校併設中学校っていったい何だとお思いでしょうけど、いわゆる六三制で新制中学というものができたんですね。僕は旧制の恵那中学校の三年生に進級したわけですが、制度上はそれが新制中学校にならなければならない。それで、旧制中学に併設の新制中学の三年生に編入という形になったのです。そういうこともあって、履歴書を正確に書くのはたいへんに面倒なんです。

ところが併設中学三年生になった翌年、昭和二三年に旧制恵那中学校がそのまま新制恵那高等学校に昇格しましたから、僕はその年、その新制の岐阜県立恵那高等学校に入学ということになった。その一年生ですね。そしたらこんどは六三制の次に学区制というものができた。僕は中津で生まれて成長したんですけれども、中学校は汽車で二駅乗っていく恵那という町にありました。中津には高等女学校が昔からあって、明治時代からあった古い女学校なんです。中津の方が恵那よりも町としては大きいんですけれども、すでに女学校があるから、中学校は恵那の方につくられた。ですから、そこへ通っておったんです。そうしたら、今度は学区制で、基本的には自分の住んでいる土地の学校へ通えということになった。で、中津にあった旧制女学校がこれも昇格して中津高等学校になったものですから、そこへまた移らされました。自分から進んで行ったんじゃないですよ。行かされたわけなんです。そんなわけで、昭和二四年（一九四九年）に岐阜県立中津高等学校の二年生に編入ということになります。

ところでもうひとつ大事なのは、それと同時に男女共学になったことです。これはものすごい大事件で、僕は持論のようにいつも言っているんですが、戦後の日本の変革の中で、最も重要なことの一つじゃないかしら。男女共学について、教育史の本でいろいろ言っているが、ぜんぶ制度上の話ばかりなんですね。制度の変革も重要だけれども、当事者たち、当時の中学校や女学校の生徒たちがどういう精神的な衝撃を受けたり、勉学上の影響を蒙ったりしていたかということを、もっと調べてほしい。教育史家はあまりそういうことには興味がなくて、制度面のことばかり言っている。その辺が残念です。女性ばかりの学校に移ったことの衝撃は僕にはたいへん大きかった。最初は、恵那中学校の生徒たちは女の学校なんかへ行ってもしょうがないと偉そうに言っていた。女学校の方もみんな、自分の学校の方がはるかに古い名門校なのに、恵那中学校なんていうところの連中が来て何?と反発して、ストライキをしようと言っていたそうです。両方ともそういうことで突っぱって頑張っていた。ところが一緒になってみると、とにもかくにも幸せになっちゃった。いろいろあったね。一種の文化革命だったと思うんです。人生観も世界観も大きく変容していったと思います。

英語少年

そんなふうにして、僕は中学校時代を送った。入った時はまだ戦争中でしたね。恵那中学校というのは地元の人たちは名門中学だと言っている学校で、一種の誇りみたいなものがあって、ある程度リベラルな面もあったと思います。戦争中、英語の授業は全国いろんな学校で敵性外国語というので禁止になっちゃったそうですけど、恵那中学校ではまだ一応授業があった。その時の担任の先生、鎮目義四郎先生といわれたけれど、その先生が一番最初の授業の時におっしゃったことをいまだに忘れていないんです。君たち、敵性英語でも勉強しなければいかん。どうしてかと言うと、敵の兵隊を捕虜にした時に尋問しなきゃいけない。尋問するには英語が必要だと。それが僕の英語の勉強の出発点なんです。それから鎮目先生という英語の先生、今も立派だったなあと思うのは、最初に発音記号から教えはじめられたんですね。大変いい発音を先生は教えられたと思っています。ああ綺麗なもんだなあと思ってましたから。授業の中身も面白かった覚えがあります。ところが敗戦になって、鎮目先生は知らん間にどこか東京の方へ行ってしまわれた。戦争中、疎開で田舎へ来ておられただけだったのかしら。

僕の中学校時代は、今から思うと、先ほど申しました文化少年でしたけれども、もっと端的に言えば英語少年でしたね。「英語青年」じゃないですよ。英語が好きでしょうがない少年だったと思います。たまたまいい先生に巡り合ったということが大きいんですけれども。恵那中学校の二年生になった時に、岩井慶光という先生、早稲田大学出身の方でしたが、その先生が英語の先生としていらして、鮮明にイメージが残っている。校庭で先生が新任の挨拶に壇上に上がられて、文学青年ふう、非常に文学青年ふうで、ワーズワスの話をし始めて、英語で詩をちょっと朗読なさった。何言っているか全然わかんないんですけれど、英語って、なんか面白そうだなあということを痛感したことを覚えております。ご専門はたぶん英語学で、後に愛知学院大学の教授になられました。

その先生の英文法の話なんかも、面白くてしょうがなかった。たとえば現在完了というものを初めて習った時に、現在完了は時間がゼロになった時だというんですね。すべてが集約する時だともいう。何言っているかわからないけれど、なんだか詩的で面白そうだなあと思って。そういう説を立てたのは細江逸記という人だと先生が言って、細江逸記という人の名前も記憶に残って、その後、大学に入ってから細江逸記さんの『英文法汎論』という大きな本があったから、買ってきてめくってみたけど、僕には記憶に残っている岩井先生の話の方がはるかに面白かった。

岩井先生の次に、たぶん僕の三年生の時、幸脇多聞という先生がみえました。その先生は東京高等師範学校、後の東京教育大学（現筑波大学）の卒業後、新任早々で母校である恵那中に来られて、英語を教えられた。これも興味津々で、夢中になって勉強したと思います。年齢も近かったから、兄貴分のようにも思って、授業だけじゃなく、いろいろ教わったんです。ずっと後になってからですが、幸脇先生がいろんな人におっしゃっていたのは、英語の試験問題をつくる時に、教科書とは関係ない、いわゆる応用問題では、亀井が解答できないような問題にしてみようと思っていろいろやってみるが、ちゃんと答えちゃうもんだから、楽しく懸命だったそうです。そんなふうに英語少年だったと思います。

中津高校へ移ってきてから、今度は菅井宰吉という先生がいらして、もともと実業方面の学校の出身の方だったんですけれども、英語が好きでしょうがなくて英語の先生になっちゃったという人で、一種のたたき上げの英語ですね。だから教え方に迫力があったみたい。僕はこの先生のクラスには当たらなかったけれども、なんとなく目をかけていただいたのね。先生は教頭であって、若い先生や卒業生たちなんぞに課外でシェイクスピアを読もうと呼びかけて、ご自分で講読なさってた。で、『ハムレット』を読まれていた時、間違えて僕がその部屋に入って行っちゃったことがある。「亀井君、ちょっとここに坐っていなさい」なんて言われて、結局最後まで聴くことになっちゃった。『ハムレット』の何が面白いのか分からなかったですけれどもね。それからある時、島崎藤村の『夜明け前』を英訳したいなんて思いつき、先生にそれを見てもらえるかとうかがったことがある。添削してほしいわけね。チンピラの英語少年がそんなこと言ってきたって、普通は相手にしないで放っておくところです。が、先生は「いいよ、持ってらっしゃい」と言って下さり、何度か翻訳しては先生のところに持っていって、添削していただいた。それを整理し、反省して、またやる。ずいぶん熱心にやっていたつもりですけれども、一年間かかっても原文でいえば、二〇頁位だったでしょうね、せいぜい。

文化会のこと

さて、そんな英語少年で、文化少年だったんですが、僕だけが文化少年だったんじゃないんです。仲間たちも当時大勢が文化少年でした。男女共学で一緒になった興奮状態もあったと思います。中津高校の二年生に編入された時に、女生徒たちとも相談して、「文化会」という名の組織をつくった。そして雑誌を出そうということになった。雑誌といっても、戦後の何もない時期ですから、泉貨紙という安っぽい紙に、ガリ刷り屋——当時は活版の印刷屋なんてほとんどなくて、ガリ版の印刷屋があちこちにあったんです——に頼んで文字を切ってもらってつくったんです。それで出したのが『道草』という雑誌です(次頁参照)。安っぽいぺらぺらの雑誌ですけれども、当時の貧乏な、めしを食うのが精一杯の頃にお金を出し合ってつくったわけです。これを僕は大事に、全部とってしまっておる。当時の紙だから、ぼろぼろになっちゃってます。コピーもしにくくて、綺麗に出ないんです。それでも僕には重要なもの

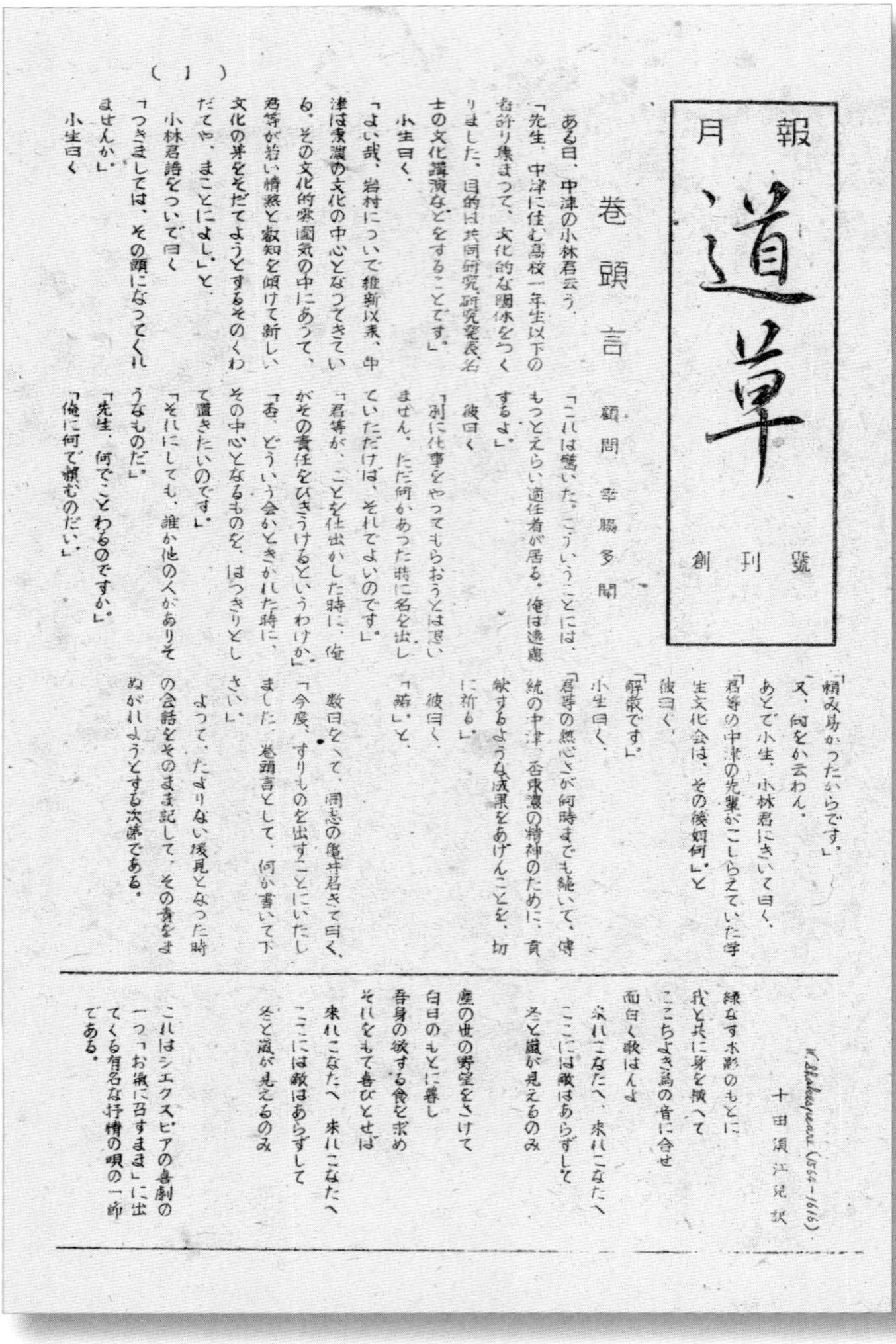

月報
道草
創刊號

巻頭言

顧問　幸脇多聞

ある日、中津の小林君云う、

「先生、中津に住む高校一年生以下の者許り集まって、文化的な團体をつくりました、目的は共同研究、研究発表、名士の文化講演などをすることです。」

小生曰く、

「よい哉、岩村について維新以来、中津は東濃の文化の中心となってきている。その文化的雰囲気の中にあって、君等が若い情熱と叡知を傾けて新しい文化の芽をそだてようとするそのくわだてや、まことによし」と。

小林君語をついで曰く
「つきましては、その顧になってくれませんか」

小生曰く
「これは驚いた。こういうことには、もっとえらい適任者が居る。俺は遠慮するよ」

彼曰く
「別に仕事をやってもらおうとは思いません。ただ何かあった時に名を出していただけば、それでよいのです。」

「君等が、ことを仕出かした時に、俺がその責任をひきうけるというわけか。」

「否、どういう会かときかれた時に、その中心となるものを、はっきりとして置きたいのです。」

「それにしても、誰か他の人がありそうなものだ。」

「先生、何でことわるのですか。」

「俺に何で頼むのだい。」

「頼み易かったからです。」

「又、何をか云わん。」

あとで小生、小林君にきいて曰く、

「君等の中津の先輩がこしらえていた学生文化会は、その後如何」と
彼曰く、

「解散です」

小生曰く、

「君等の熱心さが何時までも続いて、傳統の中津、否東濃の精神のために、貢献するような成果をあげんことを、切に祈る」

彼曰く、

「諾」と、
数日をへて、同志の亀井君きて曰く、

「今度、すりものを出すことにいたしました。巻頭言として、何か書いて下さい」

よって、たよりない後見となった時の会話をそのまま記して、その責をまぬがれようとする次第である。

(1)

W. Shakespeare (1564-1616)

十田須江児　訳

緑なす木影のもとに
我と共に身を横へて
ここちよき鳥の音に合せ
面白く歌はんよ
来れこなたへ、来れこなたへ
ここには敵はあらずして
冬と嵐が見えるのみ

塵の世の野望をさけて
白日のもとに暮し
吾身の欲する食を求め
それをもて喜びとせば
来れこなたへ　来れこなたへ
ここには敵はあらずして
冬と嵐が見えるのみ

これはシエクスピアの喜劇の一つ「お氣に召すまま」に出てくる有名な抒情の唄の一節である。


『道草』創刊号　昭和23年11月。

十田須江児は亀井俊介。

Shakespeare, *As You Like It,* 第2幕第5場よりの翻訳。

なんです。幸脇先生に顧問になってもらって、みんなで頑張って文章書いたりなんかして。

これについての思い出を話していると時間ばかり食いますから省きますけれども、ちょっと中をめくってみますと、たとえば創刊号（昭和二三年）に僕はシェイクスピアの『お気に召すまま』の中のソングを翻訳しておる。下手くそな翻訳ですけれど、一所懸命訳していたなあと思いますね。文化会ではいろいろグループをつくって、たとえば歴史研究グループとか社会研究会とか、高校二年生にしては勉強していた。その中で僕は語学研究会の中心になっていたみたい。「日本語の歴史及び特色」なんてすごいテーマについて発表しています。誰かの論文を読んでそのまま喋っていることは間違いないんですけれどもね。でもとにかく一所懸命やっていたですね。

それからクラス雑誌もつくったんです。その頃よっぽど情熱があったんですね、なにかを発表したい、なにかをしたいという情熱が。文化会の『道草』にならって、それぞれのクラスが雑誌をつくったんです。僕のクラスは担任の先生が辻という女の先生だったものですから、その名をお借りして『よつつじ』という名前をつけた。そういう雑誌をみんなでお金を出し合ってつくったんですね。これを見ると、どうも僕は一所懸命やっていたんじゃないかなあと思う。もともと女学校だった学校ですから、女子生徒の方が圧倒的に多く、その子たちの力で雑誌は出来たんだけど、編集は僕が中心になっていたんじゃないか。そしてこちらの方にも、僕はシェリーの詩を翻訳したりとか、そういうことをちまちまやっていた。

『英語・英文学』

もうひとつだけここで紹介しておきたい「文化」活動があります。『英語・英文学』という、同じようにガリ版刷りの雑誌です（本章扉図版参照）。これがこんど、書庫の隅から出てきてびっくり仰天、こんなこともやっていたんだなあと感無量です。英語は単なるコミュニケーションの手段ではなく、文化そのものであったんですね。

この雑誌を編集したのは僕じゃないんです。奥付のところに小林正雄という名前が載っていますが、高校時代の大親友だった男です。この小林君の方が僕よりもっと英語少年だったなあと痛感する。多分青山学院大学の英文科に進んだと思いますけれども、当時はまだ高校二年生ですよ。高校二年生が、明瞭に『英語青年』の模倣なんですけど、『英語・英文学』という雑誌をつくっていた。菅井先生に顧問になってほしいと頼んで、先生もしょうがないから承諾して原稿をくださるんですけれども、先生たちの原稿よりも仲間の原稿の方が僕には面白い。というのは先生たちのはまともな内容なんですけれども、まともだからつまんないわけなんです。仲間が、たとえば小林君自身だろうけど、「英国劇の起源」なんていう論文を出しておる。そんなの書けっこないわけ。どこかの論文を読んで紹介しているだけに違いないと思うんですけれども、頑張って、ほとんど一〇〇％受け売りにしても、とにかく自分の文章にして発表することに懸命になっていた。その意気込みがなつかしいです。

これが『英語青年』の模倣だということは、こんなことからも分かります。当時の『英語青年』は執筆者の多くが頭文字だけの略符号で署名していた。たとえば、福原麟太郎さんが『英語青年』の編集長を長いことしておられたけれども、福原先生はR.F.というような署名をしておられた。福原先生は一つの号にいろいろな記事を執筆しておられますから、主要論文は本名で発表されるが、短い埋草類はR.F.でいく。それはそれで十分わかるんですけれども、僕ら田舎の高校生はそれを真似たいわけです。格好いいと思って、みんな同じように頭文字で署名しておった。僕は勿論S.K.で署名してね、この『英語・英文学』にもシェリーだったかキーツだったか、翻訳を載っけた。とにかく、こういうのが地方の文化少年。そして文化的努力の大きな部分は英語の勉強ということでね。英語を学ぶことは文化創造の営みだったんですよ。それも全く遮二無二で、勝手にみんなでごちゃごちゃやっていただけの状態ですけれどもね。

そう、ばかばかしいことをやっていたけれども、この署名ということに関連して、小林君のことをもう少し話しておきたくなりました。『英語・英文学』の中心者だった友人です。小林正雄君は僕よりも二〜三歳年上で、予科練という、あれは正式にはなんというんですか、海軍飛行予科練習生――つまり戦争中、中学四年生くらいで軍隊に入って、飛行機の操縦とかなんかを特別に指導される、そういう少年兵――になっていた。予科練に入るには頭もよくないといけないんですが、小林君はそれになっていて、敗戦になったものですから中学校へ戻ってきた。ところが予科練は神風特攻隊の予備軍みたいなもんですから、生とか死とかという問題をしょっちゅう考えていたに違いない。そういう青年が中学校へ戻ってきて、年下ののほほんと生きておる者たちと一緒になったもんですから、たぶん一種のやりきれない思いというか、これから自分はどうやって生きようかというような思いをいっぱいかかえてしまったと思われます。

この小林君、僕らとはほんの二〜三歳の違いですけれど、そのころの二〜三歳の違いは大きいですね。そして思考のありかたが向こうの方が深いというか進んでいる。そういうのが付き合ってくれていた。多分いろいろな悩みを持っておったと思うんですけれども、そういう悩みをとにかく前方へ、前進する方へ、自分で引っぱって行っていたと思う。そしてその引っぱった方向が英語英文学なんですね。だからもう遮二無二の英語英文学で、学問的なんてこととはまったく関係ないんです。とにかくひたむきに突き進んで、みんなを引っぱって、今しがた紹介したような雑誌『英語・英文学』を作ったりとか、そういうことをやっておった。

さてその小林君が高校時代の親友となったわけで、僕を亀井とか亀ちゃんとか呼んで、いつも一緒におったんです。で、さっき署名の話が出ましたけれども、僕は基本的に学者がペンネームを使って文章を発表するということは嫌いなんです。自分の本名でもって勝負せよ、というのがいまの僕の基本姿勢なんです。しかしその高校生時代は、何となくペンネームがしゃれているようなつもりで、自分もペンネームを工夫して使ったりしておったんですけれど、小林君はそのペンネームの使い方がぜんぜん違っていた。違うというのは、たとえば「名無し」というペンネームを、それもロシア文字で書く（нанаси）。何だこれは、と言ったらそれは「ナナシ」と読むんだと言う。どういう意味？　と聞いたら、うん、俺は名前が無いんだ、というようなことをすらっと言うもんですから、ますます意味が分からなかったですね。それから次には「クーリーになる」というペンネーム。またそれが字を工夫して、名前のように書いている（苦力二勿留）。クーリーというのはご存知のあの中国の肉体労働者。その「クーリーになる」というペンネーム。いろいろそういう種類のペンネームを使っていた。

それがある時、亀ちゃん、きみの名前はいい名前だ、亀井俊介という名前。その名前を俺にほしいと言う。ひとつ雑誌を一緒に作っておって、これまで僕の名前だったものがそっちに移っちゃうっていうのは、それはやっぱりおかしいと答えると、いいじゃないか、俺はペンネームが見つからないんだと言う。ま、それはつっぱねましたけれども。そういうことを今思い出すと、ああ、彼は本当に自分が何者なのか、どう生きていったらいいか分からなくて悩み、それがペンネームの悩みにもなっていたんだな、と理解できます。しかしこちらのチンピラどもに先輩ぶっていろいろ深刻そうな話は一切しないで、とにかくそういう生き方でもって英語英文学に突っ走っていたんですね。僕ののほほんとした英語少年ぶりとずいぶん違っていたんだなあと痛感します。雑誌『英語・英文学』はたぶん一号だけでつぶれたけれども、戦後の混乱した精神と、そこから出てきた熱気の産物として、僕はたいへん大事に思っています。

英米小説にひかれ出す

さてそろそろアメリカ文学をどういうふうに読み始めたかという話に移りたいと思います。記憶にある限りでは、僕が初めて本格的なアメリカ文学作品を読んだのは翻訳で、ノーマン・メイラーの『裸者と死者』です。これが、ああいう小説ですから、猥褻だということで発禁になった。上中下三冊本で出たんですが、原書の出版が一九四八年で、翻訳はその翌年ですね、昭和二四年一二月二五日に上中下三巻（山西英一訳、改造社刊）の上巻が出て、二五年一月一七日に発禁処分になったんです。ところがこれは戦後初めてできたアメリカの本の翻訳出版制度で許可されたものなのです。占領軍当局が何冊かの本の翻訳出版を許可するというようなことを広告し、日本の出版社が競って応募して許可を取って出版するという方法でしたから、高い版権料を支払うことにもなったんですけれどもね。『裸者と死者』もそういう方法で出版されました。ということは、占領軍が出版を認めているということになるわけですね。日本の検察当局は発禁にしたんだけれども、出版社がこれは占領軍がOKしている出版だと抗議したら、日本の検察当局はすぐに引っ込んじゃった。発禁と言ったその二日後に発禁を撤回したんです。そういうことで新聞が大騒ぎしましたから、僕もどういう作品かしらと思って、買ってきて読んだんだと思います。面白くてしょうがなかった。日本の小説にはまったくない物凄いスケールで、文章も強烈な表現をいっぱいしている。日本の小説とはまったく違う面白味がアメリカの小説にはあるんだということを痛感した。その辺が僕がアメリカ小説に興味をもった原点だと言えると思います。

同じようなことでもうひとつ僕に重要だったのは、英文学ですけれども、D・H・ロレンスの『チャタレー夫人の恋人』。もちろん、原書の出版は一九二八年で古いですけれども、伊藤整の完訳が昭和二五年四月から五月にかけて出版された（小山書店刊）。これは上下二巻本ですが、やはり発禁を食った。検察当局は一回失敗しましたから、今度は慎重に準備して、同年九月に猥褻文書ということで告訴しました。こちらは正式の裁判となりますね。昭和二六年五月、公判が始まりました。ちょうど僕が大学に入った頃じゃなかったかな。それで先と同じように興味をもった。猥褻とはどういうことかをめぐって、延々と続く裁判で検察側と弁護側両方が証人をいろいろ呼んできて、さまざま意見を述べてもらった。当時の日本の文化界を代表するような人々の証言というので、新聞紙面をにぎわしていました。翻訳出版に若干でも批判的なのは斎藤勇さん。土居光知先生もそうですね。そのお二人とも作品がいかんとは言っていない。全文をそっくり翻訳するということは今の日本の状況ではどうかというような慎重な意見なんですけれども、一応出版に対して批判的だった。それに対して被告側の弁護人が福田恆存。そして翻訳出版を積極的にいいんじゃないか、こういう小説を理解することも必要なんだと応援したのが、福原麟太郎さんとか、吉田健一さんとか、英文学ではそういう人たち。波多野完治さんなんかも、文章心理学の先生ですが、たいへん積極的にバックアップしていた。こういうチャタレー裁判もあったりして、僕はロレンスに非常に興味をもっていったんです。

アーミー版の思い出

発禁のことから話が飛んじゃいましたが、中津の高校時代には名古屋へ古本屋めぐりに行くことが一番の楽しみでした。その頃はもう本キチになっていたのですね。大体二か月に一回くらい、貯めておいた小遣いを全部持って、中央本線の汽車に乗って約二時間かけ、名古屋に出て、古本屋を見て回るということをやっておりました。当時、松坂屋の大津通りを挟んだ反対側に古本屋が並んでいたんです。今はもうほとんどないですね。大津通りを大須のあたりまでずーっと古本屋があり、松坂屋デパートにも古本室があった。つまり、新本がまだあまりないので、古本がもてはやされていたんです。

それから広小路通りに露天商が並んでいたんですね。もちろん大部分は食べ物屋ですが、ところどころに古本屋がある。屋台の古本屋です。屋台ともいえない、地面に古本を置いているだけだったかな。そういう店に当時の占領軍の兵隊たちが持っていたペーパーバックの、たとえばヘミングウェイの小説だとかスタインベックの小説だとかいうのが出ておるんですね。ポケット版の、だいたい兵隊たちが読んでいた本ですから、汚れた商品になっちゃっているんですが、そういうのが並んでいて、これは知らない人が多いと思いますが、僕らの先輩たちは兵隊文庫と呼んでいた、アーミー版と呼ぶ人もいた。アーミーつまり陸軍ね。アーミー版のポケットブックなんです。

僕もずっとそれを「アーミー版」と呼んでおったんですが、今日ここで話すというのでね、正式には何というのだろうかと思って調べてみたら、“Armed services edition”というのが正しいらしいのです。Armed services、軍隊ね。つまり普通のペーパーバックの版権を軍隊か何かが買い取って、兵隊に無料配布する本を作ったわけ。ポケットサイズの本の見開きがアーミー版では一ページに入っているんです。当然、横長です。なんとなく読みにくいというか、詰まった感じで余裕がない。ただ値段が安いんです。僕は高校生ですから、記憶では二冊ぐらい買ってきただけのような気がします。今から思い出すと、一冊はスタインベックの短編集か何かだったんじゃないかしら。難しいものはとても読めないから、ちらっと見て、「この程度の英語なら」と思って、またスタインベックはたぶん名前くらいは知っておって買ったのでしょうね。それから、もう一冊は多分ヘミングウェイだったと思います。でも本のつくりがちょっと読みにくいし、その後は普通のポケット版が出まわり出したから、そちらをちょいちょい買ってきた。全部通読するのはたいへんで、短編集だと、短かそうなのを一、二篇読んで、閉じてしまうような読み方をしておりました。ただそういうこともあって、名古屋の広小路は僕のアメリカ小説への好奇心を養ってくれた道路として懐かしいですね。

アメリカ文学者のうち、このアーミー版で成長したのは、僕より数年早く生まれた先輩たち。有名な方では佐伯彰一さん。それから井上謙治さん、佐伯さんよりもう少し若くて、僕より三〜四年先輩ですけれども、その辺くらいまではアーミー版をジャンジャン読んだと、ご本人も言っていたので間違いない。僕はもうちょっと若かったわけです。

大学時代

さあ、そんなことで高校時代を終えて、昭和二六年（一九五一年）に大学に進むことになります。東京大学教養学部に入りました。そこから話は一挙に飛んじゃいまして、専門課程は文学部英文学科です。僕は後に教養学部教養学科のアメリカ科で教えたり、そこの主任なんかもやってたりするので、多くの人から教養学科出身ではないかと言われるけど、そうじゃなくて、文学部に進んだ。教養学部教養学科は秀才たちの学科でね、単なる学校秀才から本物秀才までがいろいろ集まっていた。僕は秀才嫌いでした。田舎の「文化」少年をひきずっていたんでしょうね。もうちょっとのんびり勉強したいという気持ちがあって、それには文学部に行った方がいいと思ったんです。文学部ではもちろん仏文科、独文科などいろいろ選択しうるのですけれども、やっぱり英語少年でしたから、自然と英文科へ行った。卒業論文は、さっきの話でＤ・Ｈ・ロレンスに興味を持っていましたから"The Later Years of D. H. Lawrence"（「晩年のロレンス」）という題。これを提出して、昭和三〇年（一九五五年）に英文科を卒業したということになります。

❖インタビュー

藤岡伸子　いろいろお話を伺っている中に、後の亀井先生の原点というか、原型というものが、もう既に高校までの中にいっぱい仕込まれていたという印象を受けました。軍国少年から文化少年に変わった時の内面的な変容はどのように遂げられたのですか。特に軍国少年らしい一言を書いたところから、私の知っている文化少年の亀井先生に移り変わられた時に、何か葛藤めいたものはなかったのですか。

亀井　それはあまりなかったような気がします。とにかくあまりにも急に変わりましたから。自分が幼すぎたこともあります。ですから時代の波に流されているだけの話であって、自分がどうあるべきかなんて、あまり深く考える余裕もなかったんじゃないかしら。いや、その時は一所懸命に考えていたのかもしれませんが、どちらかといえば戦後の「文化熱」が僕には多分心地よかったんだと思います。文化熱を鼓舞されることに対する反感というものは、あまりなかったんでしょうね。自然にそちらにのめり込んでいったと思います。

僕は思うのですが、後の知識人たちはその転換点の辺りのことを、なんかむつかしい説明をしたがりすぎるんじゃないか。占領時代のデモクラシーは浅薄でごまかしだったと、その面をむやみと強調したりしてね。けど、戦争が終わった解放感は、ものすごく大きかったと思うんです。戦争中の軍国熱に焼き焦がされていた少年には、本当に涼やかな風が吹き込んだ感じだった。もちろん瞬間、瞬間に、「文化ってなんだ」ってことは思いました。昨日まで「鬼畜米英」などと言っていた先生が、今日から一挙に正反対となり、「あの先生、信用できない」というようなことは思っていましたがね。結果が心地よければ、それは許すのね。だからいろいろな反応はあったけれども、今から思って、もっと深い考察をする少年であってほしかったと言われても、幸か不幸か僕はそうじゃなかったと思いますね。

犬飼誠　今の先生からはちょっと信じられない様子ですが、「見敵必殺」と書かれた愛国少年であったという心は、その後何らかの形で残っていることはなかったのでしょうか。僕は戦後生まれで、歴史の流れのことは実際には分からないんですが、歴史の授業で戦争を学んだ時、われら小さな日本がアメリカという大国に挑んで、結局勝てなかった。僕なんかには喧嘩みたいな感じで、でっかいのに小さいのが一所懸命立ち向かい負けて悔しいという、変な形で残っているのですが。

亀井　たぶんそういうことは自分にもあるかもしれないと思います。僕の気持ちの中で、ナショナリズム的感情は生き残っていると思いますね。思想と言えるような立派なものではないんでしょうがね。ただ「見敵必殺」の思いに引きずり回されておった自分を思うとき、たとえば明治時代の思想家とか作家とかが少年の頃から大仰なナショナリズム的発言を繰り返すのを読んでも、僕は非常に分かるような気がする。明治の少年が、「日本国家」とかなんとか、大げさなことを言っているのは普通だったんだと。先に名を出した平石さんのような戦後に成長した人は、なんで明治の少年たちが「国家」だ、「民族」だと、ご大層な物言いをするのかと、多分若干批判を含めた疑問を持たれるのではないかと思うけれども、僕なんかは自然にそういうもんだと思いますね。国の大変動期に遭遇すると、その存在が、良いも悪いもひっくるめてあまりにも大きく感じられ、反発するにしろ賛成するにしろ、国の意識に縛られるのね。幕末維新期にそういう少年が多かったということは、非常に分かりますね。むしろ自然だったのではないかしらと思う。それから明治のたとえば自由民権派も、明治政府に反発して、日本から逃げ出すみたいにアメリカに行ったりした。すると今まで「自由民権」なんて言っていたのに、一挙に国家主義に変わっちゃうのね。それを批判する人も多いですが、それも僕は自然なことだったと思うんですね。外国に行ったら、国家というものを思う。国家を見直そうとする。国の変動期に成長した人はますますそうだろうと思います。ずっと下って夏目漱石なんかもその一人になるでしょうけれどね。

藤岡　確かにそうでしょうね。ところで、先生は英米文学に出会われる前から、日本文学をずいぶん読んでいらした文学少年だったのですか?

亀井　非常に読んでおったとは言えないと思うけれども。あ、さっきの僕の発言は失言ですね。つまり『裸者と死者』などを読んだ時、日本文学と比較して、アメリカ文学はスケールが大きいと思ったと言うと、いかにも日本文学をたくさん読んでいたように聞こえるかもしれませんが、そんなことないんです。多分知りもしないのに、日本小説はスケールが小さいと決めつけていたのね。僕は日本の小説はそれ程好きではなかったかもしれません。むしろどちらかといえば思想的な本、たとえば内村鑑三の『後世への最大遺物』だとかね、そういう種類の本に夢中だった。文学少年じゃなくて、少し思想少年だったかもしれません。「軍国」から「文化」への大変動が、思想的な確かさを求める気持ちを養ったのかもしれませんね。

藤岡　日本文学には距離を置いておられた先生が、英文学に興味を持たれたきっかけは何だったのですか?

亀井　大事な点を述べるのを忘れていました。僕は英語少年でしたが、何で英語に夢中になったかというと、英米の文化を知りたいからだったわけです。結局、英語少年でしたけれども英米文化少年だった。アメリカ小説を読んでも、もちろん小説として楽しんだけれども、たぶんその小説に描かれるアメリカ文化を知りたいという姿勢の方が強かった。ノーマン・メイラーは戦争小説ですから、アメリカの文化そのものが主題ではないけれども、そこに描かれるような人間、あるいは軍隊組織をつくったアメリカの文化とは何なんだろうと、そんなことを思いながら読んでおったのですね。

犬飼　そういうものへの目覚めとか、文化への興味を持ち始められたことには家庭の環境とかは影響があるのでしょうか。たとえば、僕が覚えているケースでは、一人の作家が生まれるには三世代かかるとか、有名な文学者は祖母とともに過ごす時間が長く、そこで聞いた話から作品のヒントを得たとか。先生の文学的、文化的目覚めの因は身近なところにあったのですか。

亀井　僕の家には文学性はまったくなかったと思います。早い話が僕の家には本はほとんどまったくと言っていいくらいなかった。そういう点がかえって僕を自由に成長させてくれたと言えるかもしれません。たとえば新渡戸稲造の家で言えば、彼がキリスト教へ入って行く時には、仏教の信心が強かった家族は猛烈に反対する。僕の場合は、僕が文学にのめり込んでいっても、それに対する強い反対はなかったと思いますね。だからのほほんとした文化少年ができたのかもしれません。初めのうちは、父も多少は、「文学なんかよりは家の商売をしてくれればいいのに」と思っていたかもしれませんがね。

犬飼　しかし、先ほどの先生のお話では、中学、高校時代に文化会を結成され、その会誌『道草』で、シェイクスピアの“Song”を翻訳されたということでしたね。そのシェイクスピアの原書は個人的にお持ちだったのですか？　学校に原書があったのですか？

亀井　*As You Like It* を原文で全部読んだというのでは多分なかったと思います。英米詩のアンソロジーか何かをめくっていて、この“Song”はいいなと思って翻訳したのでしょうね。

犬飼　そういう原書は簡単に手に入ったのでしょうか？　どういう形で手に入れられたのですか？

亀井　そうそう、今日実は持ってこようと思ってできなかったのですが、どなたもお持ちの*COD*（*Concise Oxford Dictionary*）。今でも鮮明に覚えていますが、僕の中学時代の恩師の幸脇先生が「ようやく日本もイギリスの本を輸入できるようになった。注文すれば*COD*も手に入れられるよ。亀井、買ったらどうか」とおっしゃったのです。僕は*COD*なんてまったく知らないから、それ何ですかなんて聞いたこともはっきり覚えています。幸脇先生はとにかくそれを買って、英和辞典ではなく英英辞典を引けということをおっしゃりたかったのですね。そういうことで、幸脇先生ご自身で注文して下さって、それで僕は買ったんですよ。*COD*が家に着いた時には興奮してね。扉のページに「大英帝国の匂いがする」と書いたほどです。それをまだ大事に持っているんですよ。ともあれ、あの翻訳の原文は多分アンソロジーから引っ張ったに違いないのですけれども、それが学校の図書館にあったのかどうか、幸脇先生に言われて読んだのか、そこのところははっきりしません。当時は、本を手に入れることが楽しい苦労でした。

犬飼　その頃は、先生ほど英語にのめり込んでいた仲間が、周りにそんなにはいなかったですよね。先生おひとりで英語に向かっていかれたのですか？

亀井　ひとりということはないですよ。さっき述べた小林正雄君のような人もいたしね。でも文化少年の方はもっといた。僕と同じように文化熱にかられておってね。このことも幸脇先生が後年になって、「お前たちは何でも吸収して、ちょうど海綿が音を立てながら水を吸収するように、知識を吸収しておった」と何回も言われたくらいです。そういう時代でもあったんでしょうね。

犬飼　『夜明け前』の翻訳習作は残っていないのですか？

亀井　どこかに大事にしまいこんでいるには違いないが、それを自分で積極的に探さないわけ。出てくると「なんだこの英語は」なんてことになっちゃうからね。

藤岡　初期のころは、先生にとって英文学と米文学は同じだったのでしょうか？

亀井　その違いを重要には思っていなかった。

藤岡　それは意外でした。先生は最初から米文化少年かなと思っていましたが。

亀井　僕の英文科の卒業論文はイギリス文学でした。英とか米とかいうことはあまり意識していなかった。ロレンスとメイラーの違いくらいは意識していたかもしれませんが、まだ非常におおざっぱだったと思いますね。乏しい本をがつがつ読んでいたのです。その頃はまだ、たとえばD・H・ロレンスにしろ、主要作品でも読めないものが結構あった。僕の卒論は「晩年のロレンス」ですけれども、どちらかというとロレンスの詩を論じたのです。そのためにロレンスの詩集をいろいろ探したけれど、手に入らない詩集があってね。そういう本を指導教官の青木雄造先生に貸していただいたり、それでも手に入らないものは、他のアンソロジーかなんかから探してきて写したりしていた。コピー機なんかないから、手で書き写したんですよ。当時はまだ資料の面でいろいろ苦労したものだった。しかし今のように資料がなんでも手に入るよりは、ああいう時代の勉強の方がよかったくらいですよ。

第二章　学問の入り口　大学院時代

東京大学──学部学生

前回は時間の都合で東京大学に入ってから卒業までの話を一挙にすっ飛ばしてしまいました。それでまずそこのところを補ってから話を進めたいと思います。

昭和二六年（一九五一年）、僕は東京大学に入りました。教養学部では、幸運にもニーチェ研究で名高い氷上英廣先生が担任のクラスに属し、ドイツ語を習ったほか、先生が日常もらされるちょっとした言葉にも「文化」の香りを感じて陶酔していたものです。世間で文化国家などと騒ぎ立てる「文化」とは大いに違う、精神性の高い「文化」ですね。僕の中の思想少年は、こういう「文化」にも反応していました。それから、選択によってフランス語を田辺貞之助先生から習いました。先生はフランス小咄のたぐいが得意で、ジャーナリズムでも「粋人」として知られていましたが、授業はたいそう真面目だった。夏休みには先生のすすめでフランス語の作文などを郵便で送ると、添削までしてくださいました。ほんとに、僕は先生に恵まれていたと思います。

しかし、もともと英語少年だったからか、二年生になって自分の専攻を決める時は、自然に英文科を選びました。自然に選んだけれども、英文科で何をどういうふうに勉強するかということは何も考えていなかったと思う。やがて卒論を書く時になって、やっとD・H・ロレンスの詩をテーマにしようと決めたような具合です。青木雄造先生が指導教官でしたが、僕は普段がだめだったから、仕上がった卒論には先生、びっくりされたみたいでした。というのは、そのずっと後に僕がアメリカに留学しようとした時、英文科の教授の推薦状を先方の大学から要求してきたものですから、青木先生にお願いしたんです。ただ、先生の手を煩わすのは申し訳ないような気がして、自分で下書きを書きますから先生が自由に訂正なさって下さいと申し出たんです。そうしたら、先生がご自分で書くとおっしゃった。で、どういう推薦状をお書き下さるのかと心配していましたら、ものすごく立派な推薦状でびっくりしたんです。もちろん英語は僕の英文なんかと比較にならず素晴らしいものですが、中身が自分で自分を推薦するよりもはるかに立派で、たいへん驚嘆し、喜びました。僕のことを、授業中はほとんど黙って座っておったが卒論を見てびっくりした、ロレンスと心を通わせながら、彼の問題と取り組んでいるなんて、たいへん親切に表現して下さっていました。

英文科か比較文学科か

そんなようなわけで、もっと勉強したいと思うようになっていた。そして大学院に行こうと決心した時、そのまま英文科の大学院に進むか、比較文学の大学院に進もうか、と非常に迷いましたですね。この前の平石貴樹さんのご講演（「亀井俊介研究序説」二〇一二年一〇月二七日、日本英文学会 中・四国支部大会［本書末尾に収録〕／二〇一三年六月九日、岐阜女子大学英語英米文学会）の中でも、亀井俊介がどういう理由で英文科から比較文学への選択をしたかということを話題になさっていましたが、その辺を僕流にちょっと詳しく説明したいと思います。

英文科の先生方については、平井正穂先生がイギリス文学、それから助教授で青木雄造先生、非常勤講師の中野好夫先生、アメリカ文学では西川正身先生、どなたも立派な先生で、先生方についてはすべてたいへん敬愛しておった。じゃあ、どうして英文科の大学院に進むことを躊躇したかというと、一つには、周辺の人達について、この人たちとまた大学院で一緒に勉強するのはちょっとしんどいなと思ったんです。なぜかと言いますと、それぞれ一人ずつについてはたいへんいい人たちで、みんな仲よくしてもらっていたんですけれども、全部ひっくるめて僕流の表現をすると、しゃらくさいんです。みなさん、英文学をわかっちゃったようなことを言っている。僕は東大に入って四年間でようやく英語が少し身に付いたせいか、その頃かえって英文学が――英文学の面白味と言うべきかな――が分かんなくなってきちゃって、あせったり悩んだりしていた。つまり少し英語を習得してきて英文学の表現をみると、分かっちゃったように言う人たちは「知」でもって文学を裁断しているように見える。しかし僕のように岐阜県の山の中から出てきた田舎者は、「情」でもって文学を見たいんですね。ところが僕の英語能力では、英文学表現の情の面がなかなか分からない。痛切に分からない。それで文学が分かっちゃったような「知」の人たちとしゃべっておると、僕は自分が情けない気持ちにとらわれて、この人たちとやっていくのは大変だなあという気がしました。要するに田舎者の都会コンプレックスですね。それからもう一つは、日本文学の方を見ると、僕はべつに日本文学・日本語を一所懸命勉強したわけじゃないけれども、なんとなく分かるんですね。日本文学の表現を見れば、その情がなんとなく分かる気がして、そちらに行った方がいいのかも知れないという気が強まってきたんですね。

それでも、せっかく英文学を勉強してきたんだから、英文学と日本文学の両方を勉強できる道を見つけたいと思った。それをするには、比較文学というコースが駒場に存在するということは一応知っておりましたから、そちらに進んだ方がいいかなと思ったんです。そんなことで、どうしたもんかと迷っておった。

島田謹二先生に会う

卒論を出し終わった頃、とうとう僕は比較文学科主任の島田謹二先生のところに相談に行ったんです。島田先生のところへいきなり相談に行くのは無謀ですけれど、追い詰められた気持ちだったんですね。島田先生は駒場に大勢いる英語の先生の一人ですけれども、名物教授でね、話がものすごくうまい。たいへんな名調子で、また中身が面白い。ですからよく講演会があって、僕も一～二回聴いていました。たとえば島崎藤村の話をされるのを聞いておると、藤村がものすごく面白く思えて熱中したくなるし、シェイクスピアの話を聞いても同様なんです。で、とにかく勇を鼓して先生の研究室を訪ね、こういうわけで僕は今、比較文学の大学院に進むべきかどうか悩んでいるところなんです、と申し上げた。そしたら先生、こちらをばかにしないで、ちゃんといろいろ聞いて下さった。出身は何かとまたおっしゃるから、英文科ですと言って、さっき言ったしゃらくさいなんていう表現は当時は使いませんでしたが、みんなは英文学を分かっているみたいなんだけれども、どうも僕には分からなさが強まってきている、というようなことも正直にお話ししました。すると島田先生は、比較に来なさい、比較文学は「文学」をやるんだ、知情の「情」を重んじる学問だ、とおっしゃる。その島田先生の勧め方の情熱がすごいんですね。来たいならまあ来てごらん、なんていうんじゃない。何がなんでも来い、といった調子なんです。叩けよ、さらば開かれん、といった感じでした。それで、僕も最終的に決心したわけです。

今から思うと、島田先生はもちろん僕という人間をまったくご存知なかった。ただ僕は英文科出身ということは申し上げた。先生が僕に比較文学へ来いと情熱的におっしゃって下さったのは、英文科出身の者を比較文学で勉強させたいお気持ちが強くあったからに間違いない、と思うんです。それはどうしてかということを話すには、島田先生という「人」をご紹介しないといけない。

島田先生の学問

お配りしてある僕の著作目録に、『ひそかにラディカル？』（南雲堂、二〇〇三年）というヘンな題の本がのっています。エッセイ集ですが、その中に、「島田謹二小伝」という短い文章があります。これは島田先生が亡くなられた時に、雑誌『英語青年』が島田先生の追悼特集号を出したんですが、そういう特集の常として、その人の生涯を紹介する文章が必要なものですから、僕が頼まれて、細かなことは知りもしないのに執筆したものです。その中で述べていることですが、島田先生は、今の東京外国語大学、

島田謹二教授（右）と斎藤真教授
（1979年9月「亀井俊介氏を囲む会」［東京・学士会館］にて）

当時は東京外国語学校といった学校の英語部を卒業なさいました。それから仙台第二中学校に講師として赴任された。が、もっと勉強したいということで、大正一四年（一九二五年）、東北帝国大学の英文科に入られた。ちょっと調べてみましたら、東北帝国大学に英文科ができてからまだ一〜二年しかたっていないんですね。しかもほんの一年前の大正一三年に、東大出身の土居光知先生が何年間かのイギリス留学から戻られ、英文科教授として就任なさっています。たぶん土居先生を迎えて、東北帝大の英文科はようやく実質的なものになった、ちょうどそこへ島田先生は入られたということじゃないかしら。学科も先生も学生も、非常に新鮮だったでしょうね。その頃の土居先生の手紙がたくさん残っているのですが（風呂本武敏編『土居光知　工藤好美氏宛　書簡集』溪水社、一九九八年）、それを見ていきますと、当時、これまた土居先生を慕う工藤好美という若い学者に宛てて出された手紙の中に、「仙台へ参りまして非常に愉快に存じましたのは、外語出身の方で当市二中に教えながら、同じく学校教師をしながらあの不滅の詩をうみ出したマラルメに私淑し非常にすぐれた詩を作っておられる方を知ったことであります」というくだりがあります。間違いなく島田先生のことを言っておられるのですね。要するに、先生も新任なら、英文科だけれどもフランス文学やフランス語の勉強をしている学生が入ってきて歓迎される、そういう新鮮な知的雰囲気で、仙台での勉学がなされたんでしょうね。

さて島田先生は昭和三年に東北大学を卒業されました。すぐには就職口がなかったのか、一年たった昭和四年に台北帝国大学の英文科に講師として就任なさっています。台北帝国大学へ島田先生を引っ張ったのは、矢野禾積（ペンネーム、峰人）先生でしょうね。この先生が昭和三年に台北帝国大学に新任教授として赴任し、英文科を作られたようです。矢野先生は京都大学の出身です。台北帝国大学は当時の日本の植民地の大学ですね。帝国大学というけれども、できたばかりの大学で、そこへ矢野先生が行き、さらに島田先生も行って、英文学の教育も研究もし始めたわけです。島田先生はこうして終始、新しい学校、新しい学科で学び教える開拓者だった。

さて島田先生はそのままずっと台湾にいらして、日本が敗戦になった一年後の昭和二一年に本土に引き揚げて来られた。帰られた早々は失業状態だったんじゃないかしら。が、その年の一二月に当時の第一高等学校（一高）の教授に就任なさった。そして三年後の昭和二四年に、一高を主体にしてできた東京大学教養学部の教授になられたわけです。それから、東京大学教養学部に比較文学のコースを作りたいということで一所懸命になられた。東京大学が発足して四年後には卒業生が生まれるわけですから、昭和二八年（一九五三年）に大学院ができた。その駒場キャンパスの大学院の一つの中心として比較文学比較文化という学科ができ、島田先生はその主任教授になられた。そして日本に比較文学という学問を定着・発展させるために獅子奮迅の努力をなさったわけです。

こういうわけで、島田先生は東大出身でないのに東大教授になった、この面でも開拓者のような人ですが、先生の中には屈折した思いがあった、と思います。先生は台北帝国大学に講師となって就任して、日本に引き揚げるまで二〇年近く、講師のままで昇任ということもなく過ぎてしまった。どんなに素晴らしい研究をし、学問的な業績をあげても、昇任しなかったんですね。ですから島田先生としては、自分が不遇だという思いが強くあったんじゃないかしら。そんな話は『英語青年』の「小伝」では書けないわけですが、今日は仲間うちのオーラル・ヒストリーですから、僕の想像みたいなものを話しておきたい。先生から見れば、自分はいつまでも講師の地位でいるのに、東大の英文科の出身者たちはあまり業績がなくてもいろんな大学で助教授から教授へと出世していく。ご自分の不遇の思いと同時に東大英文科という学府へ一種やりきれぬ思い、ルサンチマンがあったんじゃないか。あって当然だと思うんですね。島田先生ご本人はそんなことはひとことも言われないんですけど。

東大英文科の学風

ここでちょっと東大英文科というものを眺め直しておきたいと思います。東大英文科の教壇に立ったのは、日本人としては夏目漱石が最初ですから、夏目漱石を僕は東大英文科のfounding fatherと呼んでいます。初めての日本人教員ですから、いろいろ試行錯誤したけれども、文学性豊かな授業をしたと思います。「根本的に文学とは如何なるものぞ」（『文学論』）ということを、真っ向から論じたりするんです。だが漱石は明治四〇年に東大の教員を辞めて、作家の方に転身しちゃった。が、それより一年早く、明治三九年にJohn Lawrenceさんというイギリス人が、東大英文科に赴任してきております。この人のことをもっと知りたくていろいろ調べてはいるんですけれども、どういう事情で来られたのか、どういうルートがあって東大にいらしたのか、何にもわからないんですね。これもまったくの想像ですけれども、夏目先生は当時、大学当局に対して非協力的だった。つまり夏目先生は東大で講師なんです。教授ではない。夏目先生とほぼ同時に東大を卒業した人たちが、伝統的な学科では教授になって出世していっている。英文科には教授のポジションがなかったんですね。で、自分一人はいつまでも講師の待遇ですから、不遇というか、不満の気持ちがあって、大学当局がたとえば入学試験問題を作ってくれなんてと言ってくると、俺は知らんよと横向いちゃうんだね。大学側も弱っちゃったんでしょう。それで、夏目漱石の前任者がラフカディオ・ハーンで、評判のよい先生でしたから、そういう英国人を採用した方がいいと思って、漱石には黙ってジョン・ロレンスさんを採用しちゃったんじゃないか、というのが僕の想像です。

それから、漱石と一緒に東大英文科で教えていたもう一人の日本人講師に上田敏という、これまたものすごい秀才がいたんです。ところがこの人も、漱石が東大を去っていっちゃうと、そこらへんの事情をもっと知りたいんですけれど、自分も万年講師はもういやだとでもいうように東大を去っていっちゃうんですね。明治四一年のことです。そして明治四二年に京都帝国大学が英文科を新設する。上田敏はその新設した英文科の教授として迎えられるわけ。そうすると、東大英文科の教員は、日本人の先生が二人ともどこかに行っちゃって、もう一人、ロイドという英人講師がいることはいたけど、この人はどうもお飾りのような存在だった、それでロレンス先生が事実上一人で奮闘せんならん。ロレンス先生は前から教えていた夏目先生の協力がほしいと思って、漱石に辞を低くして、私はこれこれこういう教育をしようと思いますけれどもご協力願えますかと申し出たことがあるんですが、漱石は私知りませんよといった顔。漱石はこういう点では仕様がない人だったんですね。協力しようとしなかったわけ。

ともあれロレンス先生は一人になっちゃって、奮闘して英文科を引っ張っていく。が、この人の専門は英語学で、文学ではないんです。彼は正規の授業の他にEnglish Seminarというものを設けて、ゼミ指導をしましたが、それも英語を精密に読む指導だったらしい。つまりロレンスさんの指導の中心はphilology（文献学）的な英語と英文学の勉強で、それに全力を注がれた。こうしていわばphilologicalな研究が東大の英文科の学風になっていくわけですね。日本人としてその後初めて英文科の教授となった人が、市河三喜で、この人は英語学の先生です。市河教授の下で助教授となったのが斎藤勇。斎藤先生はもちろん英文学の専門家ですが、やはりロレンス先生の学風を受けついで、philologicalな研究を重要視する姿勢をとっておられたように見える。こういうお二人が指導して発展してきた東大英文科は、一言でいえばphilologicalな研究や教育を伝統としました。もちろんそれは立派な学問ですが、文学の面白味といったものは、ともすれば二の次にされがちな学風とも言えたんじゃないかしら。

土居光知先生、矢野峰人先生

ところでこれと対照して言うと、土居光知先生は東大卒業後ちょっとあちらこちらで教えた後、さっき言ったように仙台で東北帝国大学の英文科創設に参加された。土居先生は夏目漱石を非常に尊敬していらっしゃった。で、漱石流の学問を仙台で継続発展させようと考えられたんじゃないか。漱石流というのは何かというと、philologyよりも人間中心というか、生命主義というか、そういうものを重んずる姿勢なんですね。土居先生の名を天下に知らしめた『文学序説』（一九二二年）という本があるんですよ。その『文学序説』の中で言っておられるんですけれども、文学の様式の展開、つまり文学には抒情詩とか、叙事詩とか、演劇とか、いろいろな様式が展開するんだが、そういう文学様式の展開の仕方は人間の心の生長のリズムに則っているそうです。そういう理論を作られるほどに先生は人間の心の生命の動きというものを重要視されていた。そしてそういう文学観にのっとって英文学の指導をされていたように見える。こうして東北大学では、夏目漱石流の「自己の好む儘の心の働き」を重んじる文学研究の姿勢を引き継ぐところがあったと言えるんじゃないか。

もう一つの京都大学へ行った上田敏の方は、どちらかというと文学の芸術性を重んずる姿勢に見えますね。文学は芸術だということを、上田敏の評論とか翻訳の仕事などを見ると、非常に明瞭に感じさせられます。京都帝国大学でも上田敏はそういう姿勢で指導したんじゃないかしら。京大で上田敏に教わったのが矢野峰人先生で、だから矢野峰人先生は文学の芸術性ということをいつも強調しておられた。僕が東大大学院の比較文学科に入った時、矢野先生は島田先生の懇請を受けて、非常勤で教えに来て下さっていた。で、先生の講莚につらなって、いつもそのことを感じていたんですよ。

東大英文科のphilologicalな学風と東北大学のいわば人間主義的な姿勢と京都大学の芸術尊重的なムード、そういうものは、もちろんそれぞれの大学の中でも複雑に混じり合っていますけれども、とにかくそういう三つの方向みたいなものがあって、重なり合ったり対立し合ったりして、日本の英文学研究は発展してきたんじゃないかしらん。

矢野峰人先生に『日本英文学の学統』（研究社、一九六一年）という本があります。サブタイトルに、「逍遥・八雲・敏・禿木」とあります。禿木というのは平田禿木。この人は若い少年時代から島崎藤村なんかと一緒に『文学界』に参加し、樋口一葉にいたく愛でられていた俊秀で、敏なき後はその学風を最もよく受けつぐ芸術家的学匠だった。矢野先生から見ると、日本英文学の一番の正統はこれだったんですね。坪内逍遥、小泉八雲、上田敏、平田禿木、これが日本英文学の正統であって、東大英文科はジョン・ロレンスさんが来て、それを変なふうにしちゃった。もちろんそんな表現はされていない。しかしこの本の序文で、ジョン・ロレンスさんの名前は出してませんけれども、東大英文科は文献学中心になっちゃって、「文学教育の目的」からそれてしまった、という意味のことをはっきり言っておられます。

「英文科出身に負けるな」

さて話を島田謹二先生に戻しますが、先生はこの仙台学風と京都学風を身に受けながら学者として成長された人で、ごく自然に東大英文科のphilologicalな学風に批判的だったでしょうね。文学研究に「文学」を取り戻すことの必要をいつも強調されていた。文学の感動、文学の美――そういうものを正しく捉え、味わい、生き生きと伝えることが学者の使命だというんです。そういう姿勢に現実上の不満も加わった。東大英文科にルサンチマンを覚えても仕様がなかった。そういうところへ、まさにその英文科出身の僕がぼやっと行って、比較文学をしたいと言ったもんですから、先生、こいつを育ててみようと思って下さったんじゃないかしら。僕は勝手にそう思っています。

そういうことで僕は比較文学に進んだ。大学院に入るとまず最初に研究テーマを決めなければならないですから、島田先生のところへ相談に行きました。いまもはっきり覚えているのは、先生から、「君、英米文学研究で英文科大学院出身者に一歩も負けるな」とまず最初に言われたことです。それから、「比較文学の第一人者になれ」と言われるんですね。新入生に普通はそんなこと言わないでしょ。いきなり「他学科に負けるな」「第一人者になれ」なんて。島田先生がものすごいアジテーターだったことは、これから何度もお話すると思いますが、大変なアジテーションを僕はいきなり受けちゃった。でも僕は単純人間ですから、素直にアジテーションに乗って、勉強しようと思ったですね。島田先生はそういうぼやっと入っていった僕ばかりじゃなく、いろんな人にそれぞれ流の強力指導をなさったと思います。

そんなふうにして僕は大学院生になったんです。島田先生がおっしゃるように英文科の人たちに負けないようにしようと思って、比較文学の勉強ももちろんしたんですけれども、努めて英文科大学院の方へ行って、英文科のいろんな研究発表会とか勉強会などに参加させてもらいました。当時の英文科大学院生、僕より一、二年上級の人たちが非常に親切心があって、僕のような英文科を去って行った奴が行っても、いわば仲間にしてもらっていました。今思い出すと、鈴木建三さんとか小池滋さんとかシェイクスピアの小田島雄志さんとか高橋康也さんとかちょっと近づき難いふうの野島秀勝さんとか、ああいう秀才たちがよく付き合ってくれて、それからアメリカ詩では沢崎順之助さんなんかが仲良くしてくれて、たいへん勉強になりました。

さてこの辺りから少し話をスピードアップしようと思います。このようにして大学院（正式には比較文学比較文化専門課程というんです）に進むと、すぐに研究テーマは何にするかということになりますね。僕はそういう用意もなくて大学院に入ったものですから、それを決めるときも島田先生に相談に行きました。そのあたりのことは、東大比較文学会の機関誌『比較文學研究』という雑誌（二〇〇一年八月「猿猴の弁」）に書いてますけれども、島田先生のところに研究テーマの相談に行って、自分としては卒業論文がロレンスでしたから、ロレンスを基にした比較研究がいいのかしらと思って、「『ロレンスと伊藤整』にしたい」と言ったわけです。伊藤整は早い時期からロレンスの翻訳や紹介をしていましたから、「ロレンスと伊藤整」は比較文学のテーマとして成り立つのではないかと思ったんです。すると島田先生は黙ってしまわれて返事がない。これではだめなのかと思っていると、「きみ、卒論はどういう内容だったか」と問われたので、卒論に書いたロレンスの晩年の一種の生命主義みたいな話を始めたら、「ロレンスの生命主義というものをもう少し説明せよ」と言われたので、「ホイットマンの生命主義をロレンスは引き継いでいるのだと思いますけれども、ロレンスはホイットマンと違って第一次世界大戦を経験しているので……」とかいう話に入ったところで、島田先生は「それ、それ、ホイットマンにしないか。ホイットマンはいいよ」と言われたのです。「ロレンスと伊藤整」なんてちっぽけなテーマにするな、研究テーマは大きい方がいいと言われるのです。「じゃあ、ホイットマンで考えてみます」なんてことになり、「ホイットマンの比較文学的研究」というのを研究テーマにすることになりました。

今からふり返ってみて、こうして比較文学の方に進んだことは、僕にとって運が良かったと自分では思います。僕が大学院に進んだ時はちょうど日本の比較文学比較文化研究が出発する時期だった。日本ではじめて比較文学比較文化の大学院ができて、これから発展していく時だったのです。もし学部からそのまま英文科の大学院に進んでいたら、そこは伝統があり、先輩たちもいっぱいいるので、僕は小さくなっていたに違いないけれども、始まったばかりの新しい学科に入った。いろんな学科でもよく言われるのですが、不思議とその学科の第一期生には何となく俊秀がいるんです。それも才気のギラギラする秀才たちね。第二期生は静かに地道に机に向かって勉強しようという人が多い。ただこれから日本に比較文学の学問を発展させようという島田先生から見ると、静かな人たちは物足りなかったのかもしれません。といって第一期生の秀才たちは調子よく突っ走っちゃうところがあるしね。それで、第三期に雑多な傾向の者たちががやがやと入っていった時、先生は喜ばれたのではないか。比較文学の発展の可能性を感じられ、この連中の教育に全力を注ごうと思い決められた。そしてこちらもその気になって勉強したわけです。

たとえば比較文学科では、島田先生とよく一緒に旅行しました。旅行して行動を共にすることによって、学問の精神や姿勢を学び取る、といったような配慮が先生の方にはあったでしょうね。僕の記憶にはっきり残っているのは、東北旅行をしたことです。僕はまだ一年生の時だった。東北大学に夏目漱石の蔵書が入っているんですね。漱石文庫ということで保管されているもんですから、それを見学に行こうと、島田先生に率いられて当時の大学院生七～八人が行ったわけです。その旅行の記録が『比較文學研究』の古いのに載っておる。「比較文学　奥の細道」などいう題をつけ、東大比較文学会同人の執筆という形の旅行記です。本当に懐かしいです。当時のことですから、安い旅館に、先生もひとつ部屋にざこ寝です。そんな時、寝床ん中で先生が、「君たちがこれからの日本の比較文学を背負っていくんだよ」なんて言われるんですよ。みんなその気になっちゃいますよね。

この旅に関係して、僕自身はこんな経験もありました。仙台まで行ったから松島まで足をのばして、瑞巌寺という寺に行った。伊達家の菩提寺だった名刹です。この寺を見物していると、そこの本堂の欄間の装飾で彫刻があるんですけれども、伝説では左甚五郎が彫ったことになっている。その彫刻を島崎藤村が詩にうたっているんです。「刀悲しみ、鑿愁《のみうれ》ふ」などとその彫刻をうたっている。しかし実感とぜんぜん違うんですね。「刀悲しみ、鑿愁ふ」——それは詩的な表現なんだろうけれども、全然違うなあとみんなでしゃべってました。そこにもちろん僕もおって、ああ本当に、と思っていた。そんなことがあって、旅行から戻ってきてしばらくしてから、『比較文學研究』で『若菜集』特集号を作ることになりました。その時、僕はまだまったく新米の大学院生だったんですけど、島田先生が、亀井君も何か執筆せよ、と言われた。僕は『若菜集』はもちろん大好きで読んでたが、論文なんていうのはまだ書いてない。初めての本格的な論文になるわけで、「じゃあ、書きます」と返事はしたものの、何をどう書こうかと考えこんじゃった、が、それからみんなで行って見たあの彫刻、左甚五郎の、高い所にあってしっかり見えないような彫刻を藤村は何で「刀悲しみ、鑿愁ふ」なんていう表現で詩にしたんだろうか、という問題に辿りついたのね。どうもあれは藤村が自分の実感で作ったんじゃなくて、他人の詩、自分が親しんでおる詩、ご存知の人も多いと思いますけれどもキーツの「ギリシャ古瓶の賦」、あの詩を土台にしているんじゃないか、つまりキーツの詩を使って左甚五郎の彫刻をうたっているんじゃないか、と思えてきたんです。で、島田先生にその考えを述べて、「そういうことを文章にしてもいいですか」と言ったら、島田先生はそこがアジテーター、手を打って「きみ、それだあ、それをやれ」と言われる。

たぶん先生はもうとっくにそんなことは考えていらしたに違いない。が「やれ」と言われる。それで比較文学の初めての論文を書いて、「松島瑞巌寺」という題の論文なんですけれども、それを先生にお見せしたらたいへん喜んで下さって、そのまま修正もしないで『比較文學研究』に載せて下さいました。

そんなわけで、先輩の少ない新しい学問の分野に入ったおかげで、先生のアジテーションをまともに受けて、自分も「学問」の入り口にさしかかった実感を得たような気がいたしました。

アメリカ留学

こんなふうにして修士課程二年をすごし、僕の修士論文のテーマは結局「日本におけるホイットマン」——ホイットマンが日本文学にどういう影響を与えたか——というものになりました。こうして僕は日本文学とアメリカ文学の比較交流の研究をしたんですけれども、途中で、こういう研究のためにもアメリカ文学そのものをもっと勉強しなければいかんと、だんだん痛感するようになって来ました。それで博士課程三年の時、なんとかしてアメリカへ留学しようと思い立ち、昭和三四年（一九五九年）、アメリカのセント・ルイス市のワシントン大学に留学しました。

ワシントン大学というのは、中西部のミシシッピ川のほとりにある、まあ地方の名門大学です。そこの大学院英米文学科に入りました。今度は比較文学ではなく、英米文学を、英文学も米文学も両方を同じくらいに重んじて、勉強したのです。そこで論文を提出せよということになって、それはマスターの学位論文ですが、ホイットマンそのものの研究、“Walt Whitman's Politics : 1840 - 1860”（「ホイットマンの政治思想、一八四〇―一八六〇年」という表題の論文を提出しました。

留学中のエピソード、鮮明な思い出を一つだけ申し上げますと、John McDermott 教授というマーク・トウェイン専門の先生がいて、この人は地味ですけれども着実な歴史研究をする学者で、そのマクダーモット先生のマーク・トウェインの授業をとっておって、学期末に提出するターム・ペーパーのテーマをどうするかという問題になりました。先生は君の案は何かと言われるので、僕は、一つは "An Interpretation of *Huckleberry Finn*"。ここでAn Interpretation（一つの解釈）というのは、『ハックルベリー・フィンの冒険』についての僕自身の解釈という意味合いです。もう一つは "Interpretations of *Huckleberry Finn*"。ここでInterpretationsと複数形でいうのは、いろんな人の解釈を比較検討するという意味合いだった。で、そのどちらにしましょうかと尋ねたところ、マクダーモット先生は言下にInterpretationsの方だと言われたのです。その時、僕は腹の中でコンチクショーと思ったわけ。An Interpretationつまりお前個人の解釈なんかどうでもよいと先生に言われたような気がしたんですね。Interpretationsにせよというのは、いろんな人の解釈を比較検討する姿勢で行けということとです。その時マクダーモット先生が、お前の未熟な意見なんぞ出すよりも、地道にいろいろ調べる勉強をせよというつもりだということはもちろん分かってはいましたけれども、その日の日記に僕は書いておるんです。「こういうふうにマクダーモットは言った。いささか腹が立つ。鼻を明かしてやりたいものだと思う」と。おれだって斬新ないい解釈ができる、マクダーモット先生の鼻を明かしてやるぞと思ったのね。結局ターム・ペーパーは、いろいろ、たとえばT・S・エリオットやライオネル・トリリングなどいろんな人たちによる『ハックルベリー・フィン』についての有名な解釈をいくつか集めて、ひとつひとつ批判していき、結局自分のInterpretationを最後に押し出すという内容のものになりました。マクダーモット先生は驚嘆して褒めてくれ、先生同士でも話題にされたそうで、懐かしい思い出です。

僕はワシントン大学のフェローシップを貰って、アメリカに留学したんですね。フェローシップというのは生活費も全部出してもらえる奨学金です。が、僕が貰ったのは留学生対象のもので、一年間の条件でした。しかしアメリカに行ったらすぐに、やっぱり一年じゃあだめだ、もう一年はアメリカにいて勉強したいと思い定めました。で、学科主任のGuy A. Cardwell先生に相談に行ったら、「もう一年という留学生向けフェローシップはありえない」と言われる。しかしどうしてもというなら、"University Fellowship" という全学的制度があるから、まずだめだろうが、応募するならしてみなさいと言う。ワシントン大学は総合大学で、理系で一人、文系で一人、"University Fellow" に採用するのね。君が応募できるのはそれしかないと言われたのです。それに採用されるにはどういう条件がありますかと聞くと、その条件が厳しかった。いくつ以上授業を取り、平均点は何点以上とか何とかいろいろ言われ、とても無理だと思ったが、しかしそれしか方法がないのは明瞭なので、必死になって勉強しました。文系で一人しか採用しないのですが、文系もいろいろありますからね、心理学、社会学、歴史学、英文やら仏文やらね。結局フェローに採用してもらったのですが、その助けの一つが、マクダーモット先生に出したレポート"Interpretations of *Huckleberry Finn*"を、先生があちこちで宣伝してくれたせいではないかと想像しています。同じように、ほかの授業でも必死になってレポートを提出しました。生涯であれくらい勉強したことはなかったね。素寒貧の状態で、必死になって勉強してフェローに採用されて、もう一年セント・ルイスで学ぶことができました。

その間に、日本では僕がお世話になった島田先生が定年で東大を退官されることになった。それで『島田謹二教授記念論文集』を出版するというので、亀井も原稿を出せということになりました。アメリカにいて新しい材料が何もなかったので、このマクダーモット先生に提出したペーパーを日本語に書き直して出しました。

アメリカ文化の勉強

ワシントン大学での二年間は僕の生涯で最も充実した二年間であったように思います。はじめて「アメリカ」を実地で体験し、アメリカの人間の息吹きも直に感じ取った。おまけに結婚し、子供まで儲けてね（しかしこの方面の話はまた別の機会にさせて下さい）。

アメリカ文学研究について言えば、もちろん作品も一所懸命読んだけれども、それに加えて文学史を読みまくったですね。自分の勉強の一番基本は、「アメリカ」って何だろう、という思いなんですね。今の若い人たちはボーダーレスとか言って、国境とか民族の違いとかはたいした問題じゃない、グローバルな世界観・人生観・歴史観で考えるんだという発想の人が多いみたいですけれども、僕なんかは軍国少年から文化少年に転換した人間ですから国家ということをいつも思うんですが、国家の仕組みや営みを知るには歴史の勉強が一番いいような気がするんですね。島田先生流の「文学」を重んじる姿勢は自分にもはっきりあるんですが、「文学」を知るためにもその背後にある国家のことを知りたい、歴史を知りたいという思いが強くあり、それで文学史を心して読みました。そのことはこんど出版した『ヤンキー・ガールと荒野の大熊』（南雲堂、二〇一二年）という講演集の一番最初の章、これが一番重要な章だと思うんですが、「アメリカ文化史を求めて」という講演で喋っています。とにかく文学史を熱心に読んだ。そうすると、もちろん文学作品をより多く、よりよく読むことも重要だけれども、その土台をなす文化ももっと勉強しなきゃいかんという気持ちがだんだん高まってきました。

それでワシントン大学で二年間の勉強がすむ時に、さらにもう一年いて文化の勉強をしたいと思いました。しかしまたフェローシップを貰うなんていうことは、それは最初から不可能だと分かってますから、どこかに移って——ワシントン大学は私立の大学で、たいへんいい大学だけど、授業料がめちゃくちゃ高いんです。それで、授業料の安い州立大学にでも移って文化研究をしたい、というのであちらこちら探り始めた。そのうちに英文科主任のカードウェル先生が、ワシントン大学にいらっしゃる前にメリーランド大学という州立大学の教授であって、そのメリーランド大学というのが、当時のアメリカ文化研究、アメリカ地域研究の一つの牙城だということが分かってきたんですね。しかもカードウェル先生はメリーランド大学時代にアメリカのアメリカ学会、つまり地域研究の学会の会長だった、ということも段々と知ったわけ。それで、じゃあメリーランド大学へ行って、もうちょっと、もう一か年だけでいいから、アメリカ文化研究をしよう、と思い立ったんです。

僕が行こうときめた一九六一年には、そのメリーランド大学で、やっぱり英文科の教授がアメリカ学会の会長をしていました。Carl Bodeという先生です。ソローの専門家で、その人が編集した『ソロー詩集』を僕はすでに精読していました。そんなことも励みになってメリーランド大学に移り、アメリカン・シビリゼィション・プログラムというものに入った。アメリカ文明コースですね。単に文学じゃなくって、アメリカの文化を幅広く研究するという地域研究のコースです。一応、全国的なアメリカ研究の牙城となっている大学のプログラムで、その勉強を始めたわけです。しかしその時は、フェローじゃないですから、収入がない。普通、アメリカの大学では、たとえば英文科なんかの大学院生は、ティーチング・アシスタントといって、学部の新入生を指導する助手に採用されるんですけれど、僕はスピーキングなんかは下手くそだし、ライティングの指導なんてのも自信がない。何かほかに収入の道はないかと、いろいろあちらの先生たちと喋っておったら、心理学の助手のポジションが空いているというんですね。まったく方向が違うけど、とびつきました。ビヘイヴィオーラル・リサーチ（人間行動研究）なんとかという所で心理学の助手をしながら、アメリカ研究をもう一年勉強した、というところですね。

大学のレベルは、学生のですよ、大学院生のレベルでは、セント・ルイスのワシントン大学の方が遥かに高かったと思います。こちらは、これでも大学院生か、みたいな人たちが少なからずいた。だから、心理学科の方で時間は費やしてましたけど、まあクラスの連中に負けることなく、文学・文化を勉強できたんじゃないかしら。大学を代表してホワイト・ハウスの留学生招待パーティに招かれもしました（この話もまた別の機会にしましょうね）。

帰国

そんなふうにして一年間メリーランド大学で勉強し、いよいよ帰国ということになりました。で、また年譜をご覧下さい。一九六二年四月、東京大学大学院に復学となってます。僕は東京大学を休学してアメリカへ行っていたんですね。休学は二年間が限度ですから、四月に復学してないと退学になってしまう。退学になると、復学が面倒ですから、比較文学比較文化研究室の助手をされていた神田孝夫さんに頼んで、復学の手続きだけしておいてもらったんです。その実、メリーランド大学で心理学の助手をやってたわけですから、いい加減ですね。で、実際に帰ったのは一一月。

で、その帰ってくる途中に就職したんです。僕はヨーロッパ回りで帰った。当時は外国にまた出られるなんてことはちょっと想定できなかった。ひょっとするとこれが最初で最後の外国体験かもしれないと考えましたので、まったく素寒貧だけど、ヨーロッパを回って日本に帰りたいと思いました。それでヨーロッパを極貧旅行し、オランダのロッテルダムまで行って、もうにっちもさっちも行かなくなって、貨物船に乗って引き返したわけです。四〇日位かかって日本に帰ったんですけれども、その船がシンガポールに着いた時、シンガポールの船会社に東大から電報が入っておって、東大に就職しないか、と言うんです。僕も、日本に戻ったら就職口を探さなきゃならんなと考えておった。そしたら向こうから就職しないかと言ってきてくれましたから、さっそくＯＫという返事をしました、また電報で。それで、一一月に日本に着いて、四月から東京大学に勤務した、という次第です。ちょっと端折って話しましたけど、まあそんなふうにして就職し、駒場の英語の教師として出発し始めたというわけです。

❖インタビュー

藤岡　何歳になりますか、この帰国して就職なさった時。

亀井　一九六三年だから、ちょうど三〇歳ですね。

藤岡　ふーん。前途洋々、若手の先生だったんですね。

亀井　若かったね。はい。

藤岡　先生が東大の大学院生になられた時には同期は何人くらいいたんですか？

亀井　同期は九人おりました。

藤岡　あ、意外といたんですね。

亀井　うん。話そうと思っていてチャンスがなかったんですけども、第一期生は、五人いて、先にも話したようによく目立つ秀才たちがいた。第二期生が四人でした。その中に、まあ、僕の女房になった人もいたんですけどもね、おとなしい人が多かった。暖かみがあって素晴らしいんだが、控え目なのね。それで第三期生が九人もいて性格的にも賑やかだったから、島田先生は喜んだわけ。

これでもって比較文学の大学院は発展して行くんだ、ということで。

犬飼　当時は、この比較文学というのは、他の大学にはなかったんですか？

亀井　学科としてあったのは、東大だけね。東大大学院の、比較文学比較文化、という学科があっただけだと思います。早稲田大学には、比較文学教室っていうのがあった。学科じゃなくて研究室みたいな組織で、立派な活動をしていたけど、学科じゃないもんだから学生がいないんですよね。先生たちが集まって研究会をして、雑誌を作る、ということはやっておられました。しかし学問というものは、学生がいないとほんとに根付くことが難しい。それで早稲田も随分いい雑誌を作って活動されているんだけど、いろいろ困難に出会っているように見えるんですね。

藤岡　学科としての比較文学をやる所っていうのは、あんまりないと思うんです。なんか似たような名前の学科が、ある時期、比較何々っていって、雨後の筍のようにいっぱいできてましたけど。私が東大の大学院に入れていただいた時は、就職はないですよって、どなたかに言われました。とにかく、ここにしかないということを言われたのも覚えてます。そういう意味で先生は、比較文学っていうのはもうここにしかないっていう時に、大学院に進学されたわけで、こう、むしろ歴史を創るという意識だったですか、それともなんか、多少でも不安はなかったですか。

亀井　いまの話でね、僕の時も就職はないよっていうことは言われました。でもそれほど、就職ということは思っていなかったんだなあ。まだ自分がほんとの人生までいってないような状態だったですからねえ。生活なんてのはなんとかなるんだ。とにかく、自分の思うような勉強がしたい、という思いが強かったです。それでも、なんやかんや言いながら皆どうかこうか就職しましたね。

藤岡　メリーランド大学での、インスティチュート・オブ・ビヘイヴィオーラル・リサーチでは、実際にはどんなお仕事をされていたんですか？

亀井　ははは。信じられないと思ってるんでしょ？　結局ね、まあ、助手って言いながら、僕の仕事は翻訳関係。一番たくさん翻訳させられたのは、メリーランド大学が日本研究の盛んな大学なんでね、それで日本における、離婚とか、あるいは遺産相続とか、そんなことに関係する協議書みたいなものをいっぱい集めていて、それを翻訳してくれって言われてね。つまり、そんな種類の記録を翻訳するのが主な仕事だった。最初は逐語的に訳してたけど、こういう文書はだいたい同じような文章ばかりでしょ。辞書もろくなのがないから、途中でやんなっちゃって、だんだん簡略にして訳しました。インスティテュートの先生はだんだんすっきりした文章になってきたよなんて言ってくれてね、可笑しかったね。

❖インタビュー

平石貴樹　私は今回の島田謹二先生についてのお話を聴かせていただいただけで、インタビュアーとしてあまり資格はないんですけれども、亀井先生がおっしゃる学風のことに関しては、私は学部も大学院も東大英文科、そしてそこで教えてきた人間でもありますので、その点での責任というか立場の問題からお話するのも一興かなと思いまして、あえてこのインタビュー役をお引き受けした次第です。

それでは本題に入るのですが、先の亀井先生のお話で伺ったこと、それから『ひそかにラディカル？』で書かれたことなどから、亀井先生に流れる学風としては、土居光知先生、島田謹二先生からの流れということは実によくわかるし、自然なことのように思うんで、そのことについての疑問は特にございません。しかし、これが比較文学に流れているというところが、話の味噌でもあって、そこのところをどう考えたらいいだろうかと思いまして、まずその点からお聞きします。

つまり先ほどのお話の中の三角形で言いますと、東大の英文科、東北大や京大の英文科ってのは、いずれも英文科であるわけですが、もう一つの島田先生から流れて来る系統というのが比較文学科ということになるんですよね。この点をちょっと伺いたいと思うんですが。

亀井　まったく僕の考えですがね、島田先生の比較文学科への思い入れの基本は、もちろん比較文学という、文学の国際的な横の関係を視野に収めた学問を推し進めたいという考えがあってのことですが、同時にそういうことを通して「文学」の生きた営みを極めたいという思いがあった。一国中心の文学にかかわっていると、文学の縦の流ればかりが前面に出て、文学の「生きた営み」が見えにくいのね。それで英文科vs比較文学という思いが強まったと思います。島田先生が終始強調し続けていらしたのは、比較文学は「文学」研究だということです。もちろん英文科も立派な文学研究であるわけですけれど、東大英文科はphilology的な姿勢が強いと一応設定して、比較文学科はそれに対抗する「文学」中心の学科にしようというのが島田先生の狙いであったと思いますね。

平石　私はお名前が挙がった先生方の何人かは直接存じ上げていて、多少事情を知っているわけでありますが、知らない人が聞くと英文科は古色蒼然としてもうだめで、比較文学科にしか未来がないというふうに聞こえるわけで、果たしてそれが事実に合っているのかということを伺いたいので、まずそちらからお尋ねします。

たとえば私は亀井先生から二回り近く下の年齢で、完全に後継者の世代に属していると思いますけれども、あるいはもっと若くてもいいんですが、比較文学でどういう学者がいるのかということを考えると……。いるんですか？　と言うのは、もしそういう人がいれば、私なんかよりも、こういう席に呼ばれて亀井先生のお手伝いを当然なさっているはずなわけなんだけれど、比較文学ということに関しては縁の無い私が、亀井先生とずっと仲良くさせていただいているということは、やっぱり比較文学科は失敗だったのではないかという気持ちも私の中にはあるんですが、その点はいかがでしょうか。

亀井　まあ、失敗だったかどうかは人それぞれの判断ですけれども、島田先生が思っていらしたような方向にうまく発展しているかどうか、心配することは僕にもあります。あれだけ情熱を傾けられた「文学」が行方不明の研究が、この頃は比較文学の分野でも多いような気がします。今どういう人がいるかという質問に、こういう人がいるよとすぐに答えにくいというのも、今の文学研究が衰弱してきておることのあらわれかもしれん、と思いますね。

平石　それは個々の研究者の問題であって、比較文学の理念そのものが間違っていたわけではないということでしょうけれどもね。

亀井　理念そのものの問題ではないでしょうね。ただまあ比較文学と称していま若い人たちがやっていることが、僕自身なんかからは遠くに行っちゃっていると思えることも多いんですね。もっとも文学研究における「文学」の不在ということは、何も比較文学に限らず、英米文学研究の分野でもいっぱいみせられる現象ですけれどもね。

平石　このへんで、本郷の英文科のこともご質問した方がいいかなと思いまして。一応philologyが中心であるということはおっしゃる通りだと思うんですが、先生が進学なさった当時に英文科の教官だった先生方には、シェイクスピアの中野好夫先生とか、詩の平井正穂先生などがいらっしゃったわけですが、いずれも英文科の中では文学的な先生として慕われていた面もあったと聞いております。先生の在学中の経験としては、市河三喜流の、斎藤勇流の冷たい勉強の世界というのとは違うということをお感じになっていたんですか。

亀井　市河先生は別世界の人だし、斎藤先生も当時もう雲の上の人でした。中野先生はもう退官なさって非常勤でしたが、習いました。中野先生、平井先生を含めて、直接お習いした先生方に対する批判とか不満とかいうものはほとんどなかったと思います。もちろん先生方の真価が分かる学識などこちらが持っていなかったわけですが、自分の理解し得る範囲内で言えば、立派な先生だと思って、尊敬していたですね。

平石　そうすると、いつか亀井先生のところでお酒を飲みながら話したことですけれども、結局、東大英文科の訓詁註釈と言いますか、philologyの伝統というのは、要するに英語が読めないとだめですよという当たり前のことを、かなり真正面から押し付けると言いますかね、東大英文科はそれを伝統として持っている学科なんでしょう。他方、当然それは素養として持っているけれども、そこからもっと文学をやりたいなという人や、その他いろんなタイプの研究者が出てきた、というような理解でよろしいんでしょうかねえ。そうだとすると、そんなに新しく比較文学科を起こしてまで、文学研究を刷新する必要は実は無かったんじゃないかという気もするんですが。

亀井　比較文学科を起こしたのは、文学の国際関係を重視する学問分野があり、その重要性を認めたからなんでしょう。それは正しいことだったと僕は思います。それよりも問題は、僕の話し方が東大英文科を単純化しすぎてやしないかということじゃないですか。そうかもしれん。しかし東大英文科の影響力は昔から非常に大きかった。で、その特質を語るのに、「東大英文科」というふうに一種カテゴライズして話すのが便利で、その特徴的な学問方法の型としてphilologicalな面を強調したわけです。東大英文科の中にもいろんな先生がいらっしゃることはもちろんです。Philology中心ということでいうと、草創期の市河三喜先生は英語学者だから当然なんで、英文学者では斎藤勇先生がその先頭でしょう。ただこういう先生たちの姿勢を引き継いで、教え子たちがその学風を全国に広げたんだけど、その過程で両先生の学問の大いさが消えて、ある種のメソッドに従って教えやすいphilologicalな研究の姿勢が目立つようになったんじゃないか。英語が正確に読めるということは英米文学研究者に当然必要な素養ですが、それは文学研究のための手段です。が、それが末流学者によって目的のようにされちゃった。*OED*を引けることは英米文学研究者に必須の手段です。が、それがまるで学問そのものであるかのように強調されることになってしまった。

東大英文科自体はね、たとえば斎藤勇先生が、中野好夫さんを助教授として登用なさった。素晴らしいですよね。斎藤先生は明瞭に自分と違う姿勢の人を後任にされているんです。東大英文科はほとんど一貫してそういう姿勢を持って来ているんじゃないかしらんと思う。もう一つの例を言えば、西川正身先生はphilologicalというか、言語的精確さを何よりも重んじる姿勢の先生だったと思いますけれども、その西川先生が自分の助教授として登用した大橋健三郎先生は、まさに仙台学派の土居光知門下ですから、やっぱり自分と違う種類の人を積極的に重用する姿勢だったといえる。それはたいへん立派だったと僕は思っております。

だから僕が言いたかったのは、東大英文科は草創期にジョン・ロレンスさんによって学風が変わり、philology中心になり、その後いろいろ柔軟な姿勢を含みながら発展して来ているんだけど、ひとつの学風の展開として見ると、philology重視の姿勢が目立つ。そういう東大英文科の影響力は大きいですから、比較文学科であろうとなかろうと、文学研究における「文学」を重んじたい人たちは東大英文科を意識することによって自意識を高めた。そのようにして英米文学研究における「文学」性復権の姿勢を強調するのも十分いいことだと思う。僕自身も岐阜女子大学に来て、文学だ、文学だと言いまくっているんです。そういうわけで、比較文学科が学科として「文学」を重んじたことの意味合いは十分あったし、今後もそうあってほしいと思っているところです。

平石　今のお話で私は特に自分に引き寄せて納得がいったのは、亀井先生とほとんど同じ世代で渡辺利雄先生という方がいらして、この方が西川正身先生の直系のお弟子さんで、むしろアメリカ文学でphilologyの伝統を非常に大切に守って来られた方だということになるわけです。いまここにいる方々のために整理して言うと、私は亀井先生の授業もとって習いましたけれども、指導教官は大橋健三郎先生です。大橋先生と亀井先生はお二人とも土居光知先生の流れをくんだ方々で、私はそちらの系統に基本的には属しているわけです。そうすると大橋先生と亀井先生の違いというのも興味のあるところではあるんですが、それは今日は話に出ませんでしたので、また別の機会にするということにします。

いま渡辺先生を比較の対象として出させていただきますと、皆さんご存知のように、亀井先生と渡辺先生の最大の共通点というのは三巻本のアメリカ文学史を出版したことですね。しかも出版の時期が非常に近かったので、いったい何を考えているんだろうと、私なんかは思ったわけですが。その他にも、お二人とも専門はたくさん持っていらっしゃるけれども、その重要なひとつが、マーク・トウェインであるというような共通点もあります。この辺は世代的な共通性なのでしょうかね、トウェインをやって、それでアメリカ文学史を書くというのは。

亀井　それはたまたまそういうことになったというだけのことだけど……。しかし同じようにマーク・トウェインを重要視し、同じように三巻本のアメリカ文学史を書いても、書き方はずいぶん違いますね。僕は文学をもっと「文学」本位に読み、自由に文学を語りたい。

亀井　ところで、いま気づいたのですが、島田先生の「文学」重視を強調するあまりに、つい先生のお仕事の学問的な精密さを軽んじるような印象を与えてしまったかもしれません。そこでちょっと補足しておきたいことがある。いやぜひ紹介しておきたい論文があるんです。島田先生は台湾時代に、矢野峰人先生という素晴らしい上司がいらっしゃりはしたんですが、不遇で孤独な状態で、たぶん必死に勉強なさっておられたんだと思うんです。台湾時代の島田先生には二つの大変な力作論文がありまして、その一つは「海潮音の研究」というんです（もう一つは「ポウとボオドレエル」）。大論文ですが、なかなか発表の機会がなかったんでしょうね。島田先生が台北帝国大学に就職なさってから数年後、ようやく台北帝国大学の文系学科で紀要が出ることになった。『台北帝国大学研究年鑑』といいます。その創刊号に先生はたぶん勇躍して「海潮音の研究」を寄稿なさった。菊判で二百頁ですから四六判では四百頁近い。一冊本になり得る分量の大論文です。でもそれが台北の大学の戦前の紀要ですから、僕は前から見たい、読みたいと思っていたんですけれども、その機会がなかった。

このごろ僕は『日本近代詩の成立』という年来の仕事を本に仕上げたいと思っていて、その中には『海潮音』の章が絶対に必要なんです。ご存知のように上田敏の西洋近代詩の翻訳詩集で、ものすごく立派な中身の詩集です。それについてぜひ一章設けたいんだが、そのためにも島田先生の論文を読んでみたいとずっと思っておった。ところがあるきっかけでその論文をある方からいただいて、精読したんです。感激しました。『海潮音』の原文と翻訳を全部精密に読み解いて、文学的な特質を導き出し、それを批判もし、評価もし、それから翻訳者の上田敏という人の人生の「生」まで論じた、じつに立派な論文でした。僕はこの論文を執筆した時、島田先生は何歳だったかと思って年齢を計算してみたら、三三歳の時なんです。

それを読んで感激していたら、その直後に、今日ここにいらっしゃる松柏社副社長の森有紀子さんから、たいへん素晴らしいお手紙を頂戴した。その手紙には学者がどういう時にどういう情熱を持って本を出版したかということがいろいろと書かれてあった。たとえば夏目漱石の『文学論』は、漱石が四〇歳の時に出版しているんですね。出版は四〇歳ですけれども、あの本は漱石が東大英文科で日本人として初めて教えた時の講義録なんで、その講義をしたのは三六～三八歳の時なんです。土居光知さんが『文学序説』を出版して、土居光知流の学問世界を世に示したのは三六歳の時です。森さんは親切なので、それに「亀井先生の『近代文学におけるホイットマンの運命』は三八歳の時の出版です」と書き加えて下さっている。そういう若い頃、何かの時点で集中して情熱を注いで本を出版したということの意味合いを述べられた手紙なんですね。読んで感激しました。自分なんかがそんな偉い先生にくっついて語られるのは恐縮の極みですが、島田先生の「海潮音の研究」が三三歳の時の仕事であることを知って、僕は非常な感銘を受けました。内容はいま言ったようにたいへん立派な論文ですが、加えて驚いたのは、文章がまさに学者の文章であることですね。情熱的ではあるがアカデミックで張りのある文章です。こういうことを見事にやって、島田先生もこれからはもっと自由になろうと思って、もう少し自由な文章で、「文学」を重んじる学風を展開するようになっていかれたのかなあと、僕は強引に自分の方に引き寄せて思ったわけです。とにかく島田先生も、比較文学のテーマではあるが、東大英文科に負けないアカデミックな仕事をまずして見せて、それからどんどん発展していかれたんだなあと思います。

平石　そろそろ時間ですので、私の質問も最後とさせていただきます。今回、土居光知先生、矢野峰人先生、島田謹二先生のお書きになったものを、ほんのちょっとずつ見させていただきましたけれども、一口に言うと、なんか偉すぎてなかなかついていくのが難しいみたいな感じがあったんですが、この人たち、特に土居先生なんかはかなり熱血漢であられるようなので、ごく一般的な現代文学とか大衆的な作品なんかを、どういうふうに読んでおられたのかなと、少し気になるところがありました。

というのは、こういう時私は必ず思い出すんですが、亀井先生の『アメリカ文学史講義』（南雲堂、一九九七〜二〇〇〇年）第三巻、これは岐阜女子大で講義なさったものを文字に起こしたものなので、たぶん聴いていらっしゃった方もここにおられるんだろうと思いますが、この中で亀井先生が一九六〇年代の文学を扱われる際に、こういうふうに述べられています。「たまたま面白そうな作品に出会うと、まったく気ままに読んだだけで、それもいまから思えばごく限られていた、というのが実情です」と。私は本来、小説を読むということはこういうことであって、私の場合は一生そうでしたというふうに申し上げてもいいくらいなのですが、「こういうことをおっしゃるから、やっぱり亀井さんはいいんだよな」と思うわけなんです。が、土居先生が世界的文学史を研究なさっておられる中で、こういう行き当たりばったりのやり方と亀井先生がおっしゃることを、果たして土居先生はお許しになっただろうかということを考えると、ちょっとどうなのかなあと思ってしまうわけです。まあ土居先生まで遡らなくても、渡辺先生の文学史なんかも、まずそこが違うんじゃないかと思いますけれども。しかも亀井先生はこういうことを平然と述べられたうえで、次のようにも続けておられます。「そんなわけで、六〇年代とそれ以後の文学についての私の理解は、混沌としてとりとめがない。そこで私は、そのとりとめのなさを、そのまま提示しようと思ったのです」と。こういう神をも恐れぬ図太さと言いますか、これは亀井先生一流のもので、よほどの裏付けや自信がないと、そしてよほどの遊び心がないと言えないことで、こういう境地に至って、実は今日お話に出た色々な先生方を亀井先生は結局抜き去っているんじゃないかというふうに見えるんですけれども。亀井先生はこの次の段階でさらに大衆文学、大衆文化の研究に進まれましたが、それについて亀井先生の先生方に何かお考えがあったのか、あるいはそれは亀井先生がまったく独自に個人的に意欲を培って行かれたのか、そのあたりはどうなんだろうかというのを最後の質問にさせていただきたいと思います。

亀井　いや、恐れ入りました。今あなたに引用していただいた文章で述べている姿勢そのままですね。それに付け加えることはほとんどない。まあ、文学研究において「自由」に自分本位でありたいというのは僕の早い時期からの基本姿勢だったと思いますが、『アメリカ文学史講義』第三巻の頃になると、土居先生ももういらっしゃらないし、島田先生もいらっしゃらないから、だんだん何を言ってもいいような感じになって、さらに自由に言ったんだろうと思いますけれどもね。「神をも恐れない」かどうかは知りませんが、まあ図々しい姿勢を持って言っておったと思います。ただどこかで図々しさも大事にしたいなあと、まあ勝手に思って、大衆文化研究とか、自由な表現スタイルとかの方向に「まったく独自に個人的に意欲を培って」進んでいる次第であります。

第三章　東京大学時代 I

東京大学講師になる

昭和三八年（一九六三年）四月、僕は東京大学教養学部の専任講師となりました。ちょうど三〇歳でした。僕はこの教養学部の外国語科に所属しました。もちろん英語の教員として採用され、自分もそのつもりで赴いたわけです。その英語教室でまず最初に実質のある話をして下さった人が、斎藤光先生です。島田先生が対峙するような姿勢であった東大英文科を代表する感じの斎藤勇さんのご長男です。この先生に僕は深甚な学恩を蒙ることになります。その時はまだ助教授でしたけれども、その斎藤光先生から、亀井君にはこれから駒場のアメリカ文学を担って欲しいと言われたのです。もちろん僕はホイットマンを勉強していました。日本での修士論文は「日本におけるホイットマン」ですし、アメリカでのマスター論文は「ホイットマンの政治思想」。ホイットマンを研究していたけれど、その頃まではべつにアメリカ文学を専門にしようと考えていたわけじゃない。漠然と英米両方を思っておりました。つい最近、岐阜女子大学にも非常勤でいらした岩崎宗治先生が、イギリス・ルネッサンス時代の詩についての論文集（『薔薇の詩人たち　英国ルネサンス・ソネットを読む』）を出版されて、一週間ぐらい前に頂戴したんですけどね。

それを見たら懐かしい。アメリカ留学中のころ、僕も英国ルネッサンス期のトーマス・ワイヤットとかサー・フィリップ・シドニーとかを読んで、ああいう詩人たちに夢中になって、詩ってのは英語でこんなにきれいな表現ができるものかということを、痛感しておった。で、僕もそちらの方に進んでもいいなあなどと漠然と考えてもいたんです。が、斎藤先生が君はアメリカ文学ということになってるよ、とおっしゃったもんですから、とにかくそういう姿勢になりました。

その姿勢になった時、すぐに気づいたことがある。前に述べたように、アメリカ文学史は一所懸命読んだ。それからホイットマンも読んだ、マーク・トウェインも。しかし読んでない作品があまりにも多いんですね。日本文学でいえば源氏物語を読んでいないようにね。名前だけは知ってるけれども実際には読んでいない作品が圧倒的に多いんです。そういうことを、痛切に感じた。それで駒場に就職してからすぐ、アメリカ文学作品を必死になって読み始めました。アメリカ留学中は何も知らないから文学史を読んだ。作品も読んだつもりだけど、もっともっと読んでおけばよかったと痛感した。それで就職後は、とにかく作品を夢中になって読んだことを思い出します。

富士川英郎先生

まあそんなふうにして、基本的には英語教員の生活を始めたわけです。

もちろん比較文学の仕事もしました。そうそう、大学院比較文学科は島田先生が定年退職されて、第二代の主任教授に富士川英郎先生がなられていました。僕はこの先生にもたいへんお世話になりました。

富士川先生は島田先生と学風が非常に違うのです。島田先生は学問への情熱を表にあらわしながらお話もされ指導もなさるという姿勢でしたが、富士川先生は、もちろん同じように情熱はお持ちですが、それを表にはいつも抑えておられ、ご本人のお仕事も学風も静かに展開されていました。島田先生を「動」の人というならば、富士川先生は「静」の人です。英文科同様、比較文学科も結構、多彩な陣容だったんですよ。

富士川先生はもともとドイツ文学者で、リルケを専門とし、詩を非常に愛される先生でした。僕は大学院で富士川先生のリルケの授業を聴講したんですが、一緒に聴講したのは僕の他には二人だけで、その二人がともにドイツ語・ドイツ文学の専門家でした。一人はのちに東大のドイツ語の先生になり、もう一人は東京女子大のドイツ語の先生になった人です。そういう中にふらっと混じっちゃった僕は、富士川先生に、僕なんかが聴講するとせっかくの授業の邪魔になるんじゃないかと心配です、と申し上げたんです。すると、全然いいですよ、リルケの『ドゥイノの悲歌』*Duineser Elegien*――難解なことで有名な詩です――を読むけれども、対訳本を使用するから心配ありません、といって下さったんです。ところがそれがドイツ語とフランス語の対訳だったものですから、今度はフランス語にも苦労しなくちゃならなかった。そういうわけで、他のお二人には迷惑だったかもしれませんが、今になってみるとあれを勉強してよかったなあと思います。学年末のレポートに「リルケとオーデン」という題で、この二人の詩人を比較対照しながら論じていくものを出しましたが、富士川先生はたいへん喜んで下さった。

今言いましたように富士川先生の学風は穏やかで、先生の文章も静かで淡々たる味わいがあるんです

富士川英郎教授（左）と筆者
（1963-64年頃。東大比較文学研究室の懇親旅行、箱根の宿にて）

ね。それで僕は長いこと腹の中で自分の文章のお手本と考えていて、ああいう富士川流の文章を習得したいと思っておりました。さらに図々しく言うと、富士川先生の文章にヘンリー・ソロー風のぴりっと辛い味を加えるのが僕の理想的な文体だった。もちろんそんな文体は一度も実現はしていないのですけれども。ですから、島田先生とは正反対の先生にも僕は惹かれておったということなんですね。この富士川先生が僕の博士論文の主査になって下さいました。

さてこのようにして比較文学研究室の主任は代わっていましたが、島田主任教授の遺言でもないけれども、僕がアメリカに行っているあいだ休刊していた『比較文學研究』を、亀井が留学から戻ったら再出発させよ、という先生からの命令が残っていると助手の神田孝夫さんに言われて、それは名誉に思って、懸命になって編集作業をしました。『比較文學研究（再出発第一号）「珊瑚集」特集号』（一九六三年九月）というものです。で、もちろん、島田先生にも原稿を頼んだら、待ってましたとばかりに先生から長い、それこそ新書版一冊分くらいの大論文を頂戴した。それから仲間たち、先輩の芳賀徹とか、その他の人たちにも原稿を頼んだ。みんな喜んで執筆してくれました。で、僕も実は書いた。ひょっとして誰も書いてくれないときには自分で補充しなきゃいけないと思って、二篇書いていたんですよ。ボードレールの詩の翻訳についてと、もうひとつはノアイユ伯爵夫人の詩の翻訳について。とにかく二篇論文を書いて準備しておった。ところが皆さんの寄稿論文で誌面が一杯になっちゃって、僕自身の論文は載せないことにし、篋底に秘めてしまった。それはまだ就職早々の時の論文ですから不十分なもので、そのまま長いこと忘れちゃっていた。ところが、何十年か経ってふっと見たら、結構いいんじゃないの、という気になったのね。それでたまたまどっかから原稿を頼んできたときに、もちろん直しましたけれども、こういう論文でよかったら出しますというようなことで出して、二篇とも使ってもらって、決して無駄にはならなかったですね。とにかく、そういう次第で『比較文學研究』という雑誌、それから二、三号は僕が——神田さんに導かれてですけれども——事実上の中心者になって一所懸命編集をしました。

アメリカ研究者会議の体験

駒場の教員となった僕にとってのもう一つの大きな体験は、アメリカ研究者会議というものに出たことです。僕は駒場の英語教員となって間もなく、アメリカ研究、つまり地域研究としてのアメリカ研究に関わるようになっていました。駒場にある教養学部の教養学科という専門課程の学科は、当時、日本全国での地域研究の中心のようになっていた。地域研究というのにもまたいろいろあって、アメリカ研究、フランス研究、ドイツ研究、というふうに国別でいろいろ分かれています。僕はアメリカ留学の二つ目の大学であるメリーランド大学に行ったときに、文学だけでなく文化も勉強したくて、アメリカン・シビリゼーション・プログラムという課程に入ったんですが、それはつまり地域研究のプログラムでした。そこに行っておったということを、教養学科のアメリカ分科の主任であった歴史家の中屋健一教授が知られた。それで僕を地域研究に引っぱろうという気持ちになられたんだと思います。ちょうどその時、アメリカ研究者会議というのが開かれたんですね。

アメリカ研究者会議とは何かというと、日本の敗戦直後に、アメリカ研究をしっかりしなければいかんというので、アメリカ学会というものができたんですね。昭和二二年のことです。戦前からアメリカ研究をなさっていた長老というか立派な先生方が、戦後ようやく自由に研究できるようになって、そういう学会を作られた。その中心者は高木八尺。日本におけるアメリカ研究の元締めみたいな先生です。それはなかなか立派な学会だった。終戦直後の貧しい状況の中で、『原典アメリカ史』という、全部で五巻ですが、その後何度か補充が出ましたから今は全九巻になっている、素晴らしいアンソロジーを作ったりした。岩波書店から出版された本で、今でもアメリカ研究の重要な基本文献になっています。ところがアメリカ学会は、その『原典アメリカ史』の最初の五巻を仕上げたところで疲れ果てたのか、その後、休会状態になっちゃった。で、それを復活させようというので、このアメリカ研究者会議というのが開かれたわけです。いわばアメリカ学会復活のための準備会ですね。

そこで、偉い先生たち、最初のアメリカ学会を作った大先生たちから、戦後に登場した学者たちも集まるわけですけれども、そういうアメリカ研究者会議に中屋先生から「亀井君、出てくれ」と言われた。僕はまだ就職早々ですよね。四月に就職してその会議が翌年の一月。だから会議に出てくれと言われたのは、たぶん就職して半年もたたぬ一〇月くらいだったでしょうね。普通だったらそんなお偉い先生たちの会議に僕なんか出てもしょうがないし、準備もない。それで断るというか逃げるところですけれども、就職早々だから、逃げるとこいつは能がないと決められちゃう恐れもあった。それで、じゃあ何とか出ます、と言ったんですよ。出るというのは、パネルスピーカーで出るわけです。僕のほかは本当に偉い人ばっかりなんですよ。その中に最年少のチンピラがぽつんと出るという、そういうシンポジウムでした。

そこでまあ、日本でアメリカ文学の研究をこれからどうやっていったらいいか、というようなことを、自分の悩みの告白みたいに話すことにした。前にも話したように、僕はアメリカ留学中に文学史を一所懸命読んでいて、そういうものの視野から日本におけるアメリカ文学の研究の状況を見ると、どうも視野が狭いんじゃないかという気がする。日本における文学研究というと、どうしても狭い意味の純文学が中心になって、たとえばアメリカではベンジャミン・フランクリンなんてのは最も重要な文学者として出てくるわけですけれども、日本で文学研究と言ったときにはフランクリンのような人は入りにくい。なんていうか、思想家ではあるし、政治家、科学者、りっぱな文化人だけれどもいわゆる純文学は作ってないわけですから。そういう文学観がもとにあるから、日本でのアメリカ文学研究は視野が狭くなっているんじゃないか。またたとえばヘンリー・ソローとかエマソンが文学者としてどんなに重要か。むしろ彼らこそが文学の中心であって、その周辺の小説や詩を作っていた人たちは文字通りの周辺だ。ところがエマソン、ソローの思想は問題にされても「文学」はあまり問題にされない。日本流の純文学に視野を限ると、アメリカ文学の真の生命が見失われるんじゃないか。自分は今まであまり注目されなかったような思想や文化行動をした人たちを、「文学」の視野に入れて勉強したいなんていう話を、三〇分くらいだったですけれどね、具体的な名前をあげてしゃべりました。

そしたら早速「はい」って手があがり、批判が出てきたんです。聴衆も偉い先生ばかりなんですよ。そういう聴衆に向かってチンピラが偉そうな話をしたわけですから、その聴衆の一人が、「亀井クンも頑張っているようだけれども、自分たちだってちゃんとやってるんだ」って言われるんです。そして「たとえば君はこういう人物について知っていますか」と聞いてくる。こちらが試験されてるようなもんですね。いいえ、存じません、と言うと、自分たちはそういう人物の研究もしておるんだ、とたたみかけてこられた。僕は弱っちゃってね、だから自分は知らないことがいっぱいありますから、もっと知りたいと思って、いわゆる純文学以外にももっと幅広く研究しようと言っているだけです。というようなことを言って、何とか矛を収めていただいた。それでシンポジウムが済んでから、その先生のところへご挨拶に行ったんです。いろいろご教示ありがとうございました、とね。すると先生は、亀井クン、君の言うことに全部賛成だよ、と言われる。まったく賛成だけれども、君のような若い人にそう言われると、僕はいいよ、僕はいいけれども周りの人たちが反感を持っちゃうといかんから、僕がみんなを代弁する感じで発言したんだよ、という調子でね。まったくさっきと違う。そして最後に、君、ビールでも一杯飲もう、って言われる。その時初めて、ああ学会というところはこういう所だと知りました。表と裏でまったく違うところだと、初めて知った。

で、それから何年か経って、中屋先生にこういうこともあったですよねえ、なんて話したことがあります。すると中屋先生が、ああ、そのことはよく覚えておる、と。その発言をした人は学会荒らしと言われて、どの学会でも若者たちをやっつけるので知られた人でね、亀井君があれに捕まっちゃってどう返答するかと実はハラハラしておったんだ、君はうまいこと返事したから安心したけれども、なんていう話でした。要するにこの体験のおかげで、学会というものの一面を知ったですね。

ともあれ、アメリカ文学研究の話に戻ると、幅広くもっといろいろしたいというのが僕の基本姿勢で、自分でも公言し、またそれを実行しようと思って、いろいろ読みました。ま、前にも申し上げたけれども、どこかで僕は思想少年のところが残ってましたから、島田先生流の「文学」主義者でしたけれども、同時に純文学の外のものも熱心に読む努力をしました。

アメリカ科の助教授

そういうことがありまして、就職後二年たち、昭和四〇年に助教授になった。アメリカ研究者会議が三九年の一月、その翌四〇年の四月です。ところがこの時、僕は教養学科アメリカ科（正式にはアメリカ分科というんです）の講座に入ったんです。講座というのは、教授がおって、助教授がおって、それから助手がおって、その三人が一つにまとまって研究とか教育を進めていくシステムなんです。僕が最初に属した外国語科英語教室というのは、講座ではなく大人数の「教室」で、定員もあまりはっきりしない。教授が十数人、助教授が十数人ということで、まあ何となく自由に、あるいは雑然とやっているんですね。ところが「講座」となると、ちゃんとしたシステムがある。教養学科というのは基本的にはみんな地域研究ですから、たとえば教授が社会科学の方面の人でしたら助教授は人文科学の人がなる、というふうにバランスをとるんです。で、主任の中屋教授から、亀井をアメリカ科の助教授にしたいという要請が英語教室の方に来て、英語教室の方では別に反対できないから、いいですよと了承して、僕は教養学科のアメリカ分科の講座に属し、中屋教授の下の助教授になりました。地域研究の講座ですから、そちらの学問も一所懸命勉強せんならんということになった。メリーランドにおった時も地域研究をやっていましたけれども、外国だからおおらかにやってました。しかしこの小さな教養学科アメリカ科という所に来ると、たとえば方法論とか何とか、僕はそういうことは好きでないんですけど、いろんな人からいろいろ質問がくると返答せんならんから、そんなことも勉強し始めました。

ところで、中屋先生という人、この方については、『ひそかにラディカル？』に思い出を書いてますけれども、実はたいへんおっかない先生ということで、駒場中で有名だった。非常に厳しい、怒ると手がつけられない、そういう先生だと言われていた。僕はその助教授になったというので、みんなから同情されておりました。しかし中屋先生、僕にはものすごくやさしく、親切であって、こんな教授の下に付けたことは人生の幸せだったといまだに思います。なんというか、指導もよくして下さったし、自分のところの若い助教授を世間に出してやろうという感じであちこちで宣伝もして下さって、有難いことだったと思います。

中屋先生は今言ったように歴史専攻の学者ですけれども、元々は新聞記者だったんですね、共同通信かなんかの記者。だから文章も明快で読ませるんですね。僕は何かで初めてコマーシャルベースの雑誌に頼まれてアメリカ論を書いたことがあります。まあ、一〇頁くらいの論文でした。そしたら中屋先生はそれをちゃんと読んで下さっていて、いやあ、なかなかいい内容だよ、などと言われ、ただし、と付け加えられた。「君、最初の二〇行はよくない。最初の二〇行で読者を引き寄せなければ、そこから先は読んでもらえないんだから、最初の二〇行を工夫し、読者にアピールすることに全力を注ぎなさい」と。

まったくそうだと思いまして、僕はその後、努めてそのことを実行してきたつもりです。僕は自分の教え子たちにも、提出するレポートの最初の部分でこまかな注意をすることが多い。中屋先生の教訓を自分としては活かしているつもりです。

そんなこともありまして、この先生の下で少しずつ成長、といえるかどうか、とにかく勉強してきた。英語の教師とそれからアメリカ地域研究の教師とをやっていたといえると思います。

はじめて『英語青年』に投稿

それから、やはり駒場の教員になりたての頃のことですけど、学者の生命は論文だということを感じることが多かった。たとえばアメリカ研究者会議でどんなに立派なことを言っても、それはその場で終わっちゃう。論文が本当の勝負だということを感じて、頑張って論文を書こうという姿勢になった。それもね、仲間うちだけの雑誌などに書くだけじゃ駄目で、やっぱり全国に通用している雑誌に発表しなければいけないと思うようになりました。

それやこれやで、英米文学界の機関誌の趣のある『英語青年』に投稿しようと思い立ったんです。その『英語青年』の一九六三年九月号に掲載されましたから、投稿したのは六月ごろですね。だから就職早々なんだな。それは、「野口米次郎のアメリカ詩壇登場」という題で、ヨネ・ノグチがアメリカでただ詩魂に駆られ、まだろくに書けない英語で詩を書いて詩壇に登場していくところを扱った論文なんです。それで投稿して採用されるんですが、そんなに長くはない、三頁ぐらいのものですからね。三頁というと、『英語青年』は一頁に原稿用紙六枚ですから、まあ二〇枚足らずの論文です。

この時のことは非常に自分の記憶に残っていて、エッセイにしているくらいなんです。原稿を送ってしばらくたったある時、風邪を引いて僕は学校を休んで家に寝ておった。僕は留学から帰るとすぐ就職したんですが、東京に住まいがない。それでアメリカで結婚した女房の実家にもぐりこんでおったんです。その実家の、昔でいえば女中部屋みたいな玄関の脇の六畳に足りない狭い部屋に、女房と二人寝起きをしていました。その日は女房の方は出勤しておって、僕は風邪ひいて一人寝ていたんですね。そしたら玄関を開ける音がし、人が入ってきて、亀井俊介先生はご在宅でしょうか、なんて言っている。僕はぼやーっとして聞いている。女房の母親が出て対応してるんですけれど、俊介は風邪をひいて寝ていますが何でしたら呼びましょうか、とかいうことを言っていた。「いや、その必要はありません」とお客さんが言うのね、「私は『英語青年』というものの編集をしておる誰それです」。母親はわかんないわけですね、『英語青年』なんて全然知らない。はあ、とか言うだけで、その人「お休みなら結構ですけれども、いい論文を頂戴して、たまたま近くを通ったもんですから、ちょっと寄ってご挨拶をしようと思って参りました」と言われた。それを鮮明に覚えておるわけですね。たまたま通りかかったんじゃなくてわざわざ寄って下さったに違いない。と思うと、玄関にすっ飛んで行きたいんだけども、こちらは風邪をひいて寝ているわけですから、仕様がなくじっとしていました。荒竹三郎という名だと後になって知った『英語青年』編集長は、初めて投稿したその論文を認めて下さったんでしょうね。嬉しかったです。

ところで論文が『英語青年』に載って、もちろん僕はたいへん喜んだんですけれども、周りの同僚たちは、知らんふりなんですね。論文が雑誌に載ったぐらいでむやみに騒がないのが学者世界の礼儀なんでしょうかね。素直に喜んでくれたのが、先に話しました中津高校の菅井先生でした。僕の『夜明け前』の翻訳なんかを添削して下さった先生です。すぐに速達で、「よかった、『英語青年』で君の論文を見てうれしくてしようがない」というようなことを言ってきて下さった。このこともたいへんよく覚えております。

ヨネ・ノグチ・ソサエティ

さて、このヨネ・ノグチ。どうしてヨネ・ノグチに興味を持ったかというと、ホイットマンからなんです。日本におけるホイットマン――ホイットマンが日本でどういうふうに読まれ、受容されてきたかということを、僕は比較文学の研究テーマの中心的なところにおいていました。それでいろんな日本人のホイットマン論を読んでいくうちに、際立っておもしろい反応を示していたのがヨネ・ノグチであったんで、そこで興味を持って彼の勉強をし始めたわけ。それで『英語青年』に投稿した後、だんだん本格的にはまっていって、昭和四〇年（一九六五年）、『比較文學研究』の九号に「ある二重国籍詩人の日本主義――ヨネ・ノグチとアメリカ」という論文を発表しました。これはかなり長い、相当に力を注いだ論文ですけれども、それを外山卯三郎という美術評論家、この人はヨネ・ノグチの女婿、つまりノグチの長女と結婚した人で、ヨネ・ノグチを何とか復活させたいと思って一所懸命になっておられた。ヨネ・ノグチは戦争中に戦争讃美の言論活動をしてたものですから、戦後はまったく無視されちゃってた。それを外山さんは何とか再評価させたいと思って、努力されていた。その時、僕の論文を見られたんですね。誰かが外山さんに、こういう論文があるよ、なんて紹介したんだろうと思いますけれども、それで手紙か電話かで会いたいと言ってこられて、お宅にお伺いしたんです。外山さんはそのころ六〇歳を過ぎた立派な人で、こちらはまだ三〇そこそこのチンピラであるわけですけれども、ひとつ協力してヨネ・ノグチを復活させようなんていうことになって、二人でYone Noguchi Societyを作りました。

二人だけのヨネ・ノグチ・ソサエティです。で、まずノグチの作品を広く読んでもらわなきゃいけないと考えました。それでヨネ・ノグチの英語の詩集五冊、主要な詩集はそれで全部ですけれども、その五冊の復刻版を出すことにしました。限定出版でね、百部くらい作ったのかなあ。和綴じで、函入にして出して、高い値段です、一万八千円だったかしら。でも大体売っちゃったですから、やっぱりそういうものを待ってた人がいたんじゃないかと思いますね。ヨネ・ノグチ・ソサイアティ刊と称してたけど、外山さんの自費出版ですよ、実際にはね。

ところで、その復刻版を出すのに、解説が欲しいということになった。ヨネ・ノグチというのはどういう人物か、五冊の詩集はどういうものかという解説を、亀井さん書いてくれ、と外山さんが言われるのね。ま、僕も引き受けざるを得ない。ただ、英語の復刻版にくっつける解説ですから、英語で書かなきゃいけない。僕もまだその頃は英語がある程度は書けるつもりだった。一所懸命に書いて、でもやっぱりこういうものに載せるので、アメリカ人の友人に原稿を送って見てもらった覚えがあります。セント・ルイス時代の親友で、留学中ずっと僕の英語を見てくれていたJohn M. Reillyが引き受けてくれた。その解説を五冊のうちの一番薄い巻に付録的に載せました。

ところが外山さんは芸術家気質で大らかな人だもんだから、校正なんてことはあんまり心配しない。一回だけはしたけれども、出版されたものを見たら間違いだらけで、びっくり仰天して「こんな誤植だらけのものを。外山さん、申し訳ないが正誤表を作って載せて下さい」と言ったら、正誤表なんかよりも、自分は最初から解説だけ別冊にして、単行本かパンフレットにして出版しようと思っていたから、そちらは校正をきっちりやって出版しましょう、と言われる。そして作って下さったのが『Yone Noguchi, An English Poet of Japan』という本です。ヨネ・ノグチ・ソサイアティ出版、一九六五年刊というもので、僕の初めての本がこれになるわけですね。本文はそういう解説ですから長くはない、四〇頁で、それにヨネ・ノグチのなかなかいい写真が三二頁も載っておる。これも限定版とうたったけれども、何部刷ったか僕にも分かりません。

東大紛争の頃

まあ、こういうふうにして、比較文学、アメリカ文学、それからアメリカの地域研究の分野で少しずつ論文を発表し、学者のまね事をし始めました。そこで、年譜をまた見て下さい。昭和四二年にアメリカ学会編集委員というものになりました。それはどうも一年間だけだったみたいですね。ちょっとここらへんが記憶不確かですけど。それは他に大事件が起こっちゃったからかもしれません。

昭和四三年一二月にいわゆる東大紛争で、学生による研究室封鎖という事態になった。その前からおもに本郷でいろいろ衝突事件があったんですけど、この一二月に、駒場の教養学部の学生たちが僕らの教養学科研究棟という建物を占拠し、僕ら教員は中に入れない状態になっちゃったんです。この紛争についてはいろいろ言いたいことがあるけれど、ここでは身辺的なことだけ話しますね。不意に占拠されたもんですから、本とかその他、いろんなものは研究室に残したままの状態です。いろいろ不便しました。いわゆる東大紛争はしばらく前から始まっていたんですが、時がたつにつれて、学生と教官との仲が――仲というか考え方の対立が深刻化しちゃって、お互いに意思疎通しない状態になっちゃってた。けれども僕の属しているアメリカ科は、教官と学生とが非常に仲良くやっておったんです。それで研究室から本などを取り出したい時には、学生に頼むと、「はーい」とかなんとか言って取って来てくれた。アメリカ科の場合、紛争の結果、教官と学生が親しみを増した面もありました。しかし封鎖が終わったのは、安田講堂の封鎖が警察力で解かれ、駒場の連中もみんな「もう駄目だ」と思った時ですね。

昭和四四年一月一八、一九日、東大安田講堂封鎖解除。するとすぐ、一月二一日に駒場の研究室封鎖も終わりになった。さてこういうのが紛争のヤマ場で、それ自体は短い期間のことだったかも知れないけれども、この紛争によって、従来のようなのんびりした教育や研究生活が難しくなっちゃったと思います。学生側の要求にも分からぬことが多かったが、教員どうしでもごちゃごちゃ対立があったりしてね。それで、中屋先生はいろいろが嫌になってしまわれたらしい。不意に「君、主任せよ」と言われて、僕はまだ若い助教授ですのにアメリカ科主任にさせられた。四四年の四月からです。教養学部教養学科アメリカ分科主任です。この主任会議に出ると、いるのは僕の教わった先生たちばかりで、もう閉口したね。大体、僕はそういうのは苦手で、いやだったけども、まあ中屋先生の命令だからということでやっておりました。学生とはさっき申しましたように非常に仲良くて、いい状態でしたけれどもね。

朝日洋上大学

この昭和四四年の八月から九月まで、朝日洋上大学講師と年譜にあります。これはですね、つまり、朝日新聞社が新聞配達の若者たちへのサービス事業で、船一艘仕立ててアメリカを見学させる、そしてその往復の太平洋上でもアメリカの文化なんかを勉強させるという、往復一か月くらいだったでしょうかね、そういう旅行を企画して、僕にその船上での講師をしてほしいと頼んできたんです。こちらはまだまったく無名の助教授だけれども、アメリカ科の主任だもんだから選ばれたんでしょうね。その頃、まだアメリカへ行くということはなかなか難しかったんです。だからこそ洋上大学というものも魅力だったわけですね。また僕のような教員でも、昭和三七年の末に留学より戻ってから、アメリカへ行くチャンスはまだなかったんです。それで朝日洋上大学で教えればアメリカへ行けるというので、喜んで引き受けました。ただ、まだ大学紛争の余燼収まらず、そんな時に主任が一か月ほどでも留守しちゃうというのはやっぱりまずいんじゃないかってことを、英語教室の同僚に言われた。それで、じゃあ行きは飛行機で行って、帰りだけ船に乗って講師を勤めるということでどうかって朝日新聞社に聞いたんです。新聞社としては、ホントは行きの方に乗って欲しいわけね。行きの船の中でアメリカはこういうふうだよなんてことを話して欲しいんだけども、最終的には「それでもいいです」ということになった。

　それでまあ決まったんだけど、中屋先生との雑談中に、ことの次第を話したら先生も「行く！」って言われる。あわてて朝日新聞社に交渉して、中屋先生も講師として一緒に行かれることになりました。さてそのアメリカから帰る船の中で、前に話したように、僕は中屋先生からたいへんな恩恵を蒙った。洋上大学の講師たち、いろんな分野で一〇人近くいたんですが、朝日新聞社のお抱えというか有名文化人が多かった。中屋先生はそういう人たちも知っておられるわけなんです。で、先生のおかげでそういう人たちと楽しく船上生活をしました。それにも増して、新聞配達で苦労した若い人たちとの船上での交流が、僕には非常によい体験になりましたね。

　そういうわけで久しぶりにアメリカへ行ったんです。そして僕が留学から帰った一九六二年とこの六九年との間にアメリカが途方もなく変わっておることにびっくりしました。ベトナム反戦運動や黒人の市民権運動などがきっかけで、既成の価値観が崩れ去って、一種の文化革命が起こっていたのね。飛行機で行ってロサンゼルスやニューヨークやボストンなどをちらちら見て、サンフランシスコまで来て船に乗ったので、アメリカ自体はスラーッと回っただけの短い旅でしたが、わずか七年の間の社会や文化の変化に驚嘆して、やっぱりもっとちゃんと勉強しなければいかんと痛感しました。最初にアメリカへ行った時はセント・ルイスのワシントン大学、それからメリーランド大学と、大学での勉強が主だった。だから基本的にはブッキッシュな勉強をまあ一所懸命やってたと思います。そればっかりではやっぱりアメリカというものは分からないんだ、ということをたいへん痛感して、それでどうやって勉強したらいかってことが僕の大事な問題となって残りました。まあそういう思いをさせてくれたのが朝日洋上大学というもので、僕には非常に重要な旅になったと思います。

学位論文のこと

さて、こうしていろいろやっていたんですが、この間に僕が一番力を注いでいたのは、なんといっても学位論文の執筆です。本当のところは、他のすべてを犠牲にしてこれに打ち込んでいました。この話は次回に詳しく語ろうと思いますが、とにかく僕が東大に博士論文を提出したのは、昭和四三年の後半だったと思う。「近代文学におけるホイットマンの運命」という題で、昭和四四年三月に博士論文として認められました。それがその翌年、昭和四五年三月に研究社から出版していただけました。そしたらそれが翌昭和四六年五月、日本学士院賞受賞ということになったんです。これによって、予想外の運命が開けてきました。

この賞は、賞金はほとんど形だけでどうってことはないんですけれども、その影響というのかが結構大きいんですね。年譜をご覧いただくと、昭和四七年四月に僕は日本英文学会の副編集長になっている。「長」嫌いの僕がこんな役を押しつけられたのは、学士院賞の影響以外に考えられません。昭和四八年（一九七三年）に日本学術振興会派遣在外研究員というものになったのは、嬉しい方の影響の例ですね。これはその年から、学術振興会が若手学者を在外研究員として派遣するということを始めた。その第一回の派遣研究員っていうのに選ばれたのです。このおかげで、僕はいよいよ念願のアメリカ大衆文化研究に乗り出すことができました。しかし今回は学士院賞までの話にしようと思ってましたから、この辺で終わりにしましょう。

❖インタビュー

藤岡　お話を伺ってまして、先生はなんて言うか、心の中でこれからはこういうふうにしていこうというような、目的や信条を掲げて進んでいく、そういうプロセスを取ってらっしゃる気がしました。オーラル・ヒストリーということで振り返られても、やっぱりそういうプロセスを、明瞭に思い起こされるんでしょうか。

亀井　とんでもない。普段の自分を見てもそんなふうに思いをめぐらせて生きているわけじゃありません。そんな、整然と人生を進んでいるわけではぜんぜんない。

藤岡　でも、ターニングポイントになった出来事みたいなものが人生には具体的にあるってことが今回わかって、非常に面白かったです。今まで先生に言われたことで、そういうことってどこから出てきたのかなって思っていたのが、あ、こういうことだったんだっていう、まあ、原点というか、そういうのを今日知ることができたような気がします。学者の存在証明は論文で、とにかく書くっていうことが勝負だと、何度も私は聞かされて来たんです。

亀井　それは人によっていろいろあると思いますけども、僕の場合はやっぱり勝負の場は論文ですね。学者の役割はいろいろあるけど、しっかり論文を書くのが基本だと思っております。自分で論文を書いていないと、大学院の場合、ちゃんとした指導ができないんじゃないかしら。理屈だけで学生の論文を指導しようとしても、うまく指導はできないだろうと思う。自分が論文書いて、苦労したり、失敗したり、いろいろなことをして、そういう経験を踏まえて論文指導というものが成り立つんじゃないかと、僕は思っております。

藤岡　先生、お書きになる時は、相当苦しまれるんですか？　と言うか、お話になる時っていつもメモだけを、すごく簡略なメモをご覧になって滔々と喋られるんですけども、本を書かれる時も……。

亀井　あ、論文もね、同じように、メモ程度のものがあって。書きながら色々と発想を展開させていく、っていうのが基本姿勢ですね。ただ、論文の場合は何度も何度も書き直すというところが違いますね。パソコンでやれば、一回すうっと書いてちょこちょこっと修正すれば、たぶん仕上がるんでしょうけれども、僕は手書きなんです。手書きで下書きというか自由な発想の素原稿を書いて、それを大幅に直しながら清書します。が、たいていはそれをさらに何回か清書し直す、ということをやっておると思います。

藤岡　その、そのプロセスの中のどの部分が一番こう、醍醐味を感じられるんですか？

亀井　楽しいのは最初の素原稿を清書する時、だから二回目というのかな。素原稿は使い古しの原稿用紙の裏に、自由に、長めに書きなぐるんです。たとえば、三〇枚の依頼だったら四〇枚とか五〇枚とか書く。それから、それを縮めながら、新しい原稿用紙に清書してゆく。この段階が一番楽しいですね。素原稿では思いのままに、余分なことまであれこれ書いてますから、それをこんどは冷静な頭でバッサバッサと削って整理していく快感ね。サディズムを発揮しながらやるのね。そんなところが一番楽しいです。マゾヒズムかな？　ここで自分の論文の形が見えてきます。そうやって二回目をやって、それからまあ一週間なり何日間なりほっておいて、もう一回修正する。こんどは文章の工夫が主で、論文の出来具合が見えてくる。必要を感じればさらに何度でも修正します。まあ、そういうプロセスが必要だと自分では思っております。この三回目以降は楽しい仕事というわけではないけれども、嫌でもないですね。

藤岡　そういうことを伺うにつけ、私たちはいろいろな研究会や勉強の場で先生の指導を受けたわけですけど、ほんとに、口先だけでおっしゃってないんだなってことが改めてよく分かりました。三〇枚まず書いてごらん、と言われて、それを一五枚にしなさいって言われた時は、みんな、そんなまさか〔冗談でしょうって言ってながら、最終的にもう泣く泣く削るんですけども。そのプロセスで学ぶことがすごく大きかったなと今思いますね。

犬飼　いろいろお話お聞かせいただいたんですが、その中で、ひとつ、人との出会いっていうんでしょうかね。まあもちろん、それは先生の中にある力をちゃんと見出された偉い先生方がおられたからなんですが、先生の方もそれに応えられるっていうふうで、やっぱりこう人が出会って何かが始まっていくっていうのを感じたんですけども。

亀井　たしかに人との出会いは大事で、素晴らしい先生に出会って僕なんかも多少とも成長できたと思います。ところが、そういうことと同時に、いつまでも変わらない何かも人にはあるんですね。高校生の頃『道草』や『英語・英文学』という仲間雑誌を出して、「文化」少年をやってた話をしました。その頃はいろいろペンネームを工夫していた話もしましたね。ところが本当に頑張った原稿を書いた時には、本名で発表しているんです。今回このオーラル・ヒストリーのために『道草』を読み返して自分でびっくりしたのは、そこにね、大衆文学論みたいな論文を発表しているんですよ。びっくりしたって言うのは、僕はこの次くらいには話すことになるかもしれないけれども、大衆文化研究を一所懸命やるようになるんです。それで、自分が高校時代から、大衆文学とか文化とか、そういうことを、ぜんぜん詰まんない中味ですけども論文にしていたことを知って驚いたんですね。自分を再発見したというような思いがあります。で、その時には、亀井俊介という本名で発表しているんです。何かこう勝負する気持ちだったんですね。そういう自己があって、人との出会いがあって、人は成長していくのかしら。

藤岡　最後に話された学術振興会の派遣在学研究員でアメリカに行かれた頃が、その今のあれですか、ニューヨークをリュックを背負って古本屋を歩くというような習慣を、始められた時期？

亀井　うーん、そうかもしれませんね。一九五九年にはじめてアメリカに行った時は、カバンひとつじゃなかった。僕はできたら二年間は留学したいと思っていたし、当時はお金を持ち出すことが厳しく制限されていましたから、二年間生活しうる衣類とか何かを持って行った。ジュラルミンのトランク二つにつめてね。いわば二年間の生活手段を背負った旅行者だった。その次がさっきの洋上大学で、これは短い旅ですから、この七三年のアメリカ旅行が旅行者らしい旅行であったと思います。そしてその時はもう、ドルも自由でしたから、必要な物は向こうで買えばいいという姿勢になっていた。それで、気楽なリュックサックひとつで行くというスタイルができたと思う。次回話しますけれども、学問の内容も気楽に楽しめるものにしたいと思っていましたし。

藤岡　いろんな意味で亀井スタイルを確立させたということですね。

第四章　東京大学時代 II

「一番いい本」？

前回は、年譜に従って申しますと、昭和四四年に博士論文「近代文学におけるホイットマンの運命」を提出しまして、それが翌年に研究社から本になって出版されて、さらにその翌年の昭和四六年に日本学士院賞をいただいた、というへんまでお話したと思います。時間の都合で大幅に省きましたけれども、やっぱり論文というのは僕には非常に重要なものでしたから、今回はまずもうちょっとこの論文をめぐる話から始めてみたいと思います。

研究社から出版されたこの本について、二、三年前、平石貴樹さんが「あの本は先生の本の中で一番いいですね」と言われました。あれが一番いいと言われると、それ以後の本はどうなるの？　と僕は茶化したんですけれどね。でも人というのは、平石さんのような俊秀でも口癖みたいなものがあるようで、その後出しました僕の夏目漱石についての本についても、「あの本は先生の本の中で一番いい」とまた言うんです。それからつい最近、僕の文章で両親について書いたものがあんまりないと言われるんで、『ひそかにラディカル？』に父親と母親についてそれぞれ三頁ぐらいの短い文章があることを話しましたら、それを読んでくれて、「あれが先生の文章の中で一番いい」ってまた言うんです。「一番いい」ばっかりで嬉しいんですけど、どういうつもりで言ってくれているのかということが気になってきますね。で、最初の、『近代文学におけるホイットマンの運命』について、一体どうしてあれが一番いいのと聞いたら、先生の全部がそこに入っていると言われた。つまり、比較文学も入っておれば、英米文学も入っている、あるいはアメリカ研究も全部入っているから、あの本を読めばとにかく亀井俊介の仕事の出発点を確認できる、なんて話になって、それなら納得できると言いました。でもそういう意味なら、その他にだって一番いい本をいろいろ出しているつもりだと言いたかったんですけれどもね。

新しい学問の世界

さて、この博士論文は、比較文学の論文として提出したんですけれども、その中には英米文学研究も入っているし、地域研究も入っている、と自分でも思います。で、そのことに関連してちょっと問題にしたいのは、前にも申し上げましたけれども、僕は文学部の英文科に入ったんですが、何となく馴染めなくて出て来ちゃって比較文学の大学院に進んだということです。その時、僕は第三期生だった。だから先輩というのはほとんどいないんですね。新しい学問だった、ということは僕にはとても重要なことだった。前回、その話にもうちょっと入っていこうと思いながらつい他の話になっちゃったんですけど、新しい学問分野に入っていったということが、僕には大きな意味をもったと思います。

もう一つの地域研究はどうか。アメリカ留学中、僕はごく自然に文化研究の方へ進んでいったんですが、そのことがもとになって東大教養学部では教養学科アメリカ分科の講座所属になり、地域研究に関わり出しました。この地域研究というのも比較文学同様、主として戦後に始まった新しい学問、新しい学科でした。僕はもし比較文学に進まなくてそちらの方へ進んでいれば、そちらでもやっぱり第三期生だった。で、そういう新しい学科の助教授となって、いろいろ頑張らなければならなかった。新しい学科というのは伝統がないですから、どうやって後輩を、あるいは学生を育てるかということが非常に重要な問題で、主任の先生は若手の助教授を懸命に指導し応援して下さった。けれども、どう勉強したらいいのか分からないことも多くあって、自分で道を切り開いて行く努力が必要でした。一種、遮二無二進まなければならないところがあったと思いますね。

それからさらにもう一つの、英米文学の分野の勉強はどうだったかと言いますと、東大の英文科は古い伝統を持っておる。先輩たちもいっぱいいるわけですけれど、やっぱり敗戦ということがショックだったんでしょうね。それで、従来のような英米文学研究の姿勢でいいのかということで若手の研究者はいろいろ悩んで、新しい方向を探っておったと思います。とくにアメリカ文学研究を志す人はそうだったと思う。従来はほとんど何もなかったですからね。

学問の覇気

こうして不思議なことに、僕の関係した学問は、新しい学科であったか、あるいは古い学科であっても新しく方向転換しようとしていた。そういう学問の最初の時には、不思議と優秀な人材が出てくるんですね。前回、比較文学についてはちょっと申しましたけれども、名前を挙げれば芳賀徹、平川祐弘という自他ともに許す秀才が先輩におって、いじめられるってわけじゃぜんぜんないけれども、何となく抵抗感があって、腹の中で負けてたまるかなんて気持ちを養いながら成長したんじゃないかと思います。

それから地域研究の方も、アメリカ科の第一期生には、本間長世というこれまた秀才が光っていました。学生時代から助教授という渾名で、堂々たる秀才ぶりだったんですね。するとその周辺に、新参の僕を本間さんの対抗馬のように見立てようとする人たちも現れる。僕は本間さんと仲良くやっていたつもりですが、自分の独自さも示さなければならなくなる。そういう努力も必要でしたね。

それから英米文学の方も同様ですね。僕が勤めた東大教養学部の英語科というところは、大人数の組織でしたから、教員を採用するのに全国からいろんないい人材を引っぱってきた。そしてはっと気がついて見ると、秀才たちがいっぱいいるわけです。当時の表現で昭五、昭六と言っておりまして、何となく昭和五年、六年生まれに秀才たちがいた。そういう秀才たちを駒場の英語科は集めておりましたから、非常に充実しておった。ここ（岐阜女子大学）に勤めておられた上島建吉さんなんかは昭六であるわけです。行方昭夫さんもね。昭五のグループには高橋康也（本当は昭七の早生まれなんですが）とかシェイクスピアをやっている小田島雄志とかいう人たちがいた。僕は昭七なんですね。昭五、昭六に比べて何となく見下される存在だった。それで、やっぱり腹の中では負けるもんかというような気持ちも持ってたと思う。そういう状態で駒場の教員をし始めたわけです。

博士論文の話に戻りますけれども、昭和四四年に提出しました。実は、これはたぶん東大で新制度の外国文学関係の博士論文としてはごく早い時期のものだったようです。もちろん、歴史とか国文とか、そういう分野では新制度の博士論文が既に出ていたと思いますけれども、外国文学ではたぶん、最初でないにしても最初期だった。僕だけではなく、やっぱり同じ比較文学で小堀桂一郎さんという、大学院では僕より四年くらい後輩の人が、同時に博士論文を提出しました。それは「若き日の森鷗外」と題する大論文です。古い伝統を持っている英文科ではだれもまだ博士論文を出さなかった。たぶん、出さなくてもよかったと思うんです。が、新しい学科である比較文学では、その存在を示すためにも博士が出て欲しい、というのが島田先生の意思みたいなもんでした。島田先生がアジテーターだといつか言いましたけれども、とにかく会うたびに出せ出せと言われる。それで、小堀さんと僕が、アジテーションに応えたわけですね。で、小堀さんは僕と同時に論文を提出しまして、間もなく東京大学出版会から立派な本にして出版されて、読売文学賞を取られました。そして、僕も学士院賞をいただいたということで、比較文学というものの存在を対外的に多少はデモンストレーションできたという意味では、島田先生にもお喜びいただけたんじゃないかと思います。

何でこんな話をするかというと、もちろん学術的な論文ですけれども、そこに非常な意気込みがあったと思うんです。先輩たちに対しても、また対外的にも、自分を、自分たちの学問を証明しなければ、という気持ちで、どこかでは背伸びもして頑張っていたと思うんです。とにかくそういう一種の覇気があった。学問の覇気というものを小堀さんも持っておられたと思うし、僕も持っておった。論文を発表するということは一種の勝負をすることであった。そういう仕事だったんじゃないかしらと思います。

だからさっき、平石さんが僕の本の中で一番いいと言ってくれたというのは、そういう覇気が今もこの本には残っているんじゃないかしらと思うんですね。何十年も前の出版物なんですけども、何かを訴えようとしていて、それが伝わるんじゃないかしら。読んだ時どきに「一番いい」と思ってもらえる。それは覇気が伝わるからなんだと思う。父親についての短い文章にも、自分ではやっぱり覇気があったと思います。父を語りながら、世間の常識とちょっと違う価値観を表現したかった。だからそれを読んで、ああ、いいと言ってもらえる。そういうもんだと思う。自分で自分の文章について宣伝しているみたいですけども、ものを書く、あるいは本を出版するという時は、そういう勝負する精神、覇気みたいなものが重要ではないかしらと思うんですね。

私の実証主義

それからもう一つ、『近代文学におけるホイットマンの運命』を平石さんが読んでくれて言われるんですが、この本は全体が実証主義で貫かれているらしい。僕の本はその後は必ずしもそうではないんですが、この本では、フットノートをつけて、出典・参考文献を述べる、ということもわりかしきっちりやっている。単に形の上のことじゃなくて、論述も実証主義的に進めているみたい。それで平石さんが、先生がこんなに実証主義者だとは知らなかった、と言うんです。何でこういう姿勢をとったかということは、島田先生がふたことめに僕に言われていた、君は比較文学をやると同時に、英文科の連中にぜったい負けるな、英文科の人たちに負けずちゃんと「学問」ができるんだということを証明せよ、という要望ないし命令に応えようとしていたことの反映もあると思うんです。

つまり「学問」を証明するための一番易しい方法が実証主義だった。僕の見るところ、英文科の人たちの論文の多くは昔から実証主義できていますから、自分もそれはできるんだということを示すために、きっちりやってたんですね。この実証主義も、僕の場合は、単にアカデミズムがそういうものだからそれに則ってやったというんじゃなくて、英文科的なアカデミズムに負けないぞという勝負する精神があったんだと思います。大袈裟にいえばそういう意気込みをもってやっていました。

浴衣がけの学問

ただね、いよいよ論文を出版しちゃうと、僕はひそかに新しい方向を求め出していたんです。学問的実証ということはもちろん大事だけれども、それを重んじるあまりに実証のための実証になってはいけない。実証主義を僕は嫌いではないんですが、もうここから先はもっと自由に学問したいと思い決めました。この本の出版記念会をまわりの先輩たちがやってくれた時でのスピーチで、これから先は自由に学問します、なんて言ったことをはっきり記憶しています。そして次の本からは、自由な自分流の学問と、その表現法を探求し出すんですね。『近代文学におけるホイットマンの運命』は、学問的なよろいかぶとで身を固めた論文（のつもり）なんですけど、次からはもうよろいかぶとを脱いじゃって、僕流の表現をすれば「浴衣がけの学問」をするという姿勢です。たとえばフットノートや参考文献表はなるべくつけない。論文にむやみとフットノートや参考文献表をつけるのは、アメリカ流の学問の悪影響ではないかと僕は思っています。本来、フットノートにするようなことは、本文の中にきっちり組み込んで論述していく、文章とはそういうものだと思いたい。また参考文献をむやみに並べて見せるのは、こけおどしじみていて、本当は恥ずかしいことではないのか。ただ、『近代文学におけるホイットマンの運命』で実証主義的に論述したことは、よかったと思うことが後々まで何度かあります。だから若い人が学位論文などを書こうという時には、きっちりと実証主義をふまえる、学問的とされる形を整えるのがいいと僕は思います。

今しゃべりながらふと思い出すのは、今から十数年前に、広島女学院大学という、中国地方ではたいそう由緒あるミッション系の女子大が、言語文化研究科という大学院の博士課程を開設して、その宣伝のために催した講演会に講演を頼まれた時のことです。英米文学では僕が頼まれて行き、その博士課程は日本文学の専攻も作りましたから、そちらは中西進さんという日本比較文学会の会長か何かだった人が来られた。広島国際会議場という千人ぐらいは入る広い会場でした。その時に、女学院大学の鴨川卓博先生というアメリカ文学の教授が、僕の紹介をして下さいました。ちょうど僕は『アメリカ文学史講義』の第一巻を出したばかりだったので、鴨川先生が壇上でその本のどこかを開いて、亀井先生はこういう調子で講義する、つまりいわゆる学問的なよろいかぶとを脱いじゃった気楽な調子で講じられる先生だということを、いたく褒めながら話して下さった。ただ、そういう紹介をしてから、しかし亀井先生は充分にアカデミックな能力も持っておられる、ということで『近代文学におけるホイットマンの運命』を引き合いに出して、こういう実証的なきっちりした学問をやっておいてから自由になられた、というふうな紹介をして下さったわけです。かりに『近代文学におけるホイットマンの運命』の本を出していないと、亀井は学問の厳密さに欠ける、というふうに見られちゃうかもしれませんね。若い時にあいうことをやっておいてよかったと思います。

もうひとつ、しゃべっているうちにさらに思い出してきましたけれども、中西先生は日本文学、とくに万葉集の専門家ですけれども、学会の会長とか大学の学長とか、そういう「長」をいろいろとなさっている人です。当然僕が前座でしゃべったわけですが、広島女学院大学は本来がミッション系ですから、英米文学専攻の学生がかなり多く聴きに来ていて、その人たちは僕のアメリカの話がすむと、かなりの数、サーッと出ていっちゃった。中西先生、壇上でその様子を見て、憤慨し始めた。なんという失礼な学生だとか言ってね。その憤慨は正当で、堂々と憤慨されたのは立派というべきなんでしょうね。だがその憤慨のとばっちりがこちらに来ちゃって、中西先生、自分は文学史なんてものは認めないと言い始めた。そんなことをこの席で言われてもしようがない。もっとも、比較文学というのは個々の国の文学史を一種否定するところがあるんです。文学史というものは、文学を時間の縦の流れにそって追跡しますね。ところが比較文学という学問は、横のつながりを重要視します。複数の国と国、あるいは日本と西洋との文学的な連関を追究して、縦よりもむしろ横の方を見ようとします。ですから、中西先生が文学史について否定的なのはわかるんですけれども、壇上で文学史は認めないと言われても、こちらは閉口するだけでした。そんなことを、今ふっと思い出しました。

ともあれ『近代文学におけるホイットマンの運命』で実証的な学問をやっておいてよかったというこ

とはいろいろありますけれども、この先はもっと自由に学問をしたいと思った。むしろ自由の方へ突っ走っていった、と言えるんじゃないかしら。

ホイットマン研究の余波

このホイットマンの本は、僕のそれまでのいろんな方面の勉強のほとんどを結集した論文だったわけですけれども、その余波というような仕事もいくつかあります。『近代文学におけるホイットマンの運命』の中の一つの重要な章が、ヨネ・ノグチの章でした。ヨネ・ノグチはホイットマンをたいへん見事に日本に紹介もし、自分でも一種ホイットマン的な詩をつくっていた詩人ですから、僕は彼について前から勉強しておりました。この話は前にもしましたね。『近代文学におけるホイットマンの運命』よりも前に、本といってもパンフレットですけれども、僕は『Yone Noguchi, An English Poet of Japan』という本を出版しています。一九六五年のことですから、ホイットマンの本を出す五年前です。それはホイットマンの本の余波というより前波ですね。

余波としてはまず第一に『ナショナリズムの文学——明治の精神の探求』（研究社、一九七一年）。ホイットマンはアメリカを代表する詩人、ナショナリスティックな精神の詩人でした。で、彼に触発されて僕は文学的ナショナリズムに興味をもつようになり、まず、日本の文学——近代文学——におけるナショナリズムはどういうように展開したかということを勉強し始めた。その中間報告的なものがこの『ナショナリズムの文学——明治の精神の探求』です。そのうちの重要な一章がヨネ・ノグチに当てられています。

それからちょっと飛んで、『内村鑑三――明治精神の道標』（中央公論社、一九七七年）。これはさらに明瞭にホイットマンの本の余波です。ホイットマンの本に、ヨネ・ノグチと並んで登場する重要な人物が内村鑑三です。内村鑑三もホイットマンの非常にりっぱな紹介をしている人で、この本はその内村をとくに取り出して論じたものです。青年時代の内村鑑三を中心にした一種の評伝です。ウェルズ恵子さんという、以前、内地留学で岐阜女子大学の僕のところへ来ておられた人で、今は立命館大学の教授をしている人が、つい最近ある賞の受賞の挨拶の中で、亀井先生のこの『内村鑑三――明治精神の道標』を若い頃に読んで、その迫力に驚嘆した、ということを言っておられました。僕自身は、あれはもう楽な気持ちで書いたもので、そんなに意気込んで書いたつもりはありませんけれども、自由な姿勢にかえって迫力があったんでしょうかねえ。ウェルズさんは「先生が大きな壁に挑んでいるような並大抵でない気迫がそこに感じられた」という表現をしておられる。学問上の「壁」に一種挑戦しようというような姿勢がその本にはあったのかもしれません。

私のマリリン・モンロー

ともあれ、こういう本がホイットマンの本の余波として出ましたけれども、調子づいてさらに時代を下って申しますと、『内村鑑三――明治精神の道標』は中公新書なんですが、その十年後の一九八七年に『マリリン・モンロー』という本を岩波新書で出しました。同じ新書版で、内村鑑三からマリリン・

モンローへ飛んでったもんですから、いろんな人から、いったいどうなってるんですかと言われた。自分でも、どうなってるかと言われても、とにかくマリリン・モンローを論じたくなって論じたんです、なんていう答えしかできなかった。しかしあれもホイットマンの余波だったんじゃないかと、今になって思うんですよ。

それは、内村鑑三を何であんなに夢中になって論じたかということにも関係すると思うんです。世間に多い内村鑑三についての論は、ほとんどが宗教家内村鑑三についての論ですね。内村鑑三のキリスト教信仰についてとか、キリスト者としての情熱とか、そういう本ですね。僕のはそうじゃない。もちろん内村鑑三にとってキリスト教は重要でしたけれども、僕の観点は世俗の人間として明治の時代に生きた内村鑑三なんです。その時代のいろんな問題にどういうように対峙したか、どのように自分の人生をつくっていったか、そういう日常に生きた内村鑑三なんですよね。基本的に人間内村鑑三、しかも、自由に生きようとした人間内村鑑三。そこのところを多分、さっきのウェルズさんも言うようにある程度の迫力をもって論じたんじゃないかと思います。

マリリン・モンローを論じた姿勢も同じみたい。結局、自由に生きようとした人間マリリン・モンローに、僕はずっと関心を向けておったと思います。内村鑑三とマリリン・モンローというと全然別種の人間みたいですけれども、彼らを見る僕の基本姿勢は同じだと思う。存在の自由を追求した人間ということで両方を論じておる。内村鑑三は明治の時代に抵抗し、マリリン・モンローも彼女の時代のアメリカの社会や文化に抵抗して生きた。僕は体制への挑戦者マリリン・モンローを論じようとしていた。うまく論じたかどうかは別ですけれどね。こういう点で、両方の本に根本的な共通性がある。ホイットマンの余波がマリリンまで行ったのかなあ。ついでですけれども、マリリン・モンローは読書好きで、一番尊敬した詩人にホイットマンがいたようです。

一九七三年

ま、そういうホイットマン研究の余波がいろいろあったんですが、もう少し時の流れに沿って話を進めていきます。昭和四八年（一九七三年）に、僕は日本学術振興会派遣在外研究員としてニューヨーク州立大学オルバニー校に行き、そこで大衆文化研究をすることになりました。このことはまた改めてくわしく話すことになると思いますが、僕にはこの一九七三年という年が非常に重要な年となり、僕の学問史上では、一九五九年の留学と並んで、重要な意味をもったと思います。

普通、六〇年代の大変動といいますが、一九六〇年代はアメリカにとって従来からの社会・文化の秩序がひっくり返っちゃう時代でしたね。アメリカがベトナム戦争にのめりこんでいったこともあるが、それが一つの刺激剤にもなって、少数派人種、特に黒人を先頭とした市民権運動、さまざまな差別反対、それから女性の解放、性革命運動といったようなものが一挙に盛んになった。それで、従来の白人男性中心の文化がガラガラと崩壊する様相を呈してきた。それがまさに六〇年代の後半から七〇年代の前半にかけてです。六九年に朝日洋上大学でアメリカへ行った時にもそれは大いに感じましたが、その時はほんの短い旅でした。ところがこんどはその真っ只中へ入って合計八か月間生活できたんです。僕が最初にアメリカへ留学した一九六〇年頃とこの七三年では、ほんとうにこんなに世の中が違ってしまうものかということを痛切に感じる、毎日毎日、刻々と変化していく時代だった。

文化研究の千載一遇の好機

さて、そういう時期に僕は大衆文化研究を始めたわけです。この時の研究の直接的な成果は『サーカスが来た！　アメリカ大衆文化覚書』（東京大学出版会、一九七六年）という本になっており、これについては改めてまた話しますけれども、文化研究はあまりにも幅広い。それで、この研究とは別の観点から、研究方針を設定し直すことも必要だと思うようになりました。で、この大変動の只中に生きたおかげでもあるんですけれども、外国文化で一番わからないのは人間関係、とくに男女関係だということに気がついてきた。恋愛をどう追求するか、結婚をどう実現するか、家族をどう保つか、といったようなことが一番わかり難いということを、世の中の動きを見ながら思ったんです。それより前から、日本人のアメリカ旅行記、文化観察記のたぐいを歴史的に点検する仕事をしていて、この国の男女関係の複雑微妙さが全然わかっていないなということを痛感しておりました。それで、この六〇年代後半からのアメリカの文化社会の変貌の仕方を見ていると、男女関係という社会の秩序の基本、たとえば結婚を神聖視し、絶対視しておった社会の制度が、みるみる崩壊していく、その根底でいったい何がどうなっているのだ、といったことにひとつ焦点を絞って観察しようと思うようになったのです。

ここでは経過を省きますが、僕はニューヨーク市からハドソン川を遡った所のポキープシーという町を生活の拠点とし、週末にはニューヨーク市へ行ってあちらこちら観察するという習慣になりました。ポキープシーというのは、昔ニューヨーク州の州都だった古い港町で、有名な女子大のヴァッサー・カレッジがある、保守的で穏やかな町です。ところが川下のニューヨーク市はまさに文化革命の先端を行っている。その対照を見ていると、アメリカの大変動の縮図を見る思いでした。

そしてその時に思った。当時のジャーナリズムや、アメリカ研究者たちの間でも、アメリカ社会はもう崩壊状態だという論調が幅をきかせておった。日本で出版された本でも『燃えるアメリカ』、アメリカの社会や文化はいま、燃えて崩れつつあるんだといったような本がもてはやされていた。それから『病めるアメリカ』『アメリカの終焉』なんてことも盛んに言われていました。

僕の見方はぜんぜん違っていたんです。アメリカは人種問題でも男女関係の問題でも、あらゆる議論が沸騰して、今、社会や文化の原点に戻りつつある。そしてその根本からの再編に向けて沸き立っている状態。自分はたまたまその真っ只中に入れた。アメリカ文化が原初の状態に戻って渦巻いている真っ只中に入るという千載一遇の好機に出会った。こんな好運はないと思いました。そして文化の原初的な動きをうかがわせるような現象を観察し、資料を集める努力をして、一年間勉強しました。

一九七六年出版の『サーカスが来た！　アメリカ大衆文化覚書』は、いわば表向きの大衆文化の研究です。が、実はもっときわどい面の大衆文化研究を押し進めもしていました。それが男女関係、セックス道徳についての観察、研究で、その成果は、一一年後の一九八七年に、ようやく『ピューリタンの末裔たち――アメリカ文化と性』（研究社）という本で形になりました。アメリカ文化の中で男女関係、性がどういうふうに作用してきたかを考察したもので、自分としては自信を持って世に出したんですけれども、期待したほどの反応はなかったですね。それと、その直後くらいに出した『性革命のアメリカ――ユートピアはどこに』（講談社、一九八九年）。セックス・レボリューションという言葉やフリー・セックスなんていう言葉が流行して、ヒッピーたちはそれを実行しようとし、男女関係は一見もうめちゃくちゃになってしまう。たとえば、家庭の崩壊現象があちこちで見られた、それでアメリカはもうダメだという意見が一般的になったのね。僕の考えは、アメリカ人はいまだに一途なところがあり、理想的な男女関係は絶対にあるんだと信じておる、だから目下の自分の結婚生活が理想的じゃないと思ったら離婚してしまう、離婚すればまた新たに理想的な男女関係を実現しうると思うのね。だからサブタイトルを「ユートピアはどこに」とした。そんなふうにして、理想的な男女関係の実現するユートピアは存在すると多くのアメリカ人は信じている。もちろんそんなユートピアはなかなか見つかりませんよね。しかしそれを探し続けるところにアメリカ文化の活力も構造もある、というのがその本のテーマです。

もう一つの方の『ピューリタンの末裔たち――アメリカ文化と性』では、そうやって妥協を斥け、離婚とかに走ったりするのはそれぞれの人が根本においてピューリタン的だから、というのが僕の意見なんです。ピュアーに自分の理想を追求しようとする、それで失敗も多い。しかし失敗を恐れないで突っ走るんですね。アメリカ文化が今、性の問題をひっくるめて混乱状態になっているのは、アメリカ人の生き方の底にピューリタン的なものが今も生きているからだ、と僕は思うのね。だから、さっきの「ユートピアはどこに」と同じ発想なんです。歴史的にあれこれ調べて、自分じゃいい出来の本だと思って

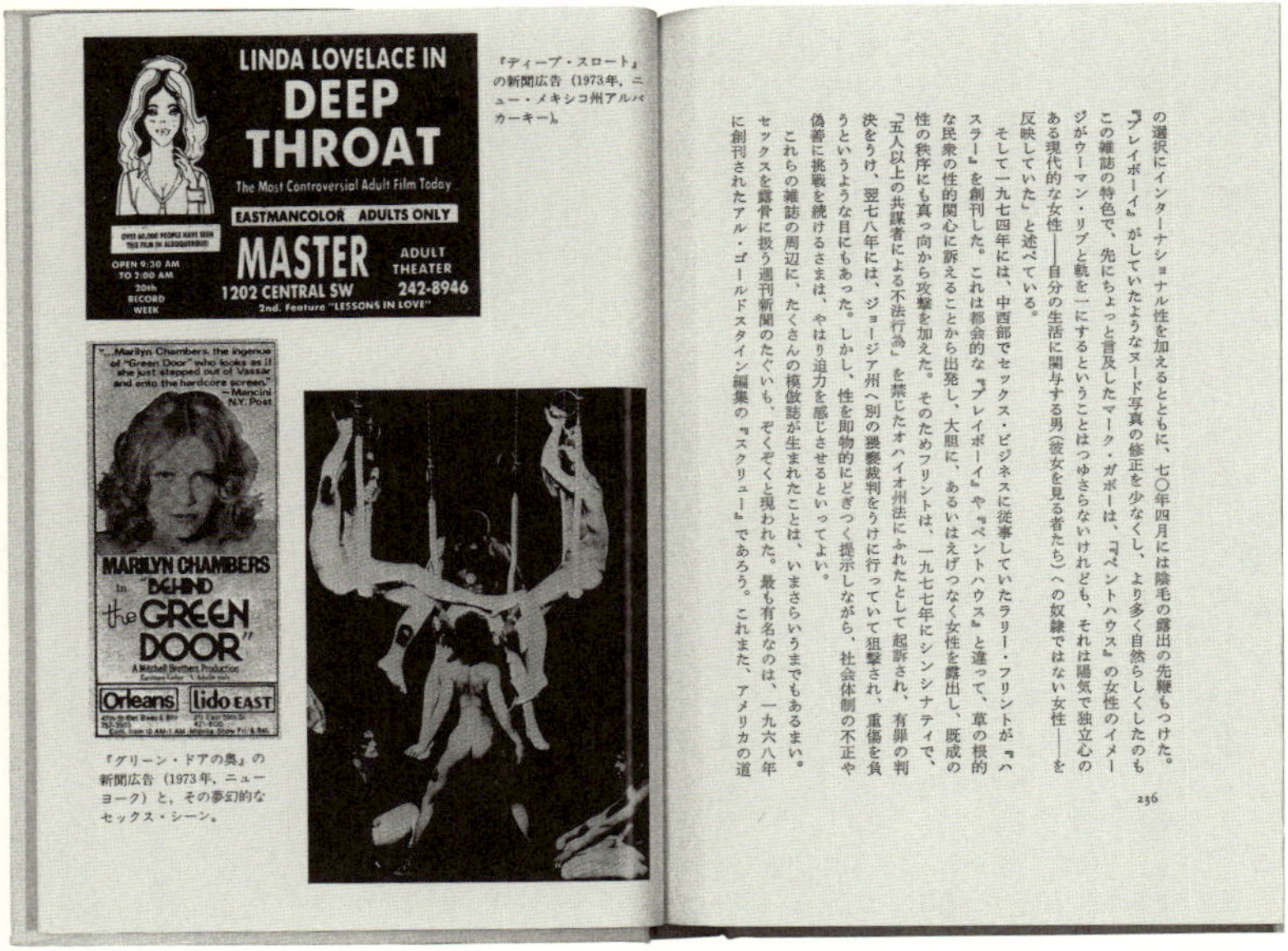

『ディープ・スロート』の新聞広告（1973年，ニュー・メキシコ州アルバカーキー）。

『グリーン・ドアの奥』の新聞広告（1973年，ニューヨーク）と，その夢幻的なセックス・シーン。

の選択にインターナショナル性を加えるとともに、七〇年四月には陰毛の露出の先鞭もつけた。『プレイボーイ』がしていたようなヌード写真の修正を少なくし、より多く自然らしくしたのもこの雑誌の特色で、先にちょっと言及したマーク・ガボーは、「『ペントハウス』の女性のイメージがウーマン・リブと軌を一にするということはつゆさらないけれども、それは陽気で独立心のある現代的な女性——自分の生活に関与する男（彼女を見る者たち）への奴隷ではない女性——を反映していた」と述べている。

そして一九七四年には、中西部でセックス・ビジネスに従事していたラリー・フリントが『ハスラー』を創刊した。これは都会的な『プレイボーイ』や『ペントハウス』と違って、草の根的な民衆の性的関心に訴えることから出発し、大胆に、あるいはえげつなく女性を露出し、既成の性の秩序にも真っ向から攻撃を加えた。そのためフリントは、一九七七年にシンシナティで、「五人以上の共謀者による不法行為」を禁じたオハイオ州法にふれたとして起訴され、有罪の判決をうけ、翌七八年には、ジョージア州へ別の猥褻裁判をうけに行っていて狙撃され、重傷を負うというような目にもあった。しかし、性を即物的にどぎつく提示しながら、社会体制の不正や偽善に挑戦を続けるさまは、やはり迫力を感じさせるといってよい。

これらの雑誌の周辺に、たくさんの模倣誌が生まれたことは、いまさらいうまでもあるまい。セックスを露骨に扱う週刊新聞のたぐいも、ぞくぞくと現われた。最も有名なのは、一九六八年に創刊されたアル・ゴールドスタイン編集の『スクリュー』であろう。これまた、アメリカの道

236

『ピューリタンの末裔たち——アメリカ文化と性』（研究社、1987年2月）より
この種の新聞広告まで文化の表れとして熱心に集めた

いるんだが、僕一人の評価なんでしょうかね。

とにかく一九七三年は、こういうようなアメリカ文化の根底探求を遮二無二進める姿勢を養ってくれた八か月だったと思う。この八か月の成果が、僕には非常に重要であったと自分では思います。

こうして僕は大衆文化研究にのめりこんでいきました。これは僕自身にも一種の文化革命、自己解放の仕事でした。こういう研究は、その成果の表現も自由な「浴衣がけ」のものにしていった。というより僕は積極的に自分流の文体を探し、実現していったと思います。

編集者のおかげ

こういう「よろいかぶと」からの脱出、「浴衣がけ」の方向の模索は、実のところ自分だけでしたんじゃない。いろんな人が助けてくれたと思いますが、その中の有力な人に編集者がいました。僕の著述を後押ししてくれた編集者の方たちについて、ちょっと話させて下さい。

『近代文学におけるホイットマンの運命』は自分としても一所懸命に書いた本で、もちろん思い入れも最も大きかったですけれど、なんといっても学位論文ですから、読んで下さった人は少数で、専門家しかいない。それから次に僕は大衆文化の方へ入って行って、文章もどんどん解放していった。そして最初に本にまとめて評価していただいたのが、『サーカスが来た！　アメリカ大衆文化覚書』です。

この本は「日本エッセイスト・クラブ賞」という賞をいただきました。自分の文章を自由にしようと思って書いた本が、エッセイ、要するに文章で評価されたということで、僕は非常にうれしかったですね。この本を編集して下さったのが東大出版会の、その時はまだ若い編集者だった斎藤至弘さんです。東大出版会は『UP』というPR雑誌を出している。University Pressを省略してUP、つまり大学出版会という意味ですね。専門論文ばかり載っている難しい雑誌ですけれど、毎号、巻末にその斎藤さんがコラムを連載されるようになりました。東大出版会というのは東大の付属組織のようなものですから、理事長は法学部あたりの教授がなっているのですが、実際の運営は出版会内部の役員がしていて、斎藤さんはどうやらその職についていた。それでそのコラムを受け持たれたのですが、その一九九二年四月号は「名著」というタイトルになっている。お子さんがまだ小学校二年生くらいの頃、「お父さんは何の仕事をしているの」と質問するので、「本を作るのが仕事だ」と答えて、できたばかりの僕の本を見せた。お子さんは表紙を見て、「お父さんがこの絵を描いたのか」と問う。「表紙はデザイナーさんが描いたんだ」と言うと、「それならば、文字を並べたのか」「いや、それはそういう職業の人がやっている」「では本を束ねることをお父さんはやっているのか」「それは製本屋さんがやっている」「じゃぁお父さんは何をやっているんだ、何もやっていないじゃないか」というようなやり取りを紹介しながら、まだ小さなお子さんに編集者とはどういう仕事をする者かということを語り、その結果としての本の話をするわけです。そして最後に、やっぱりこの本は自分が作ったんだよと言い、しかもこれは名著だよと息子さんに言うんです。それからそれがどうして名著かということを解説する短い文章です。が、僕がいま何でこの短い文章のことを話し出したかというと、名著なんて言われたこともたいへん名誉で、ありがたい話ですけれど、それ以上に、これが斎藤さんという名編集者だった人の絶筆なんですね。この文章を書かれてコラムの連載は終わり、それから一、二か月たって亡くなってしまわれた。つまり絶筆で僕の『サーカスが来た！　アメリカ大衆文化覚書』を取り上げて、自分はこういう名著を作ったと言って亡くなった。著者として、こんな名誉がありますか。と同時に、編集者のこういう心が著者を養うんですね。

研究社と南雲堂

たぶん、僕は学者としては出版物が多い方だと自分でも思います。実際、出版社とのお付き合いも結構あって、自分の学問史にとって大きな位置を占めるものだったと思います。まず念頭に浮かぶのは研究社の上田和夫さん。研究社は皆さんご存知だと思いますが、日本における英語英米文学関係では古くもあり、一番代表的な出版社です。上田さんは、研究社が刊行していた『英語青年』の編集長を勤められ、出版部長もしておられた人です。僕は『近代文学におけるホイットマンの運命』を上田さんが担当して出して下さったことからお付き合いが始まりました。その本を編集して、上田さんは僕に信頼感を持って下さったのではないかしら。

上田さんは僕より五、六歳年上だろうと思います、東大英文科のご出身で、斎藤勇先生を非常に尊敬しておられ、斎藤先生の方も上田さんをかわいがっておられるというふうでした。伝統的なphilologicalな研究姿勢が上田さんの基本といっていいでしょうね。ですが、英米文学関係の出版社も、戦後二〇年くらいたつと、今までのようなやり方ではだめだ、何か新しい方向を見出さないといけない、という思いを痛切に感じ始めたようです。そのことを『英語青年』編集長としても出版部長としても上田さんは痛感し、その方向をいろいろと探しておられた。そんな時に、僕が東大英文科の枠からはずれた人間だものですから、上田さんはこれと付き合いながらたとえば比較文学とかあるいは文化研究とかの方面の出版の可能性も検討したい、と思われたんじゃないかしら。

研究社は、昭和四〇年代の半ばごろに「研究社叢書」というシリーズを出しました。四六版の軽装の本で、従来の研究社の本とは違う、文化関係のもの、日本関係のもの、ヨーロッパ大陸関係のものなど、いろいろなテーマの本をつつみ込んだシリーズです。それから昭和五〇年代の初めに「研究社選書」という、だいたい同じような内容だけれども、もっと軽快なクロス装丁の新書版のシリーズを出した。この両シリーズの準備の時に、上田さんから何度も相談を持ちかけられて、新宿で一杯飲みながらいろいろなお話をしました。僕自身は「研究社叢書」の方に『ナショナリズムの文学——明治の精神の探求』(一九七一年)を執筆し、「研究社選書」の方には『自由の聖地——日本人のアメリカ』(一九七八年)を執筆させていただきました。『英語青年』が別冊や特集号を出す時にもずいぶんと相談を受けました。たとえば『英語青年』の一九八一年一二月「翻訳と英米文学」という別冊の時、また一九八四年一二月の「日本の英文学研究」という特集の時。これらはテーマそのものが僕の比較文学の専門分野に近いのでいろいろ意見を申し上げられたんじゃないかと思います。大事なことは、しかし、助言しているようでありながら、じつは自分もさまざまによい刺激をたっぷり受けて、これが非常に勉強になったことですね。

それにしても、研究社という伝統を背負った出版社を新しい方向へ展開させることは大変な仕事だったんじゃないか。研究社のかかえる執筆陣からして、伝統的な学風の人が多いですからね。上田さんの奮闘に共感し、ささやかなお手伝いをしながら、同時にその奮闘のおかげを蒙って、僕はいろんな仕事をさせていただきました。

それから南雲堂の原信雄さん。原さんはまだ現職の方です。現職の方はとり上げないというのがこのオーラル・ヒストリーの基本姿勢ですけれども、原さんのことはちょっと話させていただきたいという気がします。南雲堂は研究社と違って戦後に形を成してきたんじゃないかしら。いわば新興の出版社です。そして原さんは年齢はたぶん僕より一、二歳若くて、東大英文科出身じゃないことくらいしか、僕には分かっていません。それでいいんです。研究社を伝統的なアカデミズムから脱皮させるべく、上田さんのような素晴らしい編集者が奮闘されていた時に、南雲堂の方は、一見したところ、原さんの手でそれがすいすいいっちゃうようだった。僕がまだ駒場の大学院の修士課程、あるいは博士課程の在学中の頃に、原さんの担当で、どう見ても東大英文科の伝統とは違う感じをたたえた本がぞくぞく出たんです。僕よりほんの二つ三つ年上の英文科大学院出身者、小池滋とか野島秀勝といった人たちの本ね。それから「不死鳥選書」と称して、佐伯彰一、大橋健三郎さんたちの新鮮なアメリカ文学研究書が出て、僕なんぞ目を見張ったものです。

しかし原さんのお仕事で今日とくに申し上げたいのは、一九六九年から一九七〇年に出された「講座アメリカの文化」という全六巻のシリーズです。それは基本的には文学研究が中心ですけれども、歴史とか政治とか社会とかの地域研究的な要素も積極的に取り入れた新鮮なシリーズです。編集は大橋健三郎、加藤秀俊、斎藤真さんの三人。これが非常に成功して、これによって南雲堂が全国的に注目される出版社になったんじゃないか。僕はこのシリーズの第三巻『機会と成功の夢』に「ホイットマン——アメリカ文明の詩人」というエッセイを寄稿させていただきました。それから全六巻のシリーズが終わった時に、別巻として『総合アメリカ年表』というものを、歴史家の平野孝さんと共著で作っているんですね。「文化・政治・経済」というサブタイトルがついて、当時としては他に例がないほどの充実した年表だったと思いますが、その半分を占める文化欄を僕が一人で責任を持って執筆しております。

その『年表』が出たのが一九七一年です。本来の全六巻が一九六九年から七〇年の出版ですから、たぶんそのなかばまで進んだ頃に、三人の編者の先生方が別巻も作ろうということを発案され、原さんが僕のところに依頼に来られたのではないか。依頼から出版までには二年ほどあったかもしれませんが、執筆したのは一年間くらいだったろうと思うんです。この年表のために何もかも放って夢中になって執筆したような気がします。普通こういう年表を作るときにはアメリカで出版されている年表に依拠するような作業に走っちゃうんですけれど、それは絶対しまいと最初から思ってました。もちろん全六巻に書かれている内容は全部書き抜いて年表に入れましたが、全六巻は論文集であって通史のように整然となってはいません。抜けてるところもたくさんあります。それから自分独自のものも入れたい。その頃少しずつ大衆文化研究をし始めておりましたから、それも入れたい。大衆文化の一つの局面である、アメリカにおけるセックス・レボリューションの有様もピックアップして入れたい。そんなふうにして文化欄を作ったわけです。本当に懸命の仕事でした。この年表は一九七〇年で終わっているものですから、近頃、二〇一四年まで追加した増補新版を作ろうということになって、若いアメリカ研究者四人と一緒に作成中ですけれども、その若い人たちの一部は、大変だ大変だと吹聴してまわっているけど、僕から見るとのんびりした仕事ぶりです。僕が一人で書いていた時は、大変だなんて人に言った記憶はまったくない。そんなこと言っている余裕もなかった。とにかく必死になってやっておったですね。その結果というか、この別巻が「講座アメリカの文化」の中で一番のロングセラーになりました。

こんな次第で、年表を見て原信雄さんはたぶん僕を信頼してくれたのだと思います。後から述べる斎藤真先生の僕の評価の出発点も、この年表にあったかもしれません。原さんもこれ以後、いつも何の条件もつけずに、僕の本を出版して下さってきました。本当に有難いことだと思います。つまり僕は、恩師と同様に、出版関係でも伝統派と新時代派の両方のよい面に接触できた。そしてそれぞれの面を代表する人たちと親しくお付き合いしていただけたことが、自分の学問にとってこの上ない大きな財産になってきたと思います。

アカデミズムと「猿猴」の精神

話は戻りますが、『近代文学におけるホイットマンの運命』の後では、僕はとにかく文学・文化の研究を自由な姿勢で自由に表現することに、ほとんど全力を注いできました。しかし根本のところでは、僕は学問のアカデミズムを重要視しているんです。アカデミックなきっちりとした仕事をしなければ、学者ではないという基本姿勢を持っているつもりです。ただ同時に、根底はアカデミックでも表現は自由自在にしたいのです。それでしばしば自分のことを「猿猴」と言っております。僕の出身地の中津川は木曽山脈の入口ですから、自分のことを「木曽の猿」と呼んでもいます。つまり猿のように素朴な発想で、低いところからものを言う姿勢を大事にしているわけです。

しばらく前、『比較文學研究』（二〇〇一年八月）が巻頭エッセイを頼んできた時にも、「猿猴の弁」というタイトルで、今の東大比較文学会の趨勢に対する意見を書きました。最近の大学の状況を反映し、東大でもそれぞれの学科が自分の学科を宣伝するようなパンフレットを出しており、東大比較文学会も、こういう立派なことをしていますというような宣伝パンフレットを作って、送ってきてくれました。で、それを見たら、最近二〇年間の修士論文のタイトル一覧が載っていた。それが、僕から見ると「何をやっているのか」と言いたくなるようなタイトルばかりだったんですね。本当に文学が面白いから、その文学の勉強を論文にしたというのではなく、ただ学位をとるための論文のようで、タイトルから見る限りですが、文学の感動とか味わいと何の関係もないような、ただ重箱の隅をほじくる体の文字がずらっと並んでおる。これはおかしいんじゃないか、皆さん、何のために文学の研究をしているんですかと、今の比較文学会への批判をしたのです。その半分は教員の責任も大きいと思う。文学の面白味を教えるんじゃなくて、論文のための論文を書く指導をしているんじゃないか。これは自分が猿だから言えるんで、「猿猴の弁」だけれども、と言って、近頃の学問の趨勢に不満を述べたのです。要するに僕自身は猿猴の精神で勉強をし、論文も書いているのだということを、言いたかったわけです。アカデミズムは重んじるが、学問のための学問はダメだと思う。

編集という仕事

「猿猴の精神」は、しかし、自分ひとりの著作については発揮しやすいけれども、編集という、より公の仕事については発揮しにくいですね。そのくせ僕は、編集ということに対して情熱があるみたい。いわゆる編著も多いように思いますが、公の研究誌などの編集もかなり熱心に行ってきています。高校時代の『道草』や『よつつじ』の編集以来の僕の業《ごう》かもしれません。研究誌の編集について申しますと、島田先生の命令で、中断していた『比較文學研究』を編集し再出発させたことはすでに話しましたね。実際に編集実務を担当したのはほんの数号ですが、平成五年六月、つまり東大を退官するまで編集委員をしていました。五五号までです。この雑誌は近く一〇〇号が出るまでになりました。

それから昭和四二年に、「アメリカ学会」の編集委員になった。これは一か年のみで終わったのですが、たぶん見習いみたいなもんだったんでしょうね。昭和四五年には「日本英文学会」の編集委員になって、その後、副編集委員長になった。それから昭和四九年四月には「アメリカ学会」の編集委員長になった。この時のことは鮮明に覚えています。中屋健一先生が東京大学を定年になられた後、「アメリカ学会」の会長に選出されたんですね。会長選挙が終わり、自宅に戻られた直後、先生は僕に電話を下さってね、「亀井君、僕が会長になった、で、学会誌の編集長をぜひ君にやってほしい」というお話でした。僕はそれは非常に名誉なことだと思いました。学会で実質的に最も働くのは編集委員長だと前から思っていたんです。で、中屋先生は自分が会長になったら亀井を編集委員長にと常に考えられておられたに違いない。僕はその電話を頂戴して非常に有難いことに思い、謙遜や躊躇は一切しないで引き受けました。どこまで学会に役立つ編集ができたかは分かりませんがね。

学会誌ではなく学界相手の本のシリーズですが、『アメリカ古典文庫』全二三巻を編集した時のことも忘れられないですね。これはアメリカ科で同僚の本間長世さん（あの第一期生の秀才）と電車で偶然隣り合わせておしゃべりしているうちに、アメリカの総合研究に役立つ古典的作品の翻訳シリーズをぜひ作ろうということで意見が一致したんです。早速、大橋健三郎、斎藤真の両先生に相談して賛同を得、この四人の編集ということで研究社の上田和夫さんに話をもっていったら何の異存も出されず、一挙に実現しました。ただ、各巻の解説を充実したものにしたかった。それで、原則として、編集委員のうちの誰かが書くことにしたのです。それはいいが、委員のうち一番若年の僕のところに執筆担当がまわってくることが多いんですよ。無理に背伸びして、懸命に書いたですね。このシリーズが翻訳出版文化賞か何かをいただいた時は嬉しかったですね。上田さん、同じく研究社の守屋さん、それに僕とで、祝杯を上げました。

自著は自分が中心でつくり、非難も名誉も自分が中心でかぶるものですが、編集は影響するところが広く、結構難しい仕事ですね。自著よりも幅広い責任感と自覚が必要です。編集者は自分がこれからしようと思っていることを明瞭に示し、執筆者を尊重しながらも、自分の責任で雑誌なり本なりをまとめなければなりません。しばしば身勝手な執筆者もいて、苦しまされます。それでも僕は、自分の編集した本について、思い入れの大きいものが少なくないですね。

「長」を避ける姿勢

それからこのことに関連してもう一つ言っておきたいことがあります。僕は基本姿勢として「長」と付くものを避けてきたことです。「長」にはなるべくならないという姿勢です。「長」にならないために、全力で当たらねばならない場合も多かったですね。例外的に先ほど申しました中屋先生の命令で、「アメリカ学会」の編集委員長はしましたですがね。つまり「長」をすると、時間も殺《そ》がれますが、つい自分が「偉い」ような気持ちになってしまいがちで、それを警戒するのです、自分自身に対してね。また自分が見えにくくなるようなことも多い。

その後、僕もだんだん年を取って平成二年、定年寸前で教養学部外国語科科長兼英語教室主任になりました。これは年齢的に僕が最年長になったから選出されたので、責任上、仕方なく引き受けた「長」です。ちょうどその頃は駒場をそっくり大学院大学にするということで、すったもんだの大騒ぎの時でした。僕は学科長として、それを実現させるために努力しなければならなかった。で、僕は学科長を引き受ける条件として、科長補佐を設けて貰ったんです。で、その補佐にどなたを選ぶかということになって、僕はすべての人の想定外であった島田太郎さんに頼みました。島田先生にはこの岐阜女子大学にも非常勤で来ていただいたので、ご存知の方もおられるかと思いますが、いい意味での一刻者で、こちらからは支配しにくい人なのです。自分の主張をはっきり言って、頑張る人なんです。僕はそういういちばん難しそうな人を選んだ。もちろん前から強い信頼感をもっていたからです。そうしたら彼は期待通り、大学院を作るにあたって学科長が処理しなければならぬ面倒な問題をすすんで引き受けてくれた。彼の友情、彼の責任感におぶさって、僕は「長」をどうやら無事に終え、駒場は大学院大学の方に前進しました。島田さんが定年を三、四年前にして東大を辞められたのは、僕の補佐をなさって苦労し、「もう嫌だ」と思ってしまわれたせいではないかと案じられ、僕は責任を痛感すること大です。

まあ、そんなふうにして、僕は駒場が大学院大学になるのとほとんど同時、一九九三年に東大を定年退官しました。

❖インタビュー

犬飼　先生の博士論文のことに戻りますが、どこかで、最初は三千枚くらいの原稿があったというふうに読んだ記憶があるんですけれど、研究社の本も大著ですが、あれは半分くらいになっているわけですか。

亀井　三千枚はちょっとオーバーじゃないかと思いますけれども、二千枚以上はあったと思いますね。研究社から出版されたのは千五百枚くらいだろうと思います。ですから、縮めたことは間違いない。

犬飼　その実証主義で集められたものがずいぶん眠ってしまった、ということになるんでしょうか。

亀井　全体をぐっと縮めましたからね。しかし縮めて、良くなったと思います。そのことについて不満はまったくないですね。博士論文は四部か五部出すことになっていますね。ところが、当時はコピー機なんてないですから、カーボン紙をはさんで原稿用紙を重ね、その上からボールペンを強く押して書くんです。僕は力がないもんですから、五枚目くらいは字が薄くなっちゃう。そういうのを提出すると審査の先生に申し訳ない。それで、学生が清書を手伝ってくれました。前回も話しましたけれど、それがちょうど大学の紛争中だったんです。紛争中で学生と先生が衝突していろいろやっておる時に、僕のところでは、何人かの学生が清書を手伝ってくれて、それで論文ができたんですね。そんなことを今、思い出しました。だから僕の博士論文は書体の違う、いろんな字で清書されているんです。

藤岡　私は今、年代を確認しながら、改めて先生の『近代文学におけるホイットマンの運命』がいつ出たかということと、『サーカスが来た！　アメリカ大衆文化覚書』とを見てなるほどと納得したんですけれども、この『近代文学におけるホイットマンの運命』が出てから三年後くらいに、私は大学に入ってるんです。だから、この本が出てそんなに経ってないころで、これを読んでこんな研究があるということに感動したというか、こんなに縦横無尽にいろんなことができるんだなあというので、そのとき比較文学などということも知らなかったんですけど、すごいなあと思っていたんですね。で、『サーカスが来た！』もとても面白く読んだんですけれど、同じ方が書いたというのに気が付かないくらいでした。

それがちょうど大学の三年生くらいで、亀井俊介という名前が気になり始めるきっかけになった本がまさに出ていたわけです。この二冊のすごい違いはどうして起きたのかなとずっと思っていたので、最初は覇気を持って勝負するつもりで書いたんだというお話を聞けて、非常に面白かったです。書いたときの勝負するんだという気持ちが今でも残っているんだとおっしゃいましたが、すごくむずかしい本だし、注がいっぱいついてて凄まじいなと思ったんですけど、その中に人を感動させる何かを、若いながらも未熟ながらも感じていたのが、先生のお口から直接そういう思いで書いたんだということを言われて、本当に胸にせまるものがありました。よろいを脱いで浴衣がけでということを言われたんですけれど、やっぱりよろいを脱ぐということは非常に勇気のいることだったと思うんですね。勝負をかけるという感じで出されたときの大変さとはまた違った覚悟をお持ちだったでしょうね。

亀井　よろいかぶとを脱ぐことも勇気のいることかもしれませんけど、この勇気には一種の快感がともないますから、流れに乗るようなものです。これが自分の方向だと、単純な思いで突っ走ったように思います。

藤岡　そうすると、のちになって、もっと話し言葉で書くということを先生は主張されているんですが、やっぱりそれも一連の流れの中に。

亀井　まったくそうです。研究テーマと表現スタイルとは密着しているものですから、テーマにともなって文体も浴衣がけになるように努める、どんどん自由な文体に、自分で積極的にしていったと思いますね。ただ、最近七～八年、どうも自分の文章がいわゆる伝統的な文章に戻ってきているなあということを感じております。あれだけ自分で自由に自由にと思って頑張ってたのに、その頑張りが少しなくなってきて、学者的な文章に復帰してきてるなあと思う。年とって気力が衰えてきたことのあらわれでしょうかね。だから文章を自由にするというのも、頑張ってしないとできないことなんかなあと思いますね。

藤岡　それを伺ってすごく納得しますけれども、『サーカスが来た！　アメリカ大衆文化覚書』なんかでも、自由に見えるんですけど勢いがある、スピード感がある。だからたぶん、ただ力を抜いて浴衣がけというんではなくて、すごい努力をしたことの結果なんでしょうね。

亀井　たぶんそうなんでしょうね、そうかしらんと僕も思いますね。

藤岡　さっき先生がおっしゃった、一九七三年頃、アメリカは崩壊していくと一般的には思われていたということですが、その当時出された本にはほとんど、アメリカの古い価値が崩れていってどうしようという不安感みたいなものが表れていたのですか。

亀井　ほとんどとは言わないが、多くがそうでした。もちろん精神的な崩壊もありますが、身辺の具体的なところ、たとえば犯罪が多くなった、離婚率の増加といったようなことから、アメリカ社会は崩壊に向かっているんだということをさかんに言っていた。

藤岡　先生は、男女関係のあり方ということをおっしゃったんですが、それはすぐ後に出てくる家族論とかジェンダー論のまさに先駆けだったわけですね。

亀井　そうでしょうね。ただし僕のは文化的考察で、社会論ではないです。

藤岡　そういうようなものはまだ、日本では七〇年代前半には人の口に上るような状態ではなかったんですね。

亀井　日本でも、アメリカではセックス・レボリューションが進行している、アメリカは今はフリー・セックスの国だ、というようなことは言っておったんだけれども、じゃあそのフリー・セックスって何だとか、セックス・レボリューションの実態は何か、ということはわかっていない状態でした。ほんとうに、男女関係というものは外観だけでは分からないものなんです。

犬飼　先生はヒッピーをどんなふうに位置づけておられたんですか。

亀井　僕は基本的にはヒッピー・シンパサイザーで、ヒッピーたちがいろいろな体制に反抗するのはいいんじゃないのという姿勢だった。ただ、安易な反抗の面が大きかったということは思いますね。

藤岡　そのころヒッピーの人たちがヘンリー・デイヴィッド・ソローをヒーロー視するということもあったと思うんですけれども、そういうものを先生もよく感じていらっしゃったんでしょうか。

亀井　それは学者的観点に立てばそうです。が、実感はというと……。僕の場合は、たとえばニューヨークやボストンでヒッピーたちがうようよしている、またポキープシーのような古い町にもヒッピーたちが流れ込んでくる、そういうのを見て接している程度ですから、ほんとの実態は知らない。嫌じゃないけど情けない彼らの姿を見ると、とてもソローの精神性は感じられない。けれども、ちょっとしたパンフレットなんかに表現されている彼らの自由で、自己を重んじるという主張からすると、ヒッピーがソローをどの程度読んでおったかということは別として、どこかでソロー的なものを吸収しておったということは言えるように思います。ヒッピーが親近感を持って風俗なんかも真似した、例のビートニックの詩人たちは、ヘンリー・ソローをよく読んで自分たちの手本にしておりますから、間接的とはいえ、ヒッピーもソローの精神と結び付いておったと思います。それがどこかで僕のソロー主義と合って、僕はヒッピーに対してシンパ的だったと思いますね。

第五章　岐阜女子大学時代

幸せな駒場時代

前回まで、東京大学時代のことを中心に話しましたが、今回は岐阜女子大学時代を中心にと思っております。しかし話はいつものようにあっちこっち転々としてしまうと思います。それから今回の最後の方では、最近の自分の文学研究の姿勢のようなものを若干お話したいと思っています。

僕は平成五年（一九九三年）に東京大学を六〇歳の定年で退職しました。就職したのは一九六三年ですから、東大時代はちょうど三〇年あったわけですけれども、非常に勝手にさせてもらって、いい職場だったなあと思っております。とくによかったのは、いろんな役職を事実上免除してもらっていたということです、本来が無能だからそうなったんでしょうけれども。東大では教養学部という所ですから、新入生つまり一、二年生の学生係みたいな役職があって、誰もがそれになるのを嫌がるんですよ。学生運動に対応することが主な仕事ですからね。そういう係に全員の教官が順番にならなきゃならんようになっている。僕も一応はそれにも当たっちゃうんですが、亀井さんはもういいやという感じで、面倒なことはしないですむように周りの人たちが配慮してくれた。非常に恵まれていたように思います。

ただし僕は、東大で助教授の時代が長かった。他の先生がたよりも相当長く助教授をやっていたと思います。そのことで一騒ぎ起こっちゃったこともある。大学院出講の問題に結びつくんですけれども。また年譜をご覧ください。一九七二年に大学院英語英米文学専門課程に出講、一九七六年に同じく比較文学比較文化専門課程に出講とあります。国立大学では大学院に出講すると給料が八%増えるんですよ。少なくとも当時はそうだった。それでみんな出講したがるんですね。しかし大学院のポジションは限られておりますから、なかなか出講できない。ところが僕は英文科と比較文学科の両方に出講しましたから、同僚たちのひそかな怨嗟の的になってしまった。(二つ出講しても給料の上がるのは八%だけですよ。)亀井さんに一つの出講を遠慮してもらってほしい、そんなことを英語教室の主任に訴える人もいたようです。けれども、比較文学科は僕の出身ですから、僕の出講を当然視しているし、英文科の方も自分たちの必要に応じてやっていることだといって、僕の出講をほかの人に振替えようとはしない。それで英文科と駒場の英語教室の関係が少しぎくしゃくしたこともあるほどです。そういう状態のところへ、今度は一九八三年に地域研究の大学院にも出講せよということになり、三つも大学院に出講することになって、問題が大きくなっちゃった。

それはね、教養学部教養学科の上に地域研究の大学院を新設しようということになったためなんです。新設の大学院だもんですから、文科省の認可が必要で、そのための申請をしなきゃならん。その書類作成の時、僕はすでに二つ大学院に出講しているので、三つ目の出講は遠慮したいと言ったんです。それじゃというので、大学院計画の担当者が別の人を選んで申請しようとした。そしたら、これじゃあ文科省でうまく通らないかもしれんという意見が出て、原案は差し戻され、どうしても僕がそれにも出講しないとまずいということになった。それで、結局そのようにして大学院の地域研究専門課程が出来たんですね。

それはいいんですけれども、東大なんて所の人事はほとんどまったく年功序列でなされていて、今いった大学院の新設申請がちょうど僕が教授昇進の時期だったんです。ただ申請の時点ではまだ助教授だったですから、助教授の肩書で申請した。ところが新設の大学院は最初の（博士課程が完了するまでの）五年間は文科省の監督下にあって、関係者の地位変更ができないんです。助教授で申請したら、それから五年間は助教授のままでいるのです。僕はそれでまったくいいんですけれど、僕が昇任しないために、外国語科関係では他の助教授の人たちも教授昇任人事が全部止まっちゃった。それに不満な先生も当然いる。たまたまある先生は東北大学から教授で誘いがあったものですから、駒場を捨ててそちらへ行っちゃった。そういうこともあって、大騒ぎになったわけです。それでさすがに学部長なんかが文科省と交渉して、ようやく人事異動を文科省に認めさせました。

地域研究の大学院が発足したのが一九八三年の四月ですが、大学院新設の申請をしたのは、当然何年か前ですね。そして発足の翌年八月にようやく僕の教授昇任というわけで、その間、僕の人事で教養学部がひと騒ぎしていたわけですね。僕でも騒ぎの種子になることがあるんだ。

札幌クールセミナー

ところで、日本におけるこの地域研究の歴史に関係して申し上げると、一九五〇年から一九五六年まで東京大学アメリカ研究セミナーというものがありました。まだ敗戦直後の惨憺たる状況の中なんですけれども、スタンフォード大学と東大が共同で若手の研究者たちのためにアメリカ研究セミナーを開いたんです。それは非常にいい勉強会だったみたい。僕よりも七、八年あるいは一〇年くらい先輩の学者たちは、そこでトレーニングされてアメリカに留学したりなんかした。しかし数年間で終わりになったんですね。それを引き継いだ感じで、こんどは京都で京都セミナーがあるんです。これはもっと長く続いたんじゃないですかね。京都大学と同志社大学が対立し合いながら、あるいは競い合いながら、共同でやったんです。これも同じように若手の学者たちを育てたい研修会でしたね。それがどういう理由でか知りませんけど、ちょっと休みましょうという状態になった時、今度は北海道大学が立候補して、北海道で「札幌クールセミナー」というのが開かれることになりました。夏休みに、涼しい北海道でアメリカ研究セミナーをしましょうというわけ。一九八〇年の夏、その第一回をやった。

それについて僕は非常に大きい思い出があるんです。第一回の時です。その時どういうセミナーだったかというと、テーマはHyphenated Americanism、つまりJapanese-AmericanとかFrench-Americanというようにハイフンをつけたアメリカ人、結局、移民とか移民の子どもなどですが、そういうアメリカ人がアメリカでどういう役割を演じてきたか、そしてどういうアメリカをつくったかという問題でした。アメリカ側から三人の立派な先生、政治史の専門家、文学の専門家、そして僕の記憶ではもう一人経済学の専門家が来て、講演をされた。その講演を聴いて、今度は日本側がその問題をどう考えるかといったようなgeneral commentをして、それがセミナーの出発点になる。それから先は、それぞれ専門分野でディスカッションするわけです。僕は最初文学部門で何か話す予定だったんですが、直前になってそのgeneral commentatorになるよう命令されちゃった。大役なの。政治、経済、文学三つの分野のアメリカ人による講演を聴いて、すぐにこちらの意見を述べなきゃならん。僕の記憶では、セミナー第一日に三人のアメリカ人講師が順番に講演し、二日目の午前にgeneral commentatorのスピーチなんです。それをせよと言われて、せっかく北海道へ行って、観光したりうまいものを食べようなんて思っていたのに、とんでもない。食ったり飲んだりはあきらめ、三人の講師の話を聴いた後、僕一人部屋にこもって、必死になって、これから何を喋るか考えて、原稿を書いていたことを思い出すんです。

ところでその時、札幌クールセミナーの宣伝ビラが作られたんですね。それを見たら、亀井俊介の肩書きが東京大学教授となっているんですよ。助教授なんです、僕はまだ。それでこれは間違ってると言って、その札幌クールセミナーの中心者だった鈴木重吉教授に、修正してほしいと申し込んだら鈴木先生、それは東京大学が間違っている、われわれは自分たちの判断で正しいことをやっていますといって直されないんですよ。地位や役職なんていうのはまったく実質とは無関係なことが多いから、僕もそういうものは信じない方なんですけれども、これには弱っちゃったですね。

それから、この話をしながら是非この場を利用して、僕の学者人生で大きな存在となられた人のことを話したくなりました。それが、やはりまた、わが島田謹二先生と対蹠的な位置にいた方なんで、あの斎藤勇先生のご子息、斎藤光先生の弟さんの、斎藤真教授です。斎藤真先生は東大法学部の出身で、アメリカ政治史がご専門です。ですから本来は僕とは別世界の方のはずなんですがね。東大法学部にヘボン講座とか米国講座とかと呼ばれるものがありまして、正式には「米国憲法歴史及外交」講座で、そういうものを総合的に研究する講座に違いない、それを斎藤先生は持たれていた。しかし、ご家庭の影響もあるのでしょう、アメリカ文学にも非常な関心をお持ちだった。で、いろんな場合に僕を押し出すとに力を注いで下さったように思います。たとえば日米友好基金（Japan Foundation）という財団があります。学問的手段を通して日米友好を進めようという財団だと思うんですが、そこが一九八〇年（昭和五五年）に日米友好基金図書賞というものを新設し、その年に僕の『サーカスが来た！』を授賞対象にしてくれたんです。『サーカスが来た！』が出版されたのはその四年も前でしたので、僕は驚いたのですが、あとからその財団の中心的人物であるアメリカ人に、なぜ自分がこの賞を授かったんだろうという話をしました。するとその人が遠回しに話すところによると、どうも斎藤真先生がその基金の日本側の相談役のような立場でいらしたようなんですね。それで先生が、最初の受賞作は賞のその後の基準になる大切なものだから古い出版のものでも構わないと言われて、『サーカスが来た！』を推薦して下さったらしいのです。

「札幌クールセミナー」はそれと同じ頃ですね。その第一回の大会で僕がとんでもない大役を仰せつかったことはいま話した通りですが、僕が不思議でならなかったのは、たかが助教授で話し下手の僕に

斎藤光教授（左）と斎藤真教授
（1979年9月「亀井俊介氏を囲む会」［東京・学士会館］にて）

なぜそんな大役を命じられたかということでした。これもやっぱり斎藤真先生のご推薦があってのことだったに違いない。先生は日本におけるアメリカ研究の中心的存在なんで、北海道大学も、「札幌クールセミナー」を始めるときに斎藤先生にいろいろ相談されたに違いない。で、その先生が、急遽general commentatorが必要になったら、亀井に頼めとおっしゃったようなんです。別に証拠はありませんが、いろいろな方面から探っていくとそうに違いないと思えるんです。そういう場合、自分が推薦したんだよ、と恩きせがましく言われる人が多いんですが、斎藤先生は一言もそういうことを仰らない。まあこんなふうに、斎藤真先生も学問の世界でいろんなチャンスに僕を推し出して下さっていたんです。

「どうして内村なの」

もう一つ、憶測ではなく、斎藤先生との実際の体験で、ぜひここで話させていただきたいことがあります。これは短いエッセイにして『ひそかにラディカル？』にも入れている話ですが、一九七八年から七九年にかけて、斎藤先生が客員研究員としてプリンストン大学にいらした時のことです。その頃、僕はほとんど毎年アメリカに旅行していました。で、斎藤先生から、ニューヨークへ来たら自分のところへ泊りにいらっしゃい、そこで一晩じっくりお話しましょうよ、というご招待をいただきました。そして伺った時に、プリンストン大学の中の何とかいう荘厳なホール、そこがプリンストンの精神的な中心をなすホールだという所で、二人きりでいろんな話をしました。そのうちに先生が、亀井さんは新渡戸稲造よりも内村鑑三の方が好きなようですがどうしてですか、自分は新渡戸の方がいいんですけれども、とおっしゃったんです。僕は返事に困ってしまいました、それまで新渡戸と内村を正面から比較するなんてこと、したことがなかったものですからね。で、どうも内村は僕が持っていない激しさ、自己主張を徹底するという強い面を持っている、だから一種の憧れとして僕は内村に惹かれるんじゃないかしら、というようなことを申し上げたことを覚えております。真さんは政治史の専門家ですから、そういう精神とか宗教のことをめったにお話にならないんですけれども、僕をご自宅に招待して下さった一番の理由はその話をなさりたかったからじゃないかしらと思うほど熱心に、「どうして内村なの」という質問をなさった。そのことが僕にはたいへん印象深かった。

ところで、そのことをエッセイにしたといま言いましたが、初めてそのエッセイを発表したのは、僕が東大定年後、東京女子大に就職したときです。『東京女子大学学報』というものに、新任教員の自己紹介の文章でその話を書いたわけです。東京女子大は、新渡戸稲造が初代学長を務めた大学なんですね。その新渡戸の大学で、新渡戸よりも内村鑑三の方がいいと言っているわけですから、亀井さんは内村鑑三のラディカルなところに惹かれるなんて言っているけど、亀井さん自身がラディカルなんじゃないの、と何人かの人に冷やかされました。で、このエッセイを「ひそかにラディカル?」と題しましたが、それが本のタイトルにまでなったのです。「?」をつけたのは、本当にそうだろうかと、自分で自分を疑ってのことなんですけれど。

まあ、こういうふうにして、僕はいろんな先生たちに守られてきた。島田先生流の情熱的な「文学」主義と対照的な姿勢の先生がた、とりわけ先生が敵視したと俗間では思っているような斎藤勇先生やそのご家族から、非常な恩誼を蒙り、またその学風を吸収もしました。今から思うとたいへん幸せだったなあという気がいたします。そんなことがいろいろあり、一九九三年に僕は東京大学を無事、定年退職したのでした。

東京女子大学に勤める

それから僕は、いったん、東京女子大学に勤めたんです。この話をし始めると長くなるので簡略にします。僕は東大を定年の時に、実に多くの大学から招聘の申し込みをいただきました。最初のうち二三大学くらいまでは先方の名前を控えていたんですが、二三までいった時に東京女子大学に決めちゃったもんですから、そこから先は先方の名前や条件をうかがうのも失礼だと思って、それもしないでご辞退することにしました。多分さらに一〇ぐらいの大学からのお申込みがあったと思います。名前を控えた二三の大学、どれもすべてたいへんいい条件を提出してこられた。何でそうなったかというと、ここが重要なんですが、ちょうどその頃から日本の大学一般で従来の文学中心の学部とか大学院とかがもう成り立ちにくくなってきて、だんだん文学よりもっと幅広くて実際的に見える学問分野がもてはやされるようになりました。文化学部とか国際研究科とかといったふうに、文化とか国際とかという言葉が大流行となったわけです。ところが僕は、本当は「文学」派だったんですが、その面は注目されず、文学研究をもっと幅広く文化研究にしようとか、あるいは比較文学比較文化ということで国際的な学問を追求しようとか、そういう面で注目されてたみたい。そのため大学の改組に亀井は利用しやすいようだということだったんでしょうね。それでいろんな大学からたいへんいい条件で来てくれと言われた。

しかし全部ご辞退申し上げて、僕は一番最低の条件を提示してこられた東京女子大学に勤めることにしたんです。それは、究極的には学生がいいだろうと想像したんです。給料などは最低でもいいので、教え甲斐のある職場を求めて東京女子大学と決めて行ったんです。けれども行ってみたら、先方（具体的には、学部長だった猿谷要さん）から言ってこられた最低の条件よりもさらにずっとよくない条件だった。給料も出勤条件も先方から言ってきたものと大幅に違っていた。（その違いが僕には屈辱的に見えた。猿谷さんも大学側の態度は不当だと言ってくれ、そのことはきっちり記録に残っていますが、猿谷さんはその時もう大学を辞められていて、どうにもならなかったんです。）とにかくそういうことが、出勤した最初の日にわかって、僕はとんでもないことと思って、勤めて二日目に大学側と約束が違うということで渡り合い、このまま勤めることは自分の恥になると思い、すぐ辞めるということを交渉相手の事務局長さんに申しました。ところが、東京女子大学のこの学部も大学院をつくったばかりで、僕はここでも創設メンバーに入れられ文科省の審査を経ているもんですから、そこは修士だけですけれども二年間の文科省監督があり、僕が辞めると作ったばかりの大学院が立ち往生する恐れがある。それで二年間だけは辛抱してくれと事務局長さんに頼まれて、それで二年間辛抱し、二年たつとそのまま出てきました。

岐阜女子大学に移る

こんなことがあって、岐阜女子大学にご厄介になることになったんです。平成七年（一九九五年）四月です。東京女子大で懲りたから、こちらはちゃんと文書を交わした上で転職しました。（ついでですが、岐阜女子大学はちゃんとその約束を守ってくれましたよ。）

岐阜女子大学は大学院をつくるために僕を必要とされたんだと思います。ここでは文学研究科を新設した。全国的にも文学研究の大学院をつくった一番最後くらいだろうと思います。その頃は文化とか国際とかがはやっていたが、岐阜女子大学は文学研究科をつくった。堂々たるもんです。ただその時に、岐阜女子大学の大学院設立準備会みたいなところで、いろいろ授業の計画などもなさったわけですけれども、僕はそれを拝見して、ひとつだけ、文化の授業もつくって下さいとお願い申し上げた。二年に一回ずつでよい。たとえば、今年アメリカ文化研究という授業を設けたら、来年はイギリス文化研究の授業をするというふうでよい。もちろんＯＫと言われて、そういうカリキュラムをつくったんです。ただ僕はアメリカ文化研究の授業をやったんですけれども、イギリス文学の上島建吉さんは本当は文化なんてものに乗り気でないんですね。文学の方がいいねと言われる。それでも初めのうちは文化の授業をして下さっていたと思いますけれども、なんだか途中でやっぱり文学の授業になっちゃったみたい。そんなわけで、イギリス文化の授業は実際上消滅しちゃった感じがあります。それから比較文学という授業も頼んで設けてもらったんですね。川本皓嗣さんに懇請して担当してもらった。僕の想定では、比較文学だったら、もちろん英語英米文学の人も聴講するけれども、日本語日本文学の人も聴講に来て、しだいに国文と英文との交流が生じるだろうと思っていた。しかしそういうふうにはなかなか進まないんですね。せっかく俳句などを取り上げた講義でも、聴講生はどうも英文科中心の比較文学だったみたい。なかなか思うようにはいかないものだなあと思いました。

こうして、文学研究科ですけれども、新しい学問の潮流に手足を突っ込むことはやってみた。一応日本における最後の文学研究科の一つ、頑張ってやったつもりなんですが、時代の勢いに流されざるをえないということがあって、発足してからちょうど一〇年後の二〇〇五年一一月に改組されることになってしまいました。

このオーラル・ヒストリーでもっと重要なテーマは、岐阜女子大学で僕がどういう「学問」をしたかということですね。

岐阜女子大学での教育

平成七年（一九九五年）四月に、僕は岐阜女子大学の専任教授として参りました。先ほどちょっと申しました東京女子大学は、いろんな面で一種東大の延長みたいな面があった、おまけに僕はそこの地域研究の学部に所属したんですよ。しかし岐阜女子大学は、僕にはまったく新しい仕事場だった。一番大きいのは、大学院中心で参ったんですけれども、ここがどうも学者を育てる大学院ではないということに気がついてきたことですね。立派な教養人、立派な社会人をつくるという意味で、大変いい教育を目指しているのですけれども、学者、つまり将来大学の教授をする人の育成を目指す大学院という性格ではどうもないらしい。そのことを明瞭に示したのは、博士課程をとうとうつくらなかったことですね。最初のうち、博士課程をつくって下さいと、僕も学長とか専務理事とかに申し上げた。すると頑張りますとおっしゃるんだけれども、結局はいろんな理由でできなかったですね。それで、修士課程で二年間教えて、ようやく学問というものに興味を持ち始めた人たちのそれからの指導の場がない。だから研究生になってもらうんだけれども、研究生になってご本人がもっと勉強したい、学問しようと思っても、岐阜あたりでは、たいていの女性は修士課程が終わると家庭に戻っちゃって、それ以上のことはしにくいんですよね。その辺が教員としては悩みの種であるわけなんで、それを乗り越えて、もっと勉強しようという気持ちを育て続けるにはどうしたらいいか、いろいろ苦労しますね。そういうわけで、東京大学の教員時代とは全然違う姿勢で、この人たちを長期的にですよ、大学院にいる間だけではない、もっと長期的な展望をもって育成するにはどうすればいいのかということを、いろいろ模索しながら今までずっとやって来たように思います。

岐阜女子大学英語英米文学会というものをつくったのもその解決策の一つだったですね。修士になってもさらに勉強しようという人たちが、こういう学会をベースにして仲間たちと勉強して行けばいいという気持ちがあってつくったんですね。けれども、これもなかなか思ったようにうまくは進まない。岐阜の人たちは慎み深くて、というと恰好よいが共同事業に消極的で、活気ある学会活動ができにくいんですよ。

そこでその学会のほかに勉強会みたいなものをつくって、積極的に活動しようという人たちが集まって、読書会とかいろいろし始めました。これは嬉しい動きでしたね。僕自身、東京から岐阜に移った時に、自分がどういうふうにこれから自分の勉強をやっていくかという問題にも直面していましたから、勉強会というものが非常に重要になったんです。単に教えるというのではなくて、自分もどういうふうに勉強するかという問題です。

勉強会の活動

ここで自分が今までどういう勉強会をやってきたかということを、ちょっと振り返ってみます。僕は、やっぱり岐阜県人なんかなあ、基本的にはあまり集団というものが好きではない方なんですよ。集団で何かするよりは、何でも一人でこつこつやる方がいいんです。東大時代、まじめな先生たちは読書会とか勉強会をいろんなグループでやっていて、誘っていただきもしたんですけれども、ほとんど参加しないでおりました。東大の駒場の先生たちの勉強会で一番うまくいっていたのは、ヘンリー・ジェイムズを読む会ではなかったかしら。ヘンリー・ジェイムズは難解な文章の作家ですが、それを精密に読んでいくんですね。たとえば最晩年の『鳩の翼』なんていう作品を、英語の強者たちがいろいろ検討し合いながら読んでいく。それは非常に成功した勉強会で、上島さんなんかもその勉強会で訓練された一人じゃなかったかしら。上島建吉、行方昭夫というような英語読みたちがその勉強会をバックに学者として成長されたんじゃないかと思います。

僕はそれには関係しなかったけれども、「一六、七世紀の英詩を読む会」というのには参加しました。これは比較文学の後輩たちが、自分たちの学問で一番弱いのがその辺ではないかと思ってつくった勉強会で、僕も誘われて参加したんです。これも非常にいい勉強会でした。一六、七世紀のイギリス・ルネッサンスの詩、僕が前から好きだったトマス・ワイアット、それからサー・フィリップ・シドニー、そういう人たちの実にきれいで素晴らしい詩を読むんです。川本さんなんかもその勉強会に入ってくれて、川本皓嗣、岡田愛子さん、大久保直幹君、川西瑛子さん、そういう人たちがいました。毎回、三時間くらい一所懸命やり、その後は晩飯会に入るということを数年間やりました。ただ時代順に読んでいって、ミルトンの『失楽園』までできた時、僕はあんな長いものはいやだと言って、その段階で晩飯会専門になっちゃいました。しかしこういう勉強会、真面目に皆がやれば、非常にいい勉強になるということは体験によって知りました。

アメリカ文学の古典を読む会

僕が岐阜女子大学に移る決心をした時、正式にはまだ東京女子大学におった頃なんですけれども、ここへ来るということを中部地方のアメリカ文学専門の何人かが知ったんですね。それで先生（というのは僕ですが）がいらっしゃるなら、先生を中心にして勉強会を始めたいと言われた。僕自身も、岐阜女子大学に移って自分自身の勉強をどうやっていったらいいか、周辺からの刺激をどうやって得たらいいか、考え始めていた時でしたので、勉強会をつくることに賛成して、「アメリカ文学の古典を読む会」

というのを立ち上げたんです。中部地方、名古屋周辺の若手の文学研究者が中心ですが、関西の人もいれば、関東の人もいる、全部で一五人です。その話を聞いて、自分も参加したいとずいぶんいろんな人たちが言っていらっしゃいましたけれども、正式メンバーは一五人に限定しました。

ではどういう勉強会かというと、一年間に文学作品を二つ読んでおき、夏休みに民宿とか安い温泉宿とかに合宿し、第一日午後と翌日午前、その一つずつについて、皆で発表し合い、ディスカッションし合う。ではどういう作品を読むか。僕が東大に就職した時にやったのと同じです。名前だけは知っている、古典ということは十分知っているが、実際は読んでいない、というような作品がありますね。それを読もうというわけです。だから大作が多いんですよ。あまり長篇なもんだから、一年に二冊くらい読むのが精一杯でしょう。それを合宿で、第一日に一冊、三時間ぐらい勉強会をやって論じ合い、それで晩飯会をして翌朝もう一冊読む。僕はいつも時間とか期限を切るというのを一種の生活方針みたいにしているので、これを六年間に限ってやりましょうと言いました。僕は東大定年の時で六〇歳でしたから、六年間くらいはもつんじゃないかと、頭がね、それで六年間やると、そういう古典を一二冊読むことになる。毎回発表者を決めて、コメンテイターもちゃんとつけて、出席者は全員ディスカッションに参加する。黙って聴講だけしているのはいかん。とにかく一言はなんでもいいから言う、そういう基本方針みたいなものを決めました。

それからもう一つ、いわゆる学会の研究報告とはまったく違う、文学研究の基本からいこうということも方針にしました。作品を読んだら、自分がどう思ったかということを素直にそのまま述べるという姿勢が基本なんです。いわゆる学会の研究報告では、歴史的にとか、社会的にとか、心理的にとかと、よそから仕入れてきた情報や理論を盛って分析やら解釈やらをしますが、そんなものは必要ない、これ読んだら面白かったとか、つまんなかったとか、ストーリーが凝ってた、登場人物が変わってた、というような基本的な話でいいから、それについての自分の感想を素直に話して、そこから出発しましょうというわけです。だから発表者は素人がよい。たとえばマーク・トウェインだったらマーク・トウェインの専門家が、いろんな情報や理論をふりかざして発表するんじゃなくて、まったく知らない人に、素朴な意見を言ってもらう。それをもとに皆でディスカッションするという、そういう方針を決めた。それがたぶん成功したんだと思います。学会へ行って研究発表など聞いていると、作品の実感と縁のない理屈ばった話ばかりで面白くないが、この会の正直で素朴な発表だと、自分も作品理解に参加できる感じになるわけですよね。

僕は素朴、素朴と言いまくっていますが、それがうまくいったらしい。一回の合宿で二人が発表しますから、六回で一二人ですね。会員を一五人で切ったということは、一五人のうちの三人くらいは途中で脱退するだろうと想像して、最終的には一二人で、全員が一回は発表し、一回はコメンテイターをやり、ディスカッションは全員でやる。そういう想定だったんですが、結局一人も脱退しないもんだから、最後にそのへんの帳尻合わせで苦労したくらいです。この勉強会は大変うまくいったと思います。発表者には、自分の発表した内容を一週間後には文章にして出しておいてもらう。コメンテイターも早速コメントを記録しておく。それからディスカッションも担当者がまとめて文章にしておく。そうやってその場ですぐに記録に残していくということを基本姿勢にして、確実にそれを実行してもらいました。中部地方の学会の風潮はわりかしのんびりしてますから、そのうちゆっくり記録すればよいみたいな姿勢で放っておく人が多い。そういう人には厳しく言って、その都度きっちり記録を文章にしてもらった。そういうことも、うまくいった理由だろうと思います。六年間やって、本にまとめましょうということになり、アメリカ文学の古典を読む会編『亀井俊介と読む古典アメリカ小説12』――12というのは12作品という意味なんですけれども――を南雲堂から出版してもらいました。南雲堂の原信雄さんが、毎回オブザーバーとして参加してくれていたんですよ。

これが成功したもんですから、もうこれで僕は引退しますと言ったけれども、皆さんから続けてほしいと言われて、それまでに入会を希望しながら正式のメンバーになれなくてオブザーバーとして参加していた人たちにも正式メンバーになってもらって、第二期の古典の会を始めました。二〇数人の勉強会になっちゃった。また六年間やって、その成果を同じように『語り明かすアメリカ古典文学12』という本にしてもらいました。これでもって僕はやめました。しかし勉強会のうちの若手たちが、いまも若手の会を続けておられます。

みみづくの会

それから東京で、僕は「みみづくの会」という勉強会もやっておりまして。僕は早稲田大学の大学院英文科に非常勤で四年間行っていたことがあるんですけれども、もうやめると言いましたら、聴講生たち、早稲田は博士課程までありますから、その博士課程の連中が勉強会をやってほしいと言ってきた。僕はもう出講するのに疲れたからやめると言ったわけなのに、とにかくやってほしいと非常に熱心に言われるんで、とうとうOKしちゃった。一〇人ぐらいでしょうかね。どこでするのと聞いたら、先生の家がいいなんて言う。結局、僕のアパートの狭い部屋に一〇人ぐらい集まって、ごちゃごちゃやり始めたんです。

これは三か月に一回くらい集まって、古典の会と同じように作品を読んで、みんなで発表し合い、ディスカッションし合うという勉強会です。途中で、どういう作品を取り上げるかということに関係して、全体的なテーマを決めた方がいいということになり、旅の文学、旅行記だとか旅行を材料にした文学作品なんぞを読んでいくことに決めました。何年かやって、一五作品を読み、その勉強成果をまとめました。二〇〇九年に昭和堂から出してもらった亀井俊介編『アメリカの旅の文学――ワンダーの世界を歩く』という本がそれです。この勉強会は今も続いています。

木菟会

その次に、同じみみづくの会なんですけれども、ひらがなを東京に譲っちゃったもんだから、漢字で木菟会と書いた岐阜女子大学の勉強会があります。木菟というのはみみづくの漢字表現なんです。僕は伊豆の南箱根の山中に書庫兼用の小屋をつくり、それを木菟山房と名づけていました。みみづくのように夜起きていて本を読む者の小屋の意味です。同じく漢字で鵂鶹《しきゅう》という素敵な表現もありますが、これは富士川英郎先生がご自宅を鵾鴒庵と呼ぶというふうに使われていますので、僕なんぞ恐れ多くて使えません。で、この木菟山房で何度か勉強会をしましたので、木菟を会の名にしたのです。岐阜女子大学英語英米文学会の会員中、もっと勉強したい人たちが集まってこの木菟会を発足させたのは、二〇〇八年です。こちらも全部で一五篇のアメリカ小説、大部分は長篇ですけれども、是非短篇について発表したいという人もおったもんですから、若干の短篇も含んで、とにかく一五回やった勉強会です。その成果を、市販本にすることは難しいけれども、うまく整理して、本の形にしています。こちらの全体的なテーマは、現代文学に愛の問題はどういうふうに扱われるかということなので、『現代人の愛の行方——二十世紀アメリカ小説を読む』という書名にしました。基本姿勢は東京の「みみづくの会」と同じです。ちゃんと作品を読んで、素直にそれへの反応を語り、それをめぐってディスカッションをし、文学の理解を深め、味わいを深めましょうという、そういう勉強会です。

さてどの勉強会でも僕を先生、先生と立ててくれるもんですから、一応僕が指導しているような形なんですけれども、これらの勉強会は僕自身の勉強にも非常に役立っているんです。さっきの「古典の会」で、名前は知っているけれども読んでない作品を取り上げると言いましたが、僕自身はだいたい三分の二くらいは読んでいた。ほかの二つの勉強会で取り上げたのは、だいたい全部、読んでいた作品です。しかし前に読んでいた作品でもそうやって皆さんとディスカッションしていると、いろんな新発見をするんですね。それは僕にとってもとても大きなことですね。

大学院で将来の大学の先生を育てるということは、岐阜女子大学に来てからはやっていないわけなんですけれども、こういう勉強会によって、僕は自分について別の存在意義を見出しつつあるような気がする。文学を読むこと、よりよく読むことを、自分も一緒になって修練して、どこかで自分の「生」の価値を高める努力をしているように思うんですね。そういうことが東京時代よりももっとできているような気がします。岐阜へ移ってきて、従来とは違うあり方で、非常に楽しい、意味のある学者生活を続けていると言えるように思います。

学問は素朴な発想に返りたい

オーラル・ヒストリーも時間に沿った話は最後になってきましたので、いわばその結びとして、自分がどういうふうに文学の勉強をしようとしているかということの方に話を進めていきたいと思います。先ほどちょっと申し上げましたけれども、岐阜女子大学へ来まして、ここがたとえば東京大学の大学院のような、いわば学者づくりの大学とは違うということを痛感した。それは非常に大きなことでありまして、学者をつくる、自分の後継者をつくる場ではないということには、一種さみしさもないわけじゃない。けれども、逆に言うといい面もあるんです。これは非常に重要なことなんですけれども、学者づくり大学の文学教育は、結局大学教員をつくるための教育になるわけですから、文学を本当に理解し楽しむための教育というよりも、文学をどういうように教えたり論じたりするかということを中心に指導することになるんですね。それで次第に、指導する教員も指導される方も、学者・教師仲間の一種の秘め事を共有するようになる。だんだん仲間同士の暗号みたいなものでもって、喋りあう、あるいは学問しあうということになってくる。そのあげく、学者にしか通用しない、いわばjargonですね、専門用語でもって意見を述べあっている。本人たちは一所懸命、研究発表したり意見表明したりしているつもりですけれども、第三者が聞いたら、肝腎の文学者とか文学作品とかはどこかにおき去りにして、ただ難しい顔して尤もらしい理屈をこねまわしている。これが学問だ、というわけでね。そういう世界が知らん間にできておるわけです。狭い専門家の世界、そういう専門家をもう一人生産しようというのが、後継者づくりの仕事というものなんです。

岐阜女子大学はそういう意味での後継者づくりの場ではないというところがいいんです。たとえば、東大ばかりではない、早稲田大学でも、どこの有名大学へ行ってもそうなんですが、レポートのテーマに、重箱の隅をほじくるような、または批判理論をこね合わせたようなテーマを設定し、自分はこういうレポートを書きたいと言ってくる。なんか難しそうで、本当にそれ面白いの？と聞くと、分からないと言う。じゃ何でそのテーマにしたかと聞くと、そういう捻ったテーマにしないと、学問じゃないみたいな気がすると答えるんです。それを徹底的に僕はやっつけるんですね。文学は感動から出発するんだ、そのテーマを自分が面白いと思わなかったら、いい論文などできっこないって。すると、自分が面白がってたんでは学問にはならないんじゃないですか、と反論をしてくる人もいるわけ。僕はそれはまったく違うと答える。文学の学問というのは、自分が面白いと思ったことを深く広く人に伝える努力なんです。この作品にこんなに感動したよということを人になんとか訴えたい、納得して味わってほしい、それが研究の「もと」なんだ、とそういう素朴な発想が僕には基本的にあるんです。

岐阜女子大学のような学者づくりではない大学の院生たちは、いわゆる学問というもの、つまり専門家仲間の学問というものに比較的毒されていない、そこが僕は大変いいと思っています。ところが、毒されてみたいという気持ちに、知らん間になっちゃってる人もいるんですよね。早い話が、たとえば短編小説を授業で読んだ時に、その読んだ作品についての感想文を出しなさいと言うとする。と、感想文ですから、素直に自分の感想を書けばいいんですけれども、毒にそまりつつある子はつい参考文献なんぞ調べて、そこにある解説を盛り込んでくるもんだから、型にはまってつまんないレポートになっちゃうんですね。参考文献は将来は必要だろうけれど、まずは自分の気持ちをそのまま表現せよとさんざん言うんですよ。はいと返事はいいんですけれども、実際提出してくるものは自分の気持ちがない、つまり個性のないものになっている。それを本人はその方が学問的かしらと思っているのね。そんなものは偽物の学問で、あなたたちは偽物の学問に毒されている。そういう毒を削って削って、文学作品をじかに読み、それへの自分自身の反応を書きなさい、ということを僕は言い続けているんです。なかなか理解してもらえない。しかしよそと比較すれば、岐阜女子大学の素朴な皆さんの方がずっといいと思っていますよ。

文学を「味わう」こと

で、この、自分が面白いと思ったことを人に伝える努力――これが実はなかなか大変な仕事なんですね。文学作品を理解するということは、単に作品を分析したり、解釈したりするのではない。それに加えて、「味わう」ことも必要です。面白い、感動した、ということは、「味わう」行為でしょ。それを人に伝えるには、自分とその作品との関係を掴んでいないと十分には出来ません。その作品がどうして自分にアピールするかを理解するには、自分自身を知らなければならない。つまり文学研究というのは、一種総合的な仕事です。

それをするにはどうすればいいか。根本は決して難しくない。簡単明瞭なんです。まず作品をじっくり読むこと、じかに、中身と表現を理解するように何度でも読む。そしてその中身と表現に自分自身を反応させることです。たとえばヘンリー・ミラーの『北回帰線』というなんだか正体のわからない作品を読んだとする。もしも少しでも面白いと思ったなら、いったいこの作品はどういうふうにできているかが、つまり中身と表現の関係がちゃんと見えてくるまで、じっくり読みますね。これはごく自然なことであり、間違いなく重要なことです。しかしこれで終わっちゃってはいけない。この作品に反発する人もいる。だが、なぜ自分はいいと思うのか、逆に言えばなぜこれが自分にアピールするか、そういうことを自分自身の検討も含めてはっきりさせていく。「味わう」というのはそういう作業ですね。そういう作業があって、はじめて文学研究が生命を持ってくる。それをしたい。

とにかく作品をじっくり読みましょうというのが、大学での授業でも、大学の外の勉強会でも、僕の基本姿勢です。参考文献を一〇冊積んでも、ひとつも独創的な意見は出ないんです。それよりも作品をもう一回読む、さらにまたもう一回読んで自分の反応を確かめる。そこから自分独自の味わう仕方、方法ができてくる。独創的な意見はそこから出てくるわけなんです。まず自分の味わいを確認し、参考文献はそれから読めばよい。参考文献によって自分の味わい方を修正したり、深めたり、広めたり、それはさまざまでしょう。しかしまず作品をちゃんとじっくり読めということを僕は繰り返し繰り返し言っている。僕の文学の勉強も教育もそれにつきるんですね。

岐阜女子大学の授業にしろ、木菟会の勉強会にしろ、僕はとにかく文学作品を、言葉、表現に即して、一所懸命味わいながら、読んでいくという一番素朴な勉強法を今までずっと実行してきました。それがいいか悪いか、院生や木菟会のメンバーは、たまたまそういう先生に出会っちゃったから、しょうがないからそうしているだけかもしれませんけれども、たぶん全国の大学の大学院文学研究科や文学研究会などで、一番その姿勢を徹底してやっているのはわれわれじゃないかしらんと、思います。

文学研究の拡大と集中

最後にひとこと。初めて教員になった時、アメリカ研究者会議というものがあって、僕はチンピラ教員だったのに、これからアメリカ文学研究をどうやったらいいかなんていうテーマでスピーチをする羽目に陥り、文学研究の幅をもっともっと広げましょうと大法螺を吹いて、当時の大先生からとっちめられたことはすでに話しましたね。しかしそれは僕の真情でもあって、そういう主張をした手前、僕はその後ずっと、なるべく文学研究を幅広くやりたいと思い、文化研究、比較文化研究と、頑張って幅を広げる方向でやってきました。けれども最近は、それをせばめて、文学作品に関心を集中して、「文学」を味わう方向に進んでいるような気がします。といっても、初めから作品それだけというのではなくて、幅広くやったものを結集しながら、作品を読み味わい人に伝えることの質を高めたり深めたりしたいと思っているわけです。

風呂敷は広げた、これからももっと広げたい、が同時に、これからは風呂敷を畳むこともしたい。最近僕は文学作品の言葉、表現、思想のあらわし方といったようなことにずっと集中しているみたい。で、第三者から見ると、亀井さんもだんだん研究対象を狭めてきたと言われるかもしれませんが、僕としてはいままで頑張って広くやってきたこと、これからもやることすべてを、作品とか、文学そのものに結集しようとしているだけなんです。僕にとっては、従来の勉強をすべて生かし、しかも乗り越えて、もっと本格的な文学研究に挑戦をしようというふうな思いです。八〇歳を越えて狭く集中してきているみたいだけれども、たくさんのものを結集する集中なんで、新しい挑戦のような気持ちです。そんなのがいまの自分の文学の勉強の姿勢です。この辺で一応話は終わりたいと思います。

❖インタビュー

三宅茜巳　お話により、先生の学問や勉強の内容が時代によって少しずつ移ってきているという印象を受けましたが、どうでしょうか。最近では夏目漱石や有島武郎と、学問の対象が少しずつ変化してきている、あるいは行ったり戻ったりしているというような感じを受けるんですが。そういったことについてはいかがですか。

亀井　確かに自分の研究対象として取り上げる作家とか、文学・文化現象とかは変わってきていま す。僕はたとえば、ホイットマンで賞を貰ったりなんかしても、自分がホイットマンの専門家という意識はあんまりないんです。世間では、たとえばヘンリー・ジェイムズを勉強した人はすぐにヘンリー・ジェイムズ専門家になっちゃって、それに集中して、それについては微に入り細をうがつけれども、他についてどうでもいいよという姿勢の人が多いですね。そういう専門家意識というものをぶち破りたいというのが僕の基本姿勢で、たとえばホイットマンについて、受賞後、他の出版社からホイットマンの入門書を書いてほしいとかいろいろ言われましたが、その気はまったくない。ホイットマンについては全力を注いだ本を出しましたから、それに関連はしても、もっと別のことがしたくなる。同じようにして、僕は同じ人物について何冊も本を作ったということはないんです。マリリン・モンローについてだけは、二冊書きましたけれども、一冊目は新書版で、二冊目はもっと本格的な評伝のつもりの本なんです。マーク・トウェインについても、そういえば二冊あると言えば言えるけど、二冊目はトウェインを中心にしながら二〇世紀アメリカ小説一般を論じたつもりです。

いずれにしろ、僕は特定の作家の専門家のつもりで仕事するんじゃないですね。何かをやっておると、そこからまたあらたな興味がわいて、根っこは繋がっているけれども、ほかの勉強をし始めるのが普通なんです。ホイットマンをやっていると、日本でホイットマンを非常に見事に紹介した内村鑑三について勉強したくなり、とうとう内村鑑三について小さな本を書いたりするとか。そういうふうにやっておると、あちこちに興味がひろがっていく。だから表面だけ見ると、ホイットマンから内村鑑三に来て、今度はマリリン・モンローに来たりする。いったい、これはなにごとかということになる。どれも根っこは結びついているんです。

三宅　先生が先ほどおっしゃった作品とどう向き合うか、作品をどう読んでいくか、作品ありきだという話について、その通りだと思うんですが、自分が実際に作品を読んでいる時に、なかなか対峙しているだけではわかってこないようなものがあるので、たとえばよその物を見てみて、ああこういうことだったのかと分かるようなことがありますね。自分が主観的に作品に対峙していくことを補強するというか、さらに考えを進めるために、客観的な勉強というのは必要ではないですか。

亀井　それはまったくそうなんです。たとえばいわゆる「ニュー・クリティシズム」というのは、作品自体に集中する、他の情報や知識は必要なくて、作品だけ読んで文学を評価するという姿勢ですね。僕がアメリカに留学した時には「ニュー・クリティシズム」がまだ盛んだったもんですから、ある若い先生が文学批評の授業で、詩を一篇だけ、作者名も何もなしに持ち出して、これを君たちはどのように分析・批評するか、論文にして提出せよと言われたんです。ところが僕はその詩が誰の詩かということがすぐにわかった、キーツのなんとかという詩だという知識を持っていたんです。当然その知識が作品の理解に役立ちますよね、その知識を使いながらレポートを書いた。他の人よりもダントツにいい論文になりますよ。だから作品そのものに向き合うことが基本ですけれども、知識はあった方がいい。いろいろ勉強すればするほど知識が集まってきて、作品理解も深まるわけです。文学史も参考文献もうまく利用すれば十分に役立つんで、僕もそのことは決して否定しないわけです。ただ、そういう知識が先に立ち、それに引っ張られてしまって、作品そのものを二の次にする文学の勉強は本末転倒だと思うんです。しかも今はそういう知識やら理論やらが先に立つ文学教育が大勢になってしまっている。それに僕は反対しているのです。三宅さんがおっしゃったことは当然であって、それを前提としながら、作品が大事だと言っているわけなんです。

三宅　先ほどの先生のお言葉でいうと、自分が作品のどういうところに惹かれるのかとか、自分の感動のもとが何なのか知りたくなる場合もありますね。そうすると、ただ読むだけではなくて、その周辺情報も得たくなる、ちょっと細かいことも知りたくなってくる、そういうことを集めながら中心はその作品にあるということですか。

亀井　まったくその通りです。僕が言う作品という言葉は、どうもこういう意味らしい。最初の出発点は、たとえば何とかいう作家の何とかいう作品ですね。それを読んで感動すれば、当然人間自然の情で、同じ作家の別の作品も読んでみたくなりますね。それからその作者はどういう人か知ってみたくなる、だんだん大きくなっていきますね。僕が言った作品は、そういうものを全部ひっくるめて、だんだん大きくなっていくものです。自分の気持ちを惹きつけるもの、その総体を作品という言葉で言っているみたいです。そしてまずそういうものを掴んで、そこから調査、考察を発展させたいという意味です。固定しちゃった作品じゃないんです。作品はダイナミックに動いて、大きくなったり、逆に小さくなったりする。こちらもダイナミックに動きながら読み、味わう。そういう文学研究を求めているのですね。

個々の文学作品に話を戻しても、すぐれた作品というものはどこかでダイナミックなものなんで、その動きの相においてね、静止状態じゃなくて、作品がダイナミックに生命を持って動いておる、その相において捉えるように努めたい。作品が僕にアピールするのは、それがダイナミックだからなんで、逆に僕がそれに感動するのも、僕のどこかがダイナミックだからでしょうね。そういう生きている作品を生きたままで捉える努力をするというのが、作品を味わうということです。それはこちらも生きていて出来る仕事じゃないかしらんと思うんですね。

第二部

著作をめぐって

『サーカスが来た!　アメリカ大衆文化覚書』
（東京大学出版会、1976年12月）初版表紙カバーのデザイン。
道化の鼻と口は赤。

第六章　『サーカスが来た！　アメリカ大衆文化覚書』

『サーカスが来た！　アメリカ大衆文化覚書』　東京大学出版会　一九七六年一二月一五日　四六判　三五〇頁
目次　サーカスが来た！　世界の驚異を運ぶ機関／オペラ・ハウスで今夜　大衆演芸の世界／さすらいの教師たち　にぎやかな講演運動／ガン・ファイターへの夢　ダイム・ノヴェルから西部劇へ／ターザンの栄光と憂鬱　二十世紀のヒーロー／ハリウッド、ハリウッド　希望の星かがやく「聖林」／ジープに乗って山こえて　わがアメリカ大衆文化
一九七七年七月　日本エッセイスト・クラブ賞受賞
一九八〇年一二月　日米友好基金図書賞受賞
（文春文庫、一九八〇年／岩波同時代ライブラリー、一九九二年／平凡社ライブラリー、二〇一三年）

わがベストセラー

このオーラル・ヒストリー、これまで「時代を追って」僕のつたない学問史を話させていただきましたが、これ以後、著作中心の話をさせていただきたいと思います。その第一回の著作として『サーカスが来た！　アメリカ大衆文化覚書』を取り上げたい。平石貴樹さんの講演中でも、亀井俊介の入門としてはこの『サーカスが来た！』が一番いいんじゃないかと言っていらしたように思いますが、まさしく僕の作品中一番とっつきやすいというか、幅広くアピールしやすい本じゃないかなと思うのです。

実際、僕の本の中ではこの『サーカスが来た！』が一番売れた本のひとつでしょうね。『サーカスが来た！』は、はじめ東京大学出版会から一九七六年に出版されました。東京大学出版会というのは大学の出版部ですから、学術的な本ばかり出している、非常に堅苦しい出版社です。『サーカスが来た！』

はそういう出版社の本としては予想外に売れ筋の反応が生じて、出版会の人々自体がびっくりしていました。そして三年後の一九八〇年に文春文庫に入れられた。その時は確か五万部刷ったと思います。僕なんかびっくりした数字でした。東京大学出版会としてはめずらしく増刷、増刷して四刷か五刷までいったんですが、それでも合計一万二～三千部が精一杯だったと思います。文春文庫の部数は桁はずれに思えました。で、この調子ならさらにどんどん増刷するんじゃないかなんて思っておった。本が売り切れて、欲しい人が僕のところにいつ増刷しますかなんて聞いてくる。ところが文藝春秋の方は、あれは五万部の初刷りだけで終わるつもりで、一千部とか二千部を増刷するというようなことはしませんという話でした。というわけで、初刷りだけで終わっちゃいまして、あつかましくも残念だなあなんて思っておりましたら、一九九二年に岩波同時代ライブラリーという一種の文庫に入れていただいた。これは文庫といっても文春文庫とは一ケタ違うぐらいの少ない部数でしたが、非常にきれいな本を作ってもらえて喜んでおりました。しかしそれも終わっちゃったなあと思っていたら、今年（二〇一三年）こんどは平凡社ライブラリーに入れられました。これも大層きれいな造りの本です。ま、こうして四回、形を変えて出版してもらえたということは、僕の本としてはたいへん珍しく、嬉しいことで、喜んでいるところであります。

学術振興会の海外派遣により

さあ、それでまず、この本をどういうプロセスで書いたかということを今回の話の出発点にします。

すでにお話したことと少し重なりますけれども、もうちょっと丁寧にお話してみたいと思います。

一九六九年（昭和四四年）に僕は『近代文学におけるホイットマンの運命』という論文で博士号を取り、それが翌年、研究社から出版されまして、その翌一九七一年に、日本学士院賞を授けられました。この賞は自分で言うのもおかしいんですが、たいそうな名誉ある賞らしいですけれども、当初、実際上の利益はほとんど何にもないように見えた。なんだか拍子抜けしていたら、その利益だと思えることが起こったんです。日本学術振興会という組織、僕らは学振と呼んでおりますが、たぶん文科省の外郭団体でしょうね。その日本学術振興会が一九七三年に、海外に若手の研究者を派遣する制度を始めた。亀井さん、その第一回の派遣者になってもらえないかと、向こうから丁重な表現で言ってこられた。こちらはもちろん喜んで派遣していただく気分です。これは学士院賞のメリットだと思いましたね。そうでなきゃそんなことを言って来られるはずがない。

こうして学振に海外派遣されることになったのですが、形式的にはこちらから派遣していただけるよう申請するわけです。かくかくしかじかの理由で海外で研究したいと申請して、ＯＫをもらったら行けるという形です。で、そういう申請書作りでは何を研究するかということが一番大切ですけれども、僕はアメリカの大衆文化を研究したいという申請をしたのです。これはもうあちこちでしゃべった話ですが、僕がその書類を作っているとき、東大の先輩や同僚の先生方が、亀井さん、大衆文化なんてものを研究目的にしない方がいいんじゃないか、ホイットマンというようなしっかりしたテーマの研究で申請した方が、君の将来のためにもなるんじゃないかと、たいへん親切に助言して下さった。しかも一人じゃなくて何人もの人がそう言ってくれて、若干迷いもしたんですけれど、僕はそのまま大衆文化研究で押し切ったわけです。

その派遣は一年間ということになっていたのですが、一九七三年というのは東大の紛争が一応収束してからまだ二、三年しかたっていない時だもんですから、大学内がいろいろごちゃごちゃしておりまして、僕はまる一年間留守することを遠慮しました。東大駒場の制度では、一月末までに授業が終わり、二月、三月は入学試験などでつぶれてしまいます。それで僕は一月末まで授業をやって、入学試験は免除してもらい、二月一日に海外へ出発するということにしました。そして東大教養学部は九月いっぱい秋休みで、一〇月一日から後半期の授業が始まるので、九月末までの八か月間の海外研修ということで行かせてもらうことにしました。

尊敬する先生方の忠告も退けて大衆文化をやるんだということで突っ走ったのは、テーマもテーマですが、もう一つ別の思いもありました。『近代文学におけるホイットマンの運命』というのは学位論文ですから、自分としては精一杯アカデミックな内容で、書き方もアカデミックなつもりの構えでやったんですね。そういう仕事を、それはそれでエンジョイしてやりました。けれどもその論文執筆中に本当に痛切に思ったのは、文学・文化の研究をもっと自分流に、アカデミックな体裁なんぞ捨てて自由にやりたいということでした。大衆文化をやると言ったことは、そういう欲求のあらわれでもあったと思うんです。

ニューヨーク州ポキープシー

こうして、これからは学問を自由にやるんだという意気込みで、一九七三年の二月からアメリカへ研修に行きました。しかし学術振興会は、先生、どうぞ自由に何でもやって下さいと言ってはくれるんですが、やっぱりアメリカのどこかの大学に所属しないと研修にならないというお考えのようです。最初、僕はそういうことも一切なしに自由にしたいと思っていましたが、まあ、振興会のお考えも尤もだと思い直しました。それで考えたあげく、ニューヨーク州立大学のオルバニー校に行くことにしました。オルバニーというのはニューヨーク州の州都で、ニューヨーク州立大学は州内のあちこちにあるんですが、オルバニー校はその一番の中心なんです。そもそも僕は大学から離れて自由にやりたい、大衆文化の一番の舞台はやはりニューヨーク市だから、ニューヨーク市内のアパートにでも住んで研究したいと思っていたんです。が、ニューヨーク州立大学のオルバニー校には僕がかつて留学したセント・ルイスのワシントン大学の大学院仲間であり親友だったJohn M. Reillyが、アメリカ文学の先生になって赴任しておった。本当の親友で、僕がセント・ルイスの裁判所で結婚した時も、結婚相手と二人だけで裁判所に行ったら証人が必要だと裁判官に言われて、急きょ電話したのがこのジョン・ライリー君で、早速来てくれたんです。そんなふうに何かの時には頼りにする、一番信頼していた人物でした。その彼に相談したら、ニューヨーク州立大学へ来いよ、と言ってくれたんです。実際には図書館の中に机を一つくれるだけで、べつに研究室をくれるわけでもないのですが、制度的にはvisiting scholar（客員研究員）としてニューヨーク州立大学に所属することになりました。

オルバニーは、ニューヨーク市から、ハドソン川を北に遡った上流にある都市です。その川沿いに鉄道も走っているんですが、ニューヨーク市からオルバニーまで普通列車で行くと三時間近く、アムトラックという全国を走っている急行列車でも二時間くらいかかるんです。だからニューヨーク市までちょっと遠くなってしまう、どうしたもんかなあと思っていたら、やっぱりセント・ルイスのワシントン大学時代からの女性の友人がおりまして、その人は看護師さんになっているんですね。州ではなくて連邦政府のライセンス（免許）を取っている本格的な看護師なんですが、その人がオルバニーとニューヨークのちょうど中間のポキープシー Poughkeepsieという川沿いの古い港町に住んでいたんです。独立戦争中はニューヨーク州の州都になったこともある古い町で、ポキープシーというのはインディアン語で「安全で気持ち良い港町」という意味だそうです。その郊外に、エリスというその友人が住んでいて、シュンスケ、あなたがニューヨーク州立大学に所属しながらニューヨーク市を中心に研究したいんなら、ポキープシーに住んだらどうかというんです。どちらにもバスや鉄道で一時間半ちょっとで行けるちょうど中間だからと。もしポキープシーに住むんなら下宿も探してあげるし、自分があなたのショーファー（おかかえ運転手）になってあげるというもんですから、それにしようと。それで、ポキープシーに住んで週に一回くらいはニューヨーク州立大学に行き、また週に一回はニューヨーク市に出るという姿勢で勉強しました。

一九世紀、ハドソン川の蒸気船の交通が盛んだったころには、このポキープシーの町も栄えていたんですが、その後、蒸気船の交通が衰退しちゃいましたから、時代に取り残されたような静かな田舎都市、木曽川沿いの岐阜県中津川市みたいな町になっちゃった所です。ただポキープシーにはヴァッサー・カレッジという有名な女子大学があります。この人口四万人くらいの町に僕は住んだんです。そこを根城にアメリカの大衆文化を勉強し始めました。

初めは体験主義で

このアメリカ研修が決まる前、僕は東京大学出版会の編集者——そうそう、前に名前をあげた斎藤至弘さん——と雑談していた時、アメリカ研究には大衆文化研究が絶対に必要だ、しかし今までそういう方面の研究書がないから、東京大学出版会で何か出されませんかという話をしたことがあります。そしたら斎藤さんが、じゃ、先生が執筆しなさいよ、とうまいことおだててくれた。で、いよいよ大衆文化研究ということでアメリカへ行く段になって、チャンスがあったら執筆してもいいねえなんて話を斎藤さんとしていました。

で、アメリカに行って一番最初に書いたのが、出版された本に収録の順序でも一番最初に載っている「サーカスが来た！」の章なんです。たぶん斎藤さんが、ちょっと執筆して、『ＵＰ』に原稿を出してみて下さいませんかと言ってくれて、投稿したんだと思います。そしたらその『ＵＰ』の編集長がおもしろい、おもしろい、ぜひ連載をと言ってくれて、連載し始めました。それが、一九七三年の一〇月に第一回が載り、一一月、一二月、七四年一月と四回連載して終わっているんです。僕は一九七三年の九月三〇日に日本に戻っており、一〇月一日に授業を始めています。しかし、七三年一〇月号に第一回が載ったということは、原稿はたぶん七月末までには送っているはずですから、これはアメリカ滞在中に執筆したに違いない。少なくとも第一回はそうですし、「サーカスが来た！」の章全体もアメリカ滞在中に書いた原稿だと思います。

で、その執筆は、非常に体験主義的なんですね。大衆文化研究のためにアメリカへ行ったんだが、初めてアメリカのサーカスを見て、その面白さ——日本で子供の頃見ていたサーカスの面白さと非常に違う面白さにびっくりした。しかもポキープシーに着くまでの、行く先々の都市でサーカスがかかっており、つい引きずられ見てまわったんです。そういう自分の体験から語り始めましてね。そしてだんだんと、サーカスの本を読んでみて知った話もし始める。次第にブッキッシュな知識を吸収する形に進んで行っています。こういう執筆の進め方が自分にはとても懐かしいです。最初に体験してみて、それから少しずつ知的な興味がわいてきて、本で調べていく、というふうに。一般的に、ほとんどの研究論文というのはブッキッシュな知識から出発したものが多いんですけれども、少なくともこの「サーカスが来た！」について言うと全然違う。

また、はっきり覚えているんですけれども、サーカスに興味を深めていって、ポキープシーでいろいろ文献を調べ始める。ニューヨーク州立大学に行ってそこの図書館でもサーカスの文献を調べます。ところがサーカスなんていう俗っぽい大衆文化の文献は、大学の図書館にはあまりない。あっても、せっかく面白いサーカスを面白くない難解なものにしちゃった論文が並んでおる。ところがポキープシーという小さな地方都市の市立図書館に行くと、サーカスの本が山のようにあるんですね。まさに市民たちへのサービスとしてサーカスの文献をいっぱい持っている。パブリック・ライブラリーとはこういうものだと知りましたね。大学図書館と市立図書館とのこういう違いから、僕はますます大衆文化の方に比重をもっていきました。今も懐かしく思い出すのは、大学の図書館よりもポキープシーの市立図書館です。これはあまり大きくなくて、夜九時に閉館になっちゃうんです。机の上にサーカスの本をいっぱい積んで、めくったりノートをとったりしていると、ライブラリアンの女性が来て、もう閉館するんだけれどと言うんですね。残念ですね、このまま本をとっといてと言うと、いいですよと。翌日行ってもそのままに積んであって、そこが自分の席みたいに決まっちゃっておる。そんな感じのサービスも嬉しいし、いろんなことで親切にしてくれるアメリカの地方都市のパブリック・ライブラリー。僕がそれまで一番よく利用したのはワシントンのアメリカ議会図書館で、そこも感心することが多く、強い親近感も持っていましたが、地方都市の小さな図書館というのは知らなかった。これはこれで素晴らしいということを知りました。

ニュー・メキシコに移る

まあ、そんなことで「サーカスが来た！」を『ＵＰ』に連載するようになって、それからもどんどん書いてほしいと言われるものですから、「ターザンの栄光」という章を同じ一九七四年二月号から五月号まで四回連載し、その次に「ガン・ファイターへの夢」が六、七月、そして八月は抜けて九、一〇、一一月と五回連載しました。四回では収まらなくなって、編集部に頼んだら、何回でもいいですよということで。ちょっと話が先走ってしまいましたが、僕はニューヨークを基盤にして、大衆文化の勉強に熱中していました。ミュージカル・ショーを見たり、ストリート・フェアを体験したり、前にちょっと話しましたセックス・レボリューションの諸現象を探索したりとか――ニューヨーク文化をエンジョイし、あちらこちらほっつき歩いたりもしていました。

そのうちに先ほどのエリスさんが、ポキープシー郊外の連邦政府による老人病院に勤めていたんですが、転勤することになったというんです。どこにと聞いたら、ニュー・メキシコ州。ご存知のようにニュー・メキシコは南西部の果てで、アメリカで一番文化果つるとされている地方なんです。文化の中心から文化果つる所へ転勤しちゃう。連邦の看護師ライセンスをもっているものですから、ニュー・メキシコ州の、メキシコから移民してきたいわゆるチカーノたちを対象とする病院に勤務することになったというわけなんです。それでニュー・メキシコに行ってしまうけれども、何だったら来ませんかと言われて、思ってもいないことだったんですけれども、まあ、女の黒髪は象をも引っ張るという通りで、僕はニュー・メキシコ州のラスクルーセスLas Crucesという町に行くことになりました。

今まで、大衆文化研究にはアメリカ文明の先端のニューヨークを探るのが一番いいんだと公言していたのが、急に方向転換して、アメリカ文化の根源はそういう辺境にこそあるかもしれんと勝手に思い始めたわけです。ニュー・メキシコというのはもともとはメキシコの領土だった砂漠地帯ですが、一八四八年の米墨戦争でメキシコが負けたものですから、アメリカ合衆国に譲られた土地なんです。ほとんどが荒涼たる土地ですが、ラスクルーセスは一応その地方の文化の中心地です。「十字架」という意味の町でね。そこにチカーノたちのための病院があって、エリスはたぶん土地の看護師さんたちを指導する地位で赴任したんじゃないかと思います。そこにアパートみたいなものを借りておいてくれたものですから、結局、僕はアメリカ研修の最後の二か月間そこにいました。この辺境に行ったことが、僕のアメリカ研究には途方もなく役立ちました。

ニューヨーク州には七月までいて、ニューヨーク市からバスでアメリカ中央部をぐるぐる回って、三週間くらいかけてニュー・メキシコまで行ったんです。その旅行をひっくるめて二か月間くらいニュー・メキシコにおりました。エリスも僕が本当にやって来るとは思ってなかったかもしれません。でも彼女は一所懸命案内してくれました。この辺はいわゆる文学的な名所旧跡なんて何もない。しかしまさに西部劇の世界で、ガン・ファイターたちのガン・ファイトの旧跡、つまりＯＫ牧場のような所はあちこちにある。そういうところをドライブしてくれて見て回るうちに、だんだんこの「文化果つる土地」の文化が面白くてたまらなくなってきました。西部劇が描いてみせる開拓者、牧場主、カウボーイ、ガン・ファイターといった人たちの文化とは、いったい何だったのか、彼らの生活、精神構造はどういうものだったかということにも興味を持つようになりました。そしてだんだん夢中になって、先のサーカスと同じで、途方もない砂漠地帯の岩山とか、キャニオン（渓谷）とか、あちらこちらに連れて行ってもらって、そういうところの酒場はどんなふうになっているのか、バーに入ったらどうやって酒を飲むのかという初歩のことから体験本位でいろいろ知っていきました。後には文献的にも調べていきましたが、出発点はやはり体験本位。そんなことで「ガン・ファイターへの夢」という章を書いたのです。

どさ廻りの研究

それからその次に「オペラ・ハウスで今夜」の章を『UP』の一九七四年一二月号から、七五年の三月は飛んで、五月号までやはり五回連載しました。これはアメリカの演芸活動を語った章です。オペラ・ハウスというりっぱな呼び名だけれども、粗末な芝居小屋みたいなものがアメリカの全国に散らばっていた。そういう小屋を舞台にしたアメリカの広い意味での演芸活動についての文章ですが、これも一種の体験主義で。この章は、僕が岐阜県中津川市での少年時代に親しんだ旭座という劇場の話から書き始めるんです。ここは歌舞伎もやり、漫才や見世物も来れば講演会もやるという芝居小屋でしたが、オペラ・ハウスを訪れると、立派な名前だけれど、要するに日本の中津川の旭座と同じだという思いにかられ、旭座の思い出話からこの章は始まるのです。アメリカの話と日本の話がからまりながら内容が展開するわけです。

それから、いろんな大衆文化的なものを総合したエンタテインメントだということで、映画を取り上げ、「ハリウッド、ハリウッド」の章を『UP』の七五年六月から一〇月まで五回連載しました。

そして最後に、こういう五つのテーマの締めくくりを、「アメリカ研究どさ廻り」という題で一九七五年一一月と一二月の二回連載で書きました。僕のアメリカ研究は要するにどさ廻りだという姿勢です。

それから僕は、『UP』連載中に、雑誌『英語青年』に、「さすらいの教師たち」というのを連載しています。これまで語ったのは純然たる大衆文化の話ですが、この連載ではエマソン、ソロー、ホーソン、メルヴィルというアメリカを代表する文学者たちを取り上げ、彼らがアメリカのあちらこちらで講演してまわっていた有様を、そういう文学者たちの大衆文化活動という意味合いで語ったものです。『英語青年』の方がそういう活動についての調査報告にふさわしい雑誌じゃないかと思って、編集者に話したら、どうぞ、どうぞと言ってくれて、一九七四年四月から一〇月まで七回載せてもらいました。

そうやって『UP』と『英語青年』に連載しているうちに、少しずつあちらこちらの新聞雑誌から依頼がくるようになり、大衆文化研究の面白さとか重要性とかを短いエッセイで発表しております。

またそのうち研究社から、アメリカ研究において大衆文化研究がいかに重要かということを論じる本を編集してもらえないかと言って来られたもんですから、それは大衆文化研究という学問の宣伝にもなるので、やりましょうということで作戦を練りました。大衆文化研究には一種人をまどわし狂わす軽佻な面もありますから、同僚でありオーソドックスなアメリカ研究の代表格である本間長世さんに話したら、一緒にやりましょうと言ってくれ、本間長世・亀井俊介共編で『アメリカの大衆文化』という本を出版しました(研究社、一九七五年一二月)。一三、四人の学者の文章を集めたものです。その中に、本間さんの了承をもらって、ニューヨーク州立大学で世話になったライリー君に頼んで、アメリカの探偵小説に関するエッセイを書いてもらい、もう一人の親友であるロバート・リッシー君にも頼んで、映画化されたアメリカ大衆小説についてのエッセイを書いてもらいました。それからまた僕自身の大衆文化研究の姿勢を、この本のあとがきのつもりで「ジープに乗って山こえて」という題で書きました。『UP』の最後に書いた「アメリカ研究どさ廻り」と、この共編書の「ジープに乗って山こえて」の二つを一緒にしたものが、『サーカスが来た！』の最後の章の「ジープに乗って山こえて」です。この章を自分の大衆文化研究の姿勢のまとめとして載せ、単行本『サーカスが来た！』ができ上がったわけです。

大衆文化研究はもちろん幅広いものですが、僕は自分が興味をもっているテーマだけをピックアップしてこの一冊の本にしたわけです。もちろんその他にもっと重要なテーマはたくさんあるでしょうね。その一つが前にも話した性文化の研究で、この方面の仕事は『ピューリタンの末裔たち――アメリカ文化と性』（研究社、一九八七年）などの本になりました。

自由になりたい

最後にひとことと。内容は自分の好きなテーマとしたわけですが、僕にとって大事なのは何度も言うことなんですけれども、書き方そのものなんです。どういうスタイルで書くかということがテーマと同様に大事な問題であります。つまり『近代文学におけるホイットマンの運命』のような博士論文的な文章はもちろんできます。ところが、それから自由になりたいという思いはあっても、どういう文章で書けばいいかというお手本がなかなかないんです。でもとにかく自由に書きたい。僕の場合は、体験主義がその試みを助けました。「サーカスが来た！」の章は旅行記みたいな文章ですね。旅行記的なスタイルで自分の体験をもとに学問を綴っていった。あるいは結局、その姿勢でこの本の文章を作った、とも思っている。それを作っちゃったのがいいのか悪いのか分かりませんが、自分としては思い切ってやった。冒険心もあったですね。そしてある意味では、相当うまくいったかもしれません。で、なんとなくこういう実験で自分の自由な文体を作ったと、長い間思っておりました。そしてこの本が日本エッセイスト・クラブ賞をもらった。エッセイ、つまりは文章として評価されたんだと、非常に喜んだんです。学士院賞というのは言ってみれば中身の評価で、今度は文章の評価でしょう。で、長いこと僕は、この本で表現が自由になったと思っておった。

ところが今度この本が平凡社ライブラリーになる時にもういちど読み直したんですね。そしたら思っていたより硬い文章なもので、ちょっとがっくりしました。もっと自由でのびのびした文章のはずだったんだけれど、二〇年、三〇年たって読み直すとあんまりそうでもなかったようにも思う。ということは今の僕の方がもう少しうまく自由になっているということにもなるかもしれないんですけれども、どうでしょうかね。しかし、頑張って自由になろうと思って書いたんだなあということは痛感します。この話はいつかまた取り上げたいと思います。

書名とカバーデザイン

さてこうしていよいよ本にまとめることになりました。一九七六年一二月に出版されたわけですが、この本の書名をどうするかで、「自由になりたい」思いを実現するのに、結構勇気がいりました。『ＵＰ』に連載した時には、連載全体のタイトルを「アメリカの大衆文化覚書」とし、それに内容に応じて「サーカスが来た！」以下、各章のタイトルになる題をつけました。で、これを単行本にするに際して、東大出版会は「アメリカ大衆文化覚書」という書名にしたいという。東大出版会らしくて、学術研究書らしい書名です。しかし僕はその提案を斥けさせていただいた。これは学術書というのではない。この本は、全体としてまとまった研究の成果という本ではないです。先にも申し上げましたが、広い大衆文化のなかで自分が興味を持っているテーマを勝手にピックアップしながら文章にしたわけですから。だから「大衆文化覚書」というのは小さくして、何か象徴的な文句を書名にしたいと申し上げた。第一章のテーマのサーカスでもよい。サーカスへの関心の持ち方でこの本を象徴させるのもよいではないか。ということで、先方も了承してくれました。しかもこの『サーカスが来た！』に、僕には大事なことなんですが、エクスクラメーション・マークがついています。これは学問的研究の重々しさを斥け、大衆的ムードを出したくて、こうしたわけなんです。

次に表紙のデザインをどうするかで出版会は迷ったらしく、三種類の候補を持って来られた。いかにも学術書らしいデザインなども持って来られた。でも僕は、一目見て、道化の顔のどぎついデザイン（中扉図版参照）を「これだ！」と選んだわけです。先方は一応こういうものもありますという程度の気持ちで作って来られたけれど、これを採用するとは思っておられなかったらしい。でも僕は「絶対これだ」と言い張ったわけです。まあそういう次第で、書名にしろデザインにしろ、こういう思い切ったものにしたわけなのです。どこかでかなり明瞭に学界、あるいは学界的なものに挑戦したいという思いを示したかったんでしょうね。「ひそかにラディカル」です。まあ冒険と言えば冒険だったわけです。

反響に驚く

そしたら思いがけない反響、いい反響にびっくりすることになりました。新聞その他の書評に続々と取り上げられた。雑誌『ＵＰ』に連載していた時から、この雑誌の性格上、九〇％以上は学界関係の読者、七〇％程度は東大関係の読者ですが、そういう読者からも積極的な反応があって、雑誌の関係者も驚いておられました。大学の先生がたが興味を持ってくれたんですね。特に理科系の先生がたの方が良い反応だったそうです。

たとえばターザンの章で、小説『猿人ターザン』の内容を紹介しています。イギリス貴族の夫婦がアフリカ海岸で置き去りにされて、そこで生活しなければならなくなる。彼らは木の上に小屋を作って、動物に襲撃されないように工夫して生活していた。ターザンはその子供なんです。両親が死んだ後、彼は森の中で類人猿に育てられます。そして成長した後、海岸に出て来て昔の家を発見し、中に入ってみると、両親が子供のためにイギリス本国から持ってきた絵本などが散らばっている。その絵本には動物の絵などいろいろ載っていて、英語のスペリングも教えるようになっている。で、ターザンはその絵とスペリングを見ながら英語を覚えたということになっているんです。絵と単語だけから英語が習得できるものかどうか不思議ですが、まあその辺は信用しましょう。問題は、そのうちにこんどはアメリカの船がやってきて、上陸した連中が小屋を見つけ、勝手に利用しようとした。そこでターザンが貼り紙をするんです。「この家は俺のものだ。入るな」と書いて「ターザン」と署名するんです。ターザンというのは、類人猿の言葉で「白い肌の子」という意味らしい。それが彼の名前になっているんですね。「この家に入るな、ターザン」。ここのところが問題です。ターザンは絵本によって英語を覚えた、文章も書けるようになった。まあ、それは信用するとして、しかし、ターザンという署名はできるはずがないんです。僕はそう思った。ターザンという発音は類人猿仲間からしょっちゅう聞いていても、その音を英語流にスペリングすることはできないはずですよね。音と文字との関係はまったく分かっていないはずですから。というようなことを雑誌連載中に書いたわけです。作者が勘違いして、ターザンと署名したことにしてしまった。ここのところは変だと述べたのです。そうしたら『ＵＰ』の何人かの読者が面白いと言ってくれたそうです。特に理科系の先生たちがね。ターザンの原作は主人公が自然と文明の間を行き来するところこそ面白いが、まあ、いいかげんさの見え隠れする小説です。ほかにも、アフリカなのにトラが出てくる。アフリカにはトラはいないんですよね。

日本エッセイスト・クラブ賞

そんなことで、いろんな反響があって、日本エッセイスト・クラブ賞を授かって、喜んだわけです。授賞式の時に、パーティもあって招かれていき、たいへん素晴らしいスピーチをいただきました。選考委員の一人が有名な政治評論家だったのですが、その人が僕の作品に対して、祝辞を述べて下さった。祝辞ですから褒めるのが中心ですが、同時に、自分としては不満もあると言われた。その一つは、この本の中にアメリカの音楽が語られていないということでした。アメリカの大衆文化について述べていながら、音楽がほとんど無視されているのが不満だと言われるのね。それからもう一つは、黒人の問題について、まあミンストレル・ショーなどに関連して少しは触れているが、黒人文化についてほとんど何も言っていない。それが不満である。そういう二点をその人がおっしゃったわけです。それはそのとおりなんで。僕は自分の興味を持っているテーマでこの本を仕上げていますから、興味がないことには触れてないわけです。その選考委員の方も、これを亀井さんに要求するのはご本人の意向とは離れるけれど、自分としてはこういうこともほしいと、正直な願いを言ったとおっしゃっていました。妥当な、というか正当な指摘をしていただいたと考えています。その後、僕がずっとやって来たことでも、音楽に背を向けている、黒人とか、少数民族とかに深入りしようとしないということは確かですよね。それはしかし僕は自分が体験しうること、空想によってでも体験しうることを検討し、吟味して、表現するという研究姿勢の結果です。僕はいつも、自分がそこにいたら自分はどのように考え行動するだろうかということを基本にして文化の問題を見ていますから、音楽と黒人が入らないというのは、僕の「生」の成り立ちの結果でもある、とそういうふうに思っています。

受賞パーティには、沢村貞子さんも受賞者としておられました。『私の浅草』という本で受賞された。僕よりたぶん二五歳以上も年上で、堂々として自由自在で、惚れてしまいました。きれいだし、しゃべり方も実にうまい。並み居る選考委員も立派なスピーチをされますが、沢村さんは少しも臆することなく、うまいんです。沢村さんに付き添って高峰秀子、石井好子さんもみえて、この二人も立派でしたね。僕は芸能人に直接接したのはこの時が初めてで、高峰秀子は前からファンでしたから、直接おしゃべりして、ビールをついでもらって、ビールは好きでないですが、うまいと思いました。要するに、立派な芸能人は立派だという当たり前のことを身をもって初めて知りました。大衆文化研究者としては情けないことですが、これも体験しなければ分からないことです。さっき、学界というものへの挑戦の気持ちを話しましたが、なにかこういう芸能人に励まされているような気にさえなりました。

この『サーカスが来た！』を書き、賞をいただいたおかげで、この先の著作に対する刺激にもなった。著作が次から次へとできたのは、この本のおかげだと思います。僕は完璧主義はとらない。欠点があっても、いずれそれを乗り越えることを期して、とにかく思い切って自由に書くのは大変いいことだということを痛感しました。

❖インタビュー

日比野実紀子　『サーカスが来た！』の副題として「アメリカ大衆文化覚書」と出ているんですが、その大衆というのが漠然としていて、私には捉えるのが難しいんです。大衆文化に対抗するものとしてハイカルチャーというような言葉もありますね。先生はこのご本の中で、カルチャーの主体になるものをエリートとポピュラーとフォークというふうに三つに分けられていますが、その境目をどのように感じておられるのか、先生の中でどのように大衆文化とそうでない文化を区別していらっしゃって、どのように私たちは捉えたらいいのかということをお尋ねいたします。

亀井　いきなり根本的な問題ですね。ただ僕は非常に漠然と大衆文化という言葉を使っております。大衆文化はダイナミックに動いているので、固定して考えてはいけないと思うんです。どこまでがエリートで、どこまでがポピュラーで、どこまでがフォークかと言われても、はっきりしない。ただ漠然と領域が存在するんだということでいいんじゃないかと思っているんです。早い話がシェイクスピア。僕らは英語の古典として読むから難しくて、ハイカルチャーのてっぺんみたいに見なしますけれども、あれなんか大衆文化もいいところだとも思う。あらゆる種類の人物が登場して、ストーリーも面白く展開し、助平な話も教訓話も含めて、興味津々たる話がいっぱい出てきます。あれはハイカルチャーであって、ポピュラーカルチャーでもある代表的な例だと思います。先ほどの話の中でも、大衆文化と一口でいっても幅広いと言いました。その横の幅広さもありますけれども、上下も幅広くて、しかもそれが時代によってどんどん変化する。ここから先は違うのだという線を引くことは難しいし、僕自身は線を引く必要もないだろうと思っております。ただ、自分の姿勢みたいなものはある。それは僕が興味を持って、僕が大衆文化だと認めれば研究対象とするというくらいの、要するに自分の感性と知性を信じる姿勢があるのね。何ともちょっと言いにくいところがありますけれども、自分がどこかで大衆の代表というふうに信じてテーマも論述の仕方も決めていくという姿勢で、この『サーカスが来た！』という本はできているんじゃないかなあと思います。

黒田宏子　私はアメリカ人の心の中にここまでサーカスが大きくあることを、この本を読むまで知りませんでした。と同時に日本人にとってサーカスはそこまではいっていないだろうと思うんです。その違いはどういうところにあるかということが疑問になります。それについて先生は日本人とアメリカ人は文化構造の意識が違うというふうに述べていらっしゃるのですが、その文化構造の意識の違いとは何なのだろうかということを少々お話いただければと思います。

亀井　日本人のサーカス観とアメリカ人のサーカス観との違い、それはこの本のテーマそのものだと思うんですけれど、もう一度ちょっと説明し直してみます。これもまったく個人的な体験を基にして話したい。僕の少年時代、サーカスはどことなく遠くのものだった。もちろんサーカスがやってくると見たい見たいと思うけれども、同時にサーカスの芸人たちはなんとなく可哀そうな人たちだった。サーカスの音楽——武島羽衣作詞の「天然の美」という音楽ね、ぞくぞくするようなセンチメンタルなムードの——あれは日本のサーカスの本質に結びついているような気がする。歴史的に見ても、サーカスは日本では社会からはみ出した、社会の中枢部に受け入れてもらえないような人たちが、自分たちで生きていく世界として発展させてきたんじゃないかなあと、そのへんもはっきり調べないといけませんが、なんとなく思う。ところが、アメリカの場合は社会からはみ出した人たちのものではないんじゃないか。もっと積極的に、ショー・ビジネスとして発展してきたように思います。もっと堂々として、自己表現も積極的ですよね。最近はサーカスもテレビ化されちゃって、テレビで放送紹介するサーカスは伝統的なサーカスと別の世界をつくってると思います。が、僕の場合は一種伝統的なサーカスを日米で比較しながら、話を進めています。あなたの質問の最後の方の日米文化意識の違いは何かということ、これはもう大問題になっちゃって、おまけにこの本全体のテーマそのものでもあるわけですよね。抽象的にまとめて説明することはしていないが、この本の中で無数の実例に即してその違いを語っていると思います。申し訳ないが、もう一度じっくり読んで、あなた流に整理してみていただけたらと思います。

荻本邦子　先生はこのオーラル・ヒストリーの「時代を追って」のところでもおっしゃっていましたし、今回の前半の部分でも何回も繰り返しおっしゃっていますけれども、きっちりとフットノートをつけるような、アカデミックな文体から離れたいという思いをもってこの本を書かれたということですが、ところが実際には、ポキープシーで図書館に自分のコーナーができるほど資料をたくさん読み込まれていたという話でした。特に『サーカスが来た！』の第一章のところを先生の脚注とか資料にこだわらないというイメージをもって読むと、ものすごくたくさんの固有名詞や資料が出てきて、こんなに調べていらっしゃるんだと驚くんです。ところがこの本を自然に読めるというのは、その資料が文体の中に全部生き生きと組み込まれているというか、溶け合っていて、それが内容を生き生きと伝える方向に効果的に働いているという気がするんです。それで、先生は体験主義からブッキッシュな姿勢へとおっしゃいましたけれども、その体験主義とブッキッシュな姿勢との融合とか境目をどういうふうに乗り越えられたか、それが先生の自由に書きたいとおっしゃったことと結びつくと思うんですが、そこのところをもう少しお話いただけますでしょうか。

亀井　そこのところはね。うまく語れればじっくり語りたいんだけれども、そこが一番難しいところでね。やっぱり学者ですから、ちゃんと知識も積み、自分なりの考えもはっきり持って、研究を進めるのが当然です。と同時に、自由に研究し、自由に表現したいんですよね。あなたの質問への直接の返事ではないが、それに関連することで申し上げますと、こんどの平凡社ライブラリー版で佐藤良明氏が解説を書いてくれていまして、僕にはたいへん嬉しい解説だったんですが、嬉しいことの一番大きいのは、内容について評価してくれたことよりも、この本の表現というか文章について評価してくれていたことです。たとえばこの本全体の一番最初の文章を佐藤氏は引いて、「一九七三年の冬から夏にかけて、私はアメリカ文化研究の旅をすることになった」――このセンテンスを思い浮かべて「いま僕はジンときてしまった」と言っている。ここの文章は、こういうことを自分はし始めた、ここから出発したということを、まったくそのままに書いているだけですが、その表現を、佐藤氏はジンときたと言ってくれている。自分のことをそのまま表現するということの大事さ、難しさを、佐藤さんも体験して分かっていて、評価してくれているんじゃないかしらと思う。

もうひとつ、これは佐藤氏の解説へのお礼の葉書の中で述べたことでもあるんですが、僕自身が感激した彼の文章があるんです。サーカスを実際に見た時の僕の文章について、彼は「なんという詩情だろう。なんと弾んでいるんだろう」と言ってくれている。素直な文章に素直に反応してくれていて嬉しいですよね。ただし、僕自身はこのところ、懸命に書いてもいるんです。実は本文で僕は種明かしをしてもいるんですよ。「私はこの覚書で、サーカスをいわば外からばかり見てきたようだ。そこで最後に、その中をうかがってみたい。そのため、主として、先にも言及したフォックスとパーキンソンの共著『アメリカのサーカス』によって、黄金時代のサーカスがアメリカの大人や子供に何を見せたかを紹介してみよう」と。つまりこれこれこういう本によって紹介するんだと言っていながら、いかにも自分が体験しているみたいに語っているわけなんです。つまり、ブッキッシュな知識と体験主義とをここで合体させて、自分がそこにいるみたいに、しかも本から仕入れた知識は一九世紀のサーカスが中心ですから、それを自分の体験によって現代化しながら、「本当の」話として語る努力をしている。ここのところは何度も何度も直して書いたところなんで、僕は先に、本書はなんとなく自由な文章でやったつもりだったけれども、読み直してみると思っていたよりも硬い文章なんでちょっとがっかりしたと言いましたけれども、ここのところは今読んでもかなり自由な文章で、そう悪い文章じゃないなあと勝手に思うんです。その部分を佐藤氏が取り上げて、「なんという詩情」なんて言ってくれた。佐藤さんはそういう感動表現なんかはしない人だと思っているので、余計にうれしいと思った次第です。ブッキッシュな知識と体験的表現とがここはうまくいった例だと思っております。

荻本　そういう表現をされるというのは、資料を読み込まれたときに、先生の中にイメージが生き生きと血湧き肉躍るという感じでわいてきて、それがあるからということですね。

三宅　ほかの場面でも、W・H・スミスの『酔っ払い』について書かれたところなどで、まるで見てきたみたいな書き方がされているんですけれども、それも同じですか。先生は作品を読んで、それを表現しているということですね。

亀井　『酔っ払い』の部分も、作品を読んで、いろんな登場人物に自分でなっている思いで紹介しているかと思いますね。

三宅　先生の文章を読んだ者はこんな時代に先生は劇をご覧になったのかなあと思ってしまいます。これはそれを狙って書かれたということですか。

亀井　書いているうちにそうなっていったんだと思います。

日比野　今回のテーマである『サーカスが来た！』は、日本エッセイスト・クラブ賞をおとりになった作品ということで、私は自分勝手に軽い読み物と思い込んで読み始めましたが、思いは見事にはずれ、私にとっては内容の濃い、知識の宝庫でした。このような中身がぎっしり詰まった作品を先生は多数お書きになっておられますね。執筆するために資料を集められ、一所懸命になってお書きになったと思うのですが、これには多大な時間を要すること間違いありません。で、この機会を借りてお聞きしたいと思います。先生の著作数は莫大です。『サーカスが来た！』の前後に限っても、六七年の『世界の児童文学』以下の編著もの、六八年に始まる『グリーン・ノウ』シリーズの翻訳、七〇年の『近代文学におけるホイットマンの運命』以下の思想的、文化史的著作、それから『サーカスが来た！』以後はぞくぞくと大衆文化研究を出版され、数え上げればきりがありません。しかもどの一冊も私の目には途方もなく充実した内容です。先生は当時四〇歳になられたあたりで、働き盛りと言えばそうなのですが、とはいえいったいどのようにして、またどんな時に、これだけの作品をお書きになったのでしょうか。その頃、どのような生活をされておられたのかとても興味があります。ちゃんとご飯は食べておられたのですか？

亀井　ちゃんと三度のご飯を食べ、今よりもはるかに酒も飲んで、人生も学問もエンジョイしていましたけれども。生活自体もだけれど、どう言ったらいいのか、自分の中にやりたいことがいっぱいあった時期なんでしょうね、たぶん。飲んだり食ったり、あるいは旅行したりというようなことは、人と同じように、あるいは他の人以上にしていたと思うけれど、しかしまあ、自分で言うのもおかしいけれども、寸暇を惜しんで勉強する、勉強したらその成果を形にしていくということを一所懸命にやっていた。そのことが楽しみでもあったから、全然苦痛ということはなかったと思うんです。何もしないのに、忙しい忙しいと言っている人よりは、僕の方が人生ちゃんとエンジョイしているよ、なんていうような気持ちがどこかにあったのでしょうね。本当のところ、忙しい時ほど次々と仕事がしたくなり、またできるものです。忙しいからできないというのは、ごまかしか、甘えだな。

どうもいい返事にはなっていないですね。その頃はホイットマンの仕事をやった後の、自由に表現するということの楽しみということを痛感しておったんだろうと思います。だから文章を書くことが愉快だったんでしょうね。苦痛ということは、たぶんほとんどなかったと思いますね。今の方が書くことが苦痛なんですよ。年取って目が見えなくなってきたせいもありますけれどね。またやっぱり人間というものはおかしなもんで、周りにうまく誘ってもらうと、それに乗っちゃうというか、さあやりましょうっていう気持ちになるんでしょうね。今こうして著作名を挙げてもらうと、ずいぶんたくさん書いていたと自分でも思いますけれども、当時はそれ程たくさんやっているという意識はなかったと思う。楽しんで、夢中になってやってやっておったと思いますね。

日比野　私ではよくわかりませんけれども、書いている最中は体の中から、何かが湧いてくるように、高揚しておられたのですね。

亀井　たいていそうだったんではないかと思いますね。それからもう一つ強いて言えば使命感があったと思いますね。大衆文化研究もそうなんですが、自分がしなければという一種の使命感もあった。また比較文学で言えば、なにしろ新しい学問ですから、比較文学科の出身者として、学問を発展させなければならないという使命感があったと思います。アメリカ文学、アメリカ文化、比較文学研究の三分野について、みなそう思います。

第七章　『アメリカ文学史講義』全三巻

第一巻『新世界の夢——植民地時代から南北戦争まで』　南雲堂　一九九七年五月二〇日　A5判　三一二頁
第二巻『自然と文明の争い——金メッキ時代から一九二〇年代まで』　南雲堂　一九九八年一〇月二〇日　A5判　三三六頁
第三巻『現代人の運命——一九三〇年代から現代まで』　南雲堂　二〇〇〇年四月一〇日　A5判　三〇四頁

文学史の衰退

今回は著作についての第二回で、『アメリカ文学史講義』全三巻を取り上げようと思います。どうしてこれを取り上げようと思ったのか、そのわけをまず一つだけ申し上げますと、僕自身がこの本が好きだからです。しかしもう一つ申し上げますと、『サーカスが来た！』の平凡社ライブラリー版（二〇一三年）の解説で、佐藤良明さんが若い読者に推薦する僕の著作の一押しはこの本だと言ってくれていたものですから、その言葉に乗ってという意味合いもあります。

そんなわけでこの本のことを話したいんですが、大学の講義みたいに聞こえるかもしれませんけれども、まず文学史とはどういうものかということから話していきたいと思います。今から二〇年か三〇年ぐらい前まで、大学の文学の授業では文学史の授業が一番重んじられておったですよね。それぞれの学科の重鎮らしい先生が文学史を受け持って、学生は全員必修で、一所懸命聴講するというのが普通だったと思うんですけれども、その後、文学史はだんだん人気が下がってきたというか、あるいは重要性が下がってきたらしくて、最近では大学における文学史の授業は減ってしまい、それを進んで受け持とうという先生もあまりいなくなってきた。それで重鎮がするんじゃなくて、若い先生が命令されていやいや受け持つなんていう傾きもあるようです。

ではどうしてそんなに文学史の地位が下がってしまったか、という問題を考えたい。だいたい、文学史というものは大昔からあったように思いがちですが、そうじゃないんですね。それぞれ一国の文学史、つまり国文学史は、ヨーロッパでようやく一九世紀に盛んになったんです。どうしてかと言いますと、一八世紀まではヨーロッパは一種普遍的な文化の世界であって、フランスを中心としてヨーロッパ文化圏といったものが存在していた。フランスの周辺の国々はたいていフランスの宮廷文化を真似し、文学者たちは多くがフランスの文学を手本として文学活動をしていた。ところが一九世紀に入りますと、例のナポレオン戦争というのがありまして、ナポレオンのフランスに周辺の国がぜんぶ敵対して戦う。ドイツもイギリスもスペインもイタリアもロシアも、全部がフランスと戦争するという状態になったんですね。そうするとそれらの国々、たとえばドイツには立派なドイツの文化的伝統があり、立派な文学があるんだというふうに、それぞれが自国の尊厳を主張するようになった。ナショナリズムというべきものを発達させたわけなんです。そんなわけで、一九世紀にはそれぞれの国の文学史研究が非常に発達しました。

一番発達したのがドイツです。どうしてかというと、ドイツは皆さんご存知のように一八世紀まではたくさんの小さな国、というか領地に分裂しておった。みんなゲルマン民族なんですけれども、さまざまな理由からそれが分裂して存在していた。それが、フランスに対抗する過程で、民族的に結集して強くまとまった国をつくろうということになって、文学も結集してドイツ文学の存在を主張し出した。ですからドイツ民族にひろがっていたいろんなものを研究し、総括し、それをドイツ精神の表現として学問的に証明しようとし出したわけです。こうして国文学史の研究はドイツで大いに発展しました。他のヨーロッパ諸国もそれにならった。

日本もだいたい同じような過程を踏みますね。明治時代に入ってから、日本はヨーロッパの列強諸国と交わるようになり、ともすればそれら列強に押しつぶされそうになった。その時、日本も立派な歴史があり、日本文化の伝統があるんだということを主張しようと思い始めるんですね。加えて、日本もドイツとは種類が違いますけれどもたくさんの藩に分かれていたのが明治のご一新で中央集権の国家になり、それに応じて日本民族の精神とか日本文学の伝統とかを主張したくなる。そこで、国文学史の研究が盛んになるわけです。だいたい明治二〇年代にそういうことになってきます。明治二〇年頃から日本はナショナリズムの時代に入るんですけれども、そのナショナリズムに支えられて日本文学史の研究が進むんですね。明治三三年に芳賀矢一という東京帝国大学の助教授だった国文学者が、政府の命令でドイツ留学に派遣されました。文学史研究の方法をドイツへ行って勉強してこいというわけなんです。明治三三年というと、夏目漱石も政府の命令でイギリス留学に派遣されたんですけれども、それと同じ時で、同じ留学制度なんです。二人は同じ船に乗って行くんですよ。ヨーロッパまで芳賀さんも夏目さんも同じ旅をしていました。そして芳賀矢一は日本に帰ると教授に昇進、国文学史の主張を強め、その方向に学界を引っ張っていくんです。そんなふうにして、文学史はひところ文学研究の中心になりました。

その文学史がどうして衰退してきたかという問題に入ります。第一次世界大戦は、ヨーロッパの国々がそれぞれナショナリズムの主張を持って衝突し合って、とうとうああいう大戦争になっちゃったわけなんで、ナショナリズムの限界というか、弊害を明らかにした。それで文学研究においても、もうそんな一国だけの文学の歴史にかかずらうんじゃなくて、文学というものは横にもいろいろ連関し合っているわけだから、国境を越える横のつながりをもっと重要視しようということになるんですね。そういう風潮が第一次世界大戦後盛んになってきた。そこで比較文学比較文化という学問が発達し始めたわけです。第二次世界大戦もそういう傾向を強めてきて、戦後というか、とくに最近二、三〇年は、ますます一国中心の文学じゃなくて、ボーダーレスとかグローバルとか、地球的な視野とか、あるいは越境なんてことを盛んに言う。そういう姿勢が世界中の学界の風潮になってきた。となると、国文学史というものは、なんとなく時代遅れというか、そんなものは古いと、そういう学問的雰囲気みたいなものができてきた。それで大学などでも、文学史が衰退してきたと言えるんじゃないかしら。

アメリカ文学史の困難さ

そういうなかでもアメリカ文学史は、とりわけ難しい問題を背負っているように思えるんです。どうしてかというと、アメリカは一九六〇年代、七〇年代に、皆さんご存知のように社会的、文化的な大変動を経験します。一種の文化革命ですね。一番明瞭なのはいろんな意味でのマイノリティ、まず、人種的なマイノリティ、黒人とかインディアンとかいう少数派人種が、自分たちの平等の権利を主張し始める。それからそれまで低く見られておった女性も、同様に平等権を主張するようになってきた。こうなると、それまでのアメリカ文学史は、西部開拓とかいろいろあって白人男性中心の価値観でつくられておったということになってきた。一九七〇年代、八〇年代から、文学史の見直しということが盛んに行われました。

たとえばそれまで重要視されていた立派な詩人とか何かが、白人優越主義者だとか男性優越論者だというようなことで強く批判されて、地位が下がってしまうとか、逆にそれまで低く見られていた女性作家とか黒人作家とかが高く評価されるようになるとか、そういう見直しがなされるのね。また、周辺の国から来たメキシコ系の人たちだとか、あるいはカナダ系の文学、日系人の文学、中国系の文学、そういうものもちゃんとアメリカ文学史の中に受け止めなきゃいけない、という主張がなされる。多文化主義というのはそういうものですけれども、そのおかげで従来のような文学史が嘘っ八だと非難され、成立しにくくなってしまってきた。アメリカ文学史が特に困難な状況に陥っているというのはそういうことです。

なぜ一人で文学史を思い立ったか

こういうのがいまの学界の趨勢なのに、なぜ僕が『アメリカ文学史講義』なんて本を出そうと思い立ったかという問題に入ります。前から僕は文学史というものを文学研究の中枢につながる重要なものだと思ってはいたんですけれども、自分でそれをしようと思ったのにはきっかけのようなものがありました。一九九四年に日本アメリカ文学会の全国大会がありまして、そこで僕が前から注目していたある若いアメリカ文学研究者が「アメリカ文学史について」という発表をなさったものですから、僕はそれを聴講にいったんですね。その人がおっしゃるには、アメリカ文学史はいましがた述べたような理由でグローバルでボーダーレスになってきたから、いろいろな周辺の国や少数派人種の文学もちゃんと知っていないと書けない。それから女性の文学もゲイなどの文学もちゃんと知って評価できなければいけない。そういう状態になってきたから、いまは一人でアメリカ文学史を書くことは不可能な時代になった。これからのアメリカ文学史は大勢の学者が共同してつくるべきだ、といったようなことを主張なさった。そこまでは僕もそうに違いないと思って聞いておったんですけれども、そこのところでその人たちが否定すべき型の文学史の実例として斎藤勇の『アメリカ文学史』（研究社、一九四一年）の名をあげ、あれはもう古いと一蹴しちゃった。そこまで来て僕は待てよと思ったわけです。

斎藤勇著『アメリカ文学史』は、一九四一年に初版が出たんですけれども、一九七九年に新版が出ております。斎藤先生はその新版をつくられるとき、僕のような若輩に向かって、自分の本は古いから、内容について批判、助言してほしいと言われたことがある。斎藤先生はもちろん大・大先生ですが、そういう謙虚な姿勢だった。僕は恐れ入って、何か申し上げるべく、その旧版をあらためて精読したんですね。確かに、一九四一年の出版ですから、たとえば今はホイットマンと並ぶ大詩人とされるエミリ・ディキンソンも、まだアメリカでもほとんど知られていなかったですから言及されようもない。そういうふうですから、それを古いというならば古いに違いありません。しかしそれは補充すればいいだけの話です。斎藤先生の『アメリカ文学史』の基本姿勢は、アメリカ人の精神はピューリタニズムとフロンティア・スピリットとがいろいろ影響というか作用しあって発展してきたという、言ってしまえばそういう筋なんです。最近流行のアメリカ文学「見直し」論者には、ピューリタニズムもフロンティア・スピリットもまさに白人男性中心の精神で、そんなものは古いと一蹴されても仕様がないかもしれない。

しかし、一九四一年というのは昭和一六年です。昭和一六年というのは日米戦争が勃発するまさにその年なんですよ。日本国中、鬼畜米英、洋鬼打倒という叫びで沸き立っておった時です。その真っ最中にピューリタニズムとフロンティア・スピリットでアメリカ人の精神の歴史を説明するというのは、素晴らしいというか感動すべきことなんですよね。で、そういう状況を無視した、あれは古いときめつける姿勢に、僕の中の何かが「ちょっと待って」と叫んだんですね。

文学史というものは、学者が自分の知性と、感性と、それに自分の「生」を懸けて、一国の文学の精神だとか精神の展開だとかを考察するわけですから、これは一種の思想の営みだと僕は思う。そしてまたその本を執筆した人の生の証言、時代の証言でもあると思うわけです。そういう意味では、個人の文学史の方がその人の思想なり生なりというものをはっきり表現しうるので、大勢の人の共同執筆の文学史もいいけれども、個人の文学史も十分存在を主張しうると僕は思った。それで、じゃ自分もひとつ、僕流の文学史をまとめてみましょうと思い立ったわけです。

東大での文学史講義

そういうふうに思ったのには、若干、土台みたいなものもありました。学会での発表を聴いた二年前、一九九二年が僕の東京大学での最後の年でした。僕はそれまで、教養学部教養学科で「アメリカの文学」という授業を二〇数年やってきておった。アメリカ文学の作家とか作品とかを自由に取り上げて講義してておったんですけれど、最後の年にはひとつ頑張ってアメリカ文学史を講義してみようと思い立ったんですね。その一年は、一回九〇分で三〇回の授業、全部を通してアメリカ文学史をやると公表しておいた。すると聴講生の一人が先生テープを取っときましょうと言ってくれて、実際そうしてくれてたんです。そんなわけで一所懸命やったから、その講義を文字化したら本に仕上がるんじゃないかしらと思って、南雲堂の原信雄さんに相談したら、原さんは非常に積極的に、ぜひやりましょうと言ってくれた。それで作業に入ったわけです。

まずテープの文字起こしですが、最初はプロの人に頼んだんです。ところがその人がアメリカ文学についてまったく知っていない人だった。文学史ですから、僕なんぞの講義でも人名、地名、そのほか専門用語が出てくる。その辺がいい加減に文字化されると、とても始末に負えない。それでどうしようかということになって、今日ここにいらしていただいているウェルズ恵子さんに頼んでみようということになったわけです。というのはその前にも、ウェルズさんに同じようなことをしてもらったことがあったからです。その一、二年前だったと思いますが、立命館大学文学部人文総合科学インスティテュート開設記念講演会という長い名の講演会があって、僕は頼まれて講演したんですね。先程話した文学史という学問の簡単な歴史も部分的に入っている「文学・文化を比較すること」という講演をした。その時ウェルズさんが聴講に来て下さっていて、ウェルズさんの方から、今日の講演をたいそうエンジョイしましたから、あれを文字化しましょうと言って下さったんです。綺麗に文字化して下さって、少し修正を入れて原稿ができたんですが、ウェルズさんの文字化のおかげが大きいと思いますけれども、なかなかいい仕上がりになっているものですから、それを岩波書店の雑誌『文学』の編集者に見せたら、これ自分の雑誌にいただきますと言って、すぐに載せてくれました。たぶんそのおかげもあったんでしょう。それからいろいろ話が発展して、岩波書店が僕の講演集を出してくれることになり、『アメリカ文化と日本』(二〇〇〇年)という本になりました。そんなことがあったものですから、文学史講義の文字化も信頼できるウェルズさんに頼んだわけです。講演だったら一回でいいんですけれども、講演一回分が三〇回あるわけですから、たいへんな仕事です。ところがウェルズさんは、たいそう快く引き受けて下さって、『アメリカ文学史講義』という本の第一巻と第二巻ができました。

岐阜女子大学での講義

ところがこれは、九〇分ずつ三〇回の授業を一所懸命やったんですけれども、一九二〇年代までで時間切れになって終わっちゃった。そこから先、一九三〇年代から現代までがないもんですから、南雲堂の原さんも早くから第三巻がほしいですねと言っておられたんですが、第一巻、第二巻を出版したら、すぐに読者からも第三巻がほしいという要望が南雲堂の方に多くあったらしくて、僕としてもそれじゃそうしましょうということになった。

そのころ(一九九八年度)僕はもう岐阜女子大学に移っておりましたから、岐阜女子大学大学院文学研究科での「米文学演習」という授業の半分をアメリカ文学史に充てることにしました。半分といいますのは、岐阜女子大学も年間三〇回の授業をするわけですけれども、東大で二巻分の内容になったんですから、第三巻だけだったらその半分でいいわけ。それで「米文学演習」の授業の毎回前半を文学史の授業に充て、後半は前半で話題にした作品、詩とか短編小説とかを演習ふうに読むという形にしたわけです。そうやって三〇回の授業の半分を文学史にして、聴講していた山本優子さんという方がテープを取ってくれ、遠藤昌子さんがそれを文字化し、毎回、次の授業の時にはもう前回分を文字化して持ってきてくれるというスピードでやってくれました。こうして第三巻が順調にでき上がりました。

「生きた」教養につながる文学史

『アメリカ文学史講義』全三巻はこうしてできたんですけれども、重要なのは中身というか、どういう目的をもって、どういう姿勢で講義をしたかということですね。第一巻、第二巻のもととなった東京大学教養学科アメリカ分科は地域研究の学科であって、文学だけじゃなく歴史、地理、政治、経済、外交など全部ひっくるめて、アメリカというものを総体的に理解することを目的とした学科です。おまけに授業の聴講生はアメリカ科ばかりじゃなくて他の学科の学生も聴きに来ておりましたから、多種多様でした。その中でアメリカ文学を将来も専門的に勉強しようという者は一人か二人くらいなんですね。いろんな興味を持っている聴講生たちです。知的には非常にレベルが高かったと思いますが、学問よりもむしろ社会の中で生きていこうという人たちです。そういう連中が相手で、僕の授業も、言ってみれば社会や文化の中の「生きた」教養につながる文学史となることを目指していたと思います。

第三巻は岐阜女子大学の文学研究科の大学院生が相手ですから、本来なら専門家養成のためというのが前提のはずですけれども、実態はそうじゃない。ここは皆さん非常に勉強熱心ですけれども、大部分の聴講生が社会人なんですね。学部時代には英米文学の勉強をしたかもしれませんが、卒業後二〇年くらいは社会人として生活している。その間に大学で習った知識は薄らいでしまい、価値観が社会人としての価値観になってしまっているのが普通なんです。そういう人たちに知識欲をまた掻き立て、文学独自の価値観をもう一度受け止めてもらうには、結構時間を喰うし、頭をもみほぐさないといけない。そうしてようやく昔勉強したことがまた生命を持ってくることになるのです。ですからここでも専門家をつくるための授業というよりも、アメリカの社会や文化の話をしながらアメリカ文学の面白味を知ってもらうというような、東大教養学科の授業と基本的には同じような姿勢で文学史の話をしたと思います。

不思議なことに、文字化してもらったものを本にしたら、東大における講義とほとんどまったく同じ分量なんですね。第一巻、第二巻の一冊ずつの頁数と第三巻の頁数がほとんど同じなのにびっくりしました。知らん間にそういうことになってたんだなあと、感慨にふけるほどです。

アメリカ文学のwonder

さて「生きた」教養につながる文学史を目指したと言いましたけれども、具体的にどういう姿勢で講義したかといいますと、ひとことで言えばアメリカ文学のwonderを語る姿勢だったと思います。wonderというのは変なんですけれども、こういうことです。僕はこのオーラル・ヒストリーの一番最初にも話しましたが、小学生の頃はアメリカを敵とする軍国少年だったんです。それが中学に入った年に敗戦を迎え、中学生時代には日本中が文化国家建設ということを盛んに言っておった。そういう風潮に煽られて、僕も文化少年になりました。文化のことを知りたくて、夢中になりました。その文化の一番のお手本がアメリカなんです。敵であったあのアメリカがこんどはお手本となって、圧倒的な力をもって迫ってくるんですね。当然のこと、アメリカはいつも自分の外なる国、日本の外なる国です。アメリカははるかなる外国であり、アメリカ文学は外国文学である。アメリカ文学を読みはじめた時、日本文学とこんなに違うのかということを、いつも痛感していました。たとえばはじめて読んだノーマン・メイラーやスタインベックなんかに、日本の小説と違う圧倒的なスケールの大きさを感じ、登場人物の会話も、日本人の繊細な、よく言えば上品な会話とまったく違う、ものすごい野生の力を感じました。こんなにすごい文学が存在するのかと思いました。その「すごい」というのがwonderです。なんだか自分とあまりにも違いすぎる、正体不明のすごいやつ、ね。一面で素晴らしくて、他面で何が何だか分からぬもの。そういうwonderの正体を知りたいと思って、アメリカ小説を一所懸命読んだんですね。初めのうちは、もちろん小説としてもエンジョイしますけれども、小説としてよりもむしろそこにアメリカを読んでおるという姿勢だったと思う。しかも読んでいけばいくほど、wonderの度合いが深まっていくんです。そんな感じでアメリカ文学を一所懸命読んでおったわけですけれども、いまも僕はそういう姿勢でアメリカ文学を語ることが多いみたいですね。日本と違う何か、依然として正体がはっきりしないんだけれども、はっきりしないからこそますますその根源を知りたいと思う何か。正体不明だけど、しかしこういう面はすごい、日本にはないもの、「すごい」ものがあるよという姿勢で、文学を読んだり語ったりしているように思います。

外国人によるアメリカ文学史

ひとことで言えば、僕は一貫して、外国人が見たアメリカ文学の話をしておると思います。アメリカ人が執筆したアメリカ文学史、それはもちろんいっぱいあります。ただ、アメリカ人の書いたアメリカ文学史の読者は基本的にはアメリカ人ですから、アメリカ人だったらわざわざ説明しなくても分かってることは素通りしてしまいます。しかしアメリカ人なら当然知っていることでも日本人には分からないことも多いですから、こちらはそういう部分をこそ調べたり考えたりすることがありますよね。早い話がピューリタニズムにしろフロンティア・スピリットにしろ、アメリカ人にとってはヘンな説明をしなくても分かり、しかも独特の感情がそれにともないますけれども、こっちはピューリタニズムって、どうもヘンに重苦しい気がするけど、本当は何かしらと思ったり、フロンティア・スピリットのフロンティアって、どういう感情をともなうものかしらとか、そんなような問題をいちいち考えながら歴史や文化の考察を進めるのです。だから僕は当然、日本人のアメリカ文学史とアメリカ人のアメリカ文学史は中身が違ってくると思う。それなのにアメリカ人のアメリカ文学史をそのまま信じ込む――実際、日本のアメリカ文学研究者の大部分はそういう姿勢のようです――のは、おかしいんじゃないか。アメリカ人のアメリカ文学史観をそのまま繰り返すような日本のアメリカ文学史と、僕の文学史とは姿勢が違ってくることにならざるを得ないです。

こうして僕のアメリカ文学史は外国人が見たアメリカ文学の歴史ですから、アメリカで文学史の「見直し」が流行してきても、あんまり動じない。アメリカ文学のmainstream、一番主流のところを日本人に伝え続けようという姿勢です。いい悪いは別として、アメリカ文学史のmainstreamをきっちりおさえておかないと、mainstreamに背いた人たちや、その傍流になった作家、詩人たちの役割、意味合い、あるいはこのごろ流行のマイノリティ人種や女性の文学の面白味が、十分にはわからないと思うんです。本国人はいろんなstreamの中にいますから、あっちだこっちだと騒ぎがちです。外国人は外から見るわけですから、もう少し冷静な観察ができるはずです。そういう観察の基軸となるのはやっぱりmainstreamなんですよ。

話し言葉の問題

当然、僕はアメリカ文学の伝統ということを重要視して話すわけですけれども、そういう話をしながら、僕の姿勢はあつかましくも自分の知、情をもとにしていますね。自分の知と情、あるいはそれが一緒になった自分の「生」でもって、自分が一番wonderを感ずる作家、詩人たちを語る。自分の「生」をもっての反応を、なるべく素直に、率直に学生たちに話すという姿勢で一貫してきたんじゃないかしらと思います。

この素直に、率直に語ろうとする時、『アメリカ文学史講義』で話し言葉の口調をそのまま再現しようとしたことは非常に大きな意味合いをもつと思います。これは最初から原さんの賛同も得て、なるべく喋ったままを本にしましょうという姿勢でやったんですけれど、ただ実際にやってみるといろんな問題が生じてきました。僕はふだん喋っているときは方言丸出しだと思うんですけれども、講義で方言はあまり出さないかもしれません。けれども半分方言のような口癖があるんですね。ほんの一例だけ言いますと、僕は誰それがこう言っていたとか、言っていましたとかいう場合に「言っておった」「言っておりました」と言うことが多いんです。原さんがそれに気づいて、先生ちょっとここは「いた」「いました」の方がいいんじゃないですかと注意された。言われてみて気が付きました。「言っていた」というところを「言っておった」というと、なんとなくその発言を軽蔑したようにとれる場合もある。で、そういう恐れのあるところは修正しました。が、そうでないところは喋った通りにしておいて直しません。そのほかいろんな言葉遣いを、なるべく喋った通りにやっていこうという姿勢を貫きました。

もう一つ、学生相手の授業ですから、「〜よ」「〜ですよね」という表現がよく出てくるんですが、それも原さんの意見だと、先生の知識や思考が軽く聞こえちゃう恐れがあるという。僕もそう思いましたが、しかしこういう語りかけの調子で親しみも生じるような気がする。それでその調子で通してしまったところが多いです。

それから、これは大勢の人から言われました話。少数人種とか女性とかの書いたものを今は重要視する風潮がありますね。その風潮に僕も基本的には賛成ですけれども、その主張をむやみと強調する傾きもある。いわば大声で主張をくり返すんですね。それである時、そういう風潮を批判して、軽薄な人間ほど声が大きい、と言ったんです。その言い方がそのまま本の中に再現されているんで、物議をかもしました。僕は絶対削らないといって、そのままにしておいたんです。

自由な表現について

しゃべり言葉の再現には、もちろんいろいろ欠点もあるんですけれども、これが僕の文学史の表現のひとつの生命になっているんじゃないかと僕は思います。前回『サーカスが来た！』について話した時にも、文体を話題にしました。あのとき僕は、『近代文学におけるホイットマンの運命』の論文調から自由になろうと思って『サーカスが来た！』を書いた、内容もそうだけれども表現も自由にやろうと、それこそよろいかぶとを脱いで浴衣がけの表現をしよう、自由な口調で文章を書こうと努め、またそのように書いたつもりで、その後もずっとそう思っておった、ところがオーラル・ヒストリーに際して読み返してみたら、思ったほど自由な文章ではないことに気がついた、と喋った覚えがあります。自分が想像していたよりも自由な文章ではなかったと思ったのね。で、どうしてそう思ったかというと、僕は『アメリカ文学史講義』でさらにもっと自由な口調を身につけたからではないだろうか。この本の文字起こし原稿に手を入れる過程で、僕は話し口調の文体をいろいろ発展させたんじゃないかと思う。

この『アメリカ文学史講義』三巻以後、僕は講演集の本を今までに三冊出しました。『アメリカ文化と日本』。次に『英文学者　夏目漱石』――これもぜんぶ講演から成っているんです。それから一番最近の『ヤンキー・ガールと荒野の大熊』（南雲堂、二〇一二年）。僕のような訥弁で話のまずい人間が講演集を三冊も出したということは、自分でもびっくりする成り行きです。それには、たまたまいろんな講演のチャンスをいただいたということもありますけれども、自分でも講演の口調、しゃべり口調の持っておる自由さをなんとなくいいなあという気持ちを持つようになったことも大きいと思います。『英文学者　夏目漱石』のあとがきでも言っている通り、しゃべり口調の自由さを愛するようになってきた。

たとえば今度の本でいえば、ソローの章ですけれどもね、こういう言い方をしています。米墨戦争（メキシコとの戦争）というのがあって、その戦争にソローは反対したわけですけれども、そこのところで僕は、この戦争はアメリカの最初の露骨な侵略戦争だったんじゃないかしら、「だったんじゃないかしら」という表現をしている。僕自身は「だった」と信じているんですけれども、そこをもうちょっとソフトに、皆さんにちょっと訊くという形にしている。もう一つ、同じ言い方の例を示しますと、ソローとエマソンを比較するところで僕は、「ソローは、詩魂・詩才ともにエマソンをしのいでいたんじゃないかしら」と言っている。これは、エマソンの方がソローよりも先輩で衆目の認める大思想家ですから、なんとなくエマソンをソローの上に置く——そういう世間的な風潮に僕はさからいたいわけ。「ソローの方が詩魂・詩才ともにエマソンをしのいでいた」と主張したい。しかし大声で主張するよりも、そっと説得しようとすると、「じゃないかしら」という表現が出てくるんですね。ずるいと言えばずるい。しかしそういうしゃべり言葉が持つクッションみたいなものをうまく利用することも、この本の執筆で学んだような気がします。要するにこの文学史の仕事は、学者としての亀井俊介の学問の態度も表現もより多く自由にしてくれたん「じゃないかしら」と僕自身は思っています。

❖インタビュー

ウェルズ恵子　それではインタビューに入らせていただきます。まず最初に、先生が文学史に熱意をもたれたことと、アメリカのwonderを伝えたいと言われることとはリンクしていると私は思うのですが、ご自身がおっしゃっておられたように、敵であったアメリカがお手本になった、いずれにしてもアメリカがまぶしかった時代だと思うんですね、先生がアメリカ研究を始められた時代は。ところが、私よりもっと若い世代、特に今の学生さんたちの時代になりますと、アメリカはもう輝いてはいないというのが現実だと思います。『貧困大国アメリカ』という本がベストセラーになっているようなこの時代に、アメリカ文学を通史で学ぶほどの情熱を、私たちは、あるいはこれからの人たちは、どこに探したらいいかというのは切実な問題です。でもやっぱり読んでいきたいという気持ちはあるので、この文学史をお書きになられて、今後の読者はアメリカ文学史に、またはアメリカ文学全体にどういう情熱を発見していくだろうと先生は予想されますか。

亀井　最初からものすごく大きな問題を出されましたが、アメリカは身近になったようでも、やっぱり訳の分からぬことがいっぱいある国だと僕は思っています。好奇心が無い人には、アメリカはもう何でもないかもしれない。しかしちょっと自分のまわりを見まわせば、われわれの生活や文化は今のアメリカと深くつながり、しかもアメリカに動かされ続けている。貧困大国しか見ない人はかわいそうだな。ちょっと好奇心のある人には今もwonderに満ちていると思います。

それから、文学研究の方法はもちろんいろいろあると思う。僕も批評理論を勉強しようとか、語学的精密さを追求しようとか、いろいろしたけれども、要するに僕は歴史が好きだということを自分のつたない勉強の集積を通して知ったんですね。普段でも、いろんなことについてその歴史を詮索したがるんです。だからそういう自分自身に一番やりやすい勉強法は、文学でも歴史を合わせて勉強をすることなんです。抽象的な理論によって分析なんぞするよりも、歴史の展開に合わせて勉強することが作家なり作品なりの中核のところの理解に結びついていくんじゃないかしらと、体験によって僕は思うんです。文学史が僕には一番wonderの「生きた」理解とつながっていくような気がする。

ウェルズ　今、歴史が好きなんだとおっしゃったんですけれど、この文学史を読むと、時代を文学が反映するという視点がとてもあると思うんです。そこで、どういう区切りでもいいんですが、どこかで区切るとすると、どの区切りのどの作家が先生にとっては魅力的なのでしょうか。

亀井　時代区分ということは文学史では一番重要な問題ですけれども、ほとんど常識になっているように、アメリカ文学史では南北戦争が最大の境目であって、南北戦争までの文学史の展開とその後の展開は大きく変わっておると思います。ただ、僕なんかがアメリカ文学史を勉強し始めたのは半世紀前ですから、南北戦争で仕切るとちょうどうまく前半と後半に分けられたんですが、それから半世紀たってみると、南北戦争後の中にもう一つどこかで区切りを設けた方が良いようにも思える。僕は一九二〇年代というのが、文学史のもう一つのいい境目だろうと思います。一九二〇年代からアメリカ文学は一挙に世界の中の文学というような方向に進んできましたから。南北戦争と一九二〇年代を境目にした時代区分。たまたま偶然ですが、この本の第一巻、第二巻、第三巻がそういう時代区分になっていると思いますね。

その中で僕は長い間、南北戦争前のいわゆるアメリカン・ルネッサンスの時代を最も愛していました。エマソン、ソロー、ホイットマンの時代ですね。それは今もそうなんですが、近頃はむしろ、南北戦争後から世紀末にいたるまでの時代に興味を覚えます。その時代は、従来の文学史ではアメリカ文学のあまりいい時代ではないとされていた。いわゆる金メッキ時代で、腐敗し堕落した時代だというので、文学の評価も低かったんです。僕も初めはそう思っておったが、自分で文学史を勉強していくうちに、あの時代が一番面白い時代だったかなあと思いますね。

ウェルズ　どこが面白いんでしょうか。

亀井　それ以前のアメリカン・ルネッサンス時代は一種の青春時代で、広大な西部のフロンティアがあり、いわばそれを前に見すえてアメリカはこれからどんどん発展すると、ほとんどの人は思っておった。そしていかにも青年らしく、アメリカとは何か、人間とは何か、なんてことを真剣に考えて、自己探求していた。ところが南北戦争後は、生活は豊かで便利になったが、フロンティアは消滅し、社会問題や貧富の格差の問題など、弊害がいろいろ生じてきて、アメリカが苦しみだした時代でね。青春の理想主義はもうはやらなくなった。しかし本当は、悩みや、それの克服の努力をする。いわば中年になったアメリカのいじましい現実的生活が発展するのね。それがアメリカ文学の中身を豊かにし、二〇世紀になってからの飛躍の素地を作ったんじゃないかと僕は思うんです。作家で言えばマーク・トウェインなんかがその代表だと思います。

ウェルズ　今おっしゃった、この時代にアメリカ文学の中身の豊かさが出てきたということと、マーク・トウェインがこの時代の代表的な作家だったということですが、ご本の中で豊かさの中身として、アメリカがアメリカの言葉でしゃべり始め書き始めた、俗語がたくさん文学の中に入り始めたということを書いておられますね。このことと、先ほど先生がお話になられた、話し言葉で自分の学問を発信していくということにとても魅力を感じ始めたということと、何かリンクしているような気もしますが。

亀井　リンクさせればそういうことになるかもしれませんが、自分ではそういうふうに考えてはいませんでした。しかし今あなたがおっしゃったように、一九世紀の後半にアメリカ文学がマーク・トウェインを筆頭にして、俗語をどんどん使うようになったということはたいへん大きなことだと思いますね。つまりそういう口語・俗語によって、イギリス文学とはっきり違う魅力を持った文学が育ってきたと言えると思います。僕もトウェインの表現法を真似しているんかなあ。言われてみればそんな気もしてきましたね。

ウェルズ　では本の中身について、また大きな問題になりますが、斎藤勇の文学史は斎藤勇のテーマで書かれていましたが、亀井先生の文学史のテーマは「文明と自然」ということで……。

亀井　第二巻のタイトルは「自然と文明の争い」となっています。それは第二巻の中心テーマですが、その辺がアメリカ文学の歴史全体を通してもたぶん最も大きなテーマだったと言えるんじゃないかと思います。一九世紀の後半にはこの問題がはっきり現れてきたのね。自然を重視するか、あるいは文明を発展させるか、その二つの価値観が正面切って衝突しあって、思想や文学が展開しました。その自然と文明という二つの価値観のせめぎあいの中で、アメリカ人はいったい何を一番求めておったかというと、それは人間としての「自由」だったと僕は思う。自由に生きたい、文明に支配されず、あるいは自然のような無秩序にも流されず、本当に自由な存在、自分が本来持っておるものを自然に発展させられる、そういう意味での存在の自由をアメリカ人一般はいつも求めてきた。それがこの時代には切実な問題となり、さらに二〇世紀のアメリカ文学者の最大の問題にもなりました。

自由を求めるといったけど、それは具体的にどういう自由か、アメリカに本当の自由は見つかるか、単に政治上の自由ではなくて、自分の人間としての自由。それがアメリカで見つかるか。これが重大問題で、その問題は今も続いていると僕は思うんです。だから、自然と文明、そして自由ということが、アメリカ人の文学意識、あるいは文化意識の中心をなしてきたし、今後もそうだろうと思っております。

ウェルズ　そのテーマ、つまり自由がアメリカ人の文化意識の根本だという点、そこに先生は惹かれたわけですよね。そのことと近代日本の文化、あるいは戦後日本の文化との共通点はあるのでしょうか。

亀井　今の話に結びつけて、自分自身のことですが、自分が一番求めていることは何だろうかと、僕はしょっちゅう思うわけです。するとそれはやっぱり自由なんです。自由に、いろんなものに束縛されないで、もちろんなるべく他者と協調していこうとは思っておりますが、協調しながらも最後に守るべき自由というものを追求していきたいと、自分についてもいつも思っております。だからその点でアメリカの作家たちが、機械文明がどんどん発達して社会機構が重苦しくなってきたときに、自分たちの自由を追求している、そういう小説なり詩なりを見ると、僕は共感するわけです。日本の近代文学も、そういうアメリカの影響を蒙るところがあって、自由の追求をしてはきた。しかし日本の社会・文化の状況は狭苦しくてごちごちに固まっているのね。だから文学者が実現する自由も、どうもスケールが小さいような気がします。頑張りすぎると、北村透谷や有島武郎のように自殺に追い込まれる。

ウェルズ　自由に関して、今おっしゃったことに関連しますが、この本の中で、マーク・トウェインだったかもしれませんが、自由なのかどうかではなくて自由を探し続けることができることが自由なんではないかと書いておられたように思うんですけれども、どうでしょうか。

亀井　自由を追求する努力そのものがその人の自由さの証明だと思う。もう自由なんてものはないんだと言って何もしなくなって、周囲の風潮に支配されていくようになれば、それは僕の考える自由ではないわけで、とにかくやっぱり自由を獲得しようと思って努力することでその人は自分の自由な存在を証明しているんだと僕は思っておるわけです。マーク・トウェインはそういう人だったし、彼の描いたハックルベリー・フィンはまさにそういう精神の化身だったと思います。

ウェルズ　それでは、また本の中身に話を戻しまして、先生はマーク・トウェインについて、彼がいっぱい自己矛盾を犯しながら、そういう自己を受けとめて作品化して、そうすることによって、作家として大きくなった、という意味のことをお書きになられています。自己矛盾ということと文学作品の奥深さについてお話いただけますか。

亀井　難しい質問ばっかりですねえ。

ウェルズ　いい学生だものですから。

亀井　さっき、僕は自由を求めるなんて言いましたけれど、自由ということは独立自尊、自分を貫いて生きるということですね。ところが僕は日常、自由でいたいと思いながらも実際にはしばしば自分を屈し、いろんな人と努力して仲良くし、いろいろ妥協してやっていく。となると、実生活は自由とは違うじゃないか、ということになる。そういうのを矛盾と言えば矛盾ですね、しかし、そういう自分、本来求めておるのと違う自分も自分なんですよね。現実の人間というのはだいたいそういうものなんです。そしてそういう情けない自分もしっかり表現しうるのが作家、文学者なんです。自由の方に突っ走って行っちゃって、英雄的かもしれないけれども簡単に死んじゃった人よりも、あちこちさまよってなかなか自由を実現できなくて苦労した人の方に、人間の真実があふれていて、そういう人を描いた作品に、奥行きや深みが生まれるってこともあるんじゃないかしら。

たとえばこの文学史で、普通に流布しているアメリカ文学史の本と違う取り上げ方をしたことを自分ではっきり意識している作家がいます。その一人はフェニモア・クーパーで、大きく取り上げております。普通の文学史ではもう古い作家として小さく扱っていると思いますが、僕は一九世紀前半の最大の作家として扱っています。一九世紀後半ではマーク・トウェインを大きく扱っていますが、これはたいていの文学史も同様ですから、まあいいでしょう。もう一人、二〇世紀の前半では、僕はシオドア・ドライサーを大きく取り上げています。フェニモア・クーパーはまさに自然と文明のどちらを選択するかということで悩み抜き、その両者の間に自分の自由をどうやって実現するかということで右往左往した人です。それもスケール大きく右往左往したものですから、雄大な思想と感情が展開するんです。ドライサーも整理して言ってしまえば同じようなことになるんですが、アメリカがだんだん現代社会になって、社会の圧迫が大きなところで、自分の存在をどう実現するかで四苦八苦した大作家です。そういう作家を僕は積極的に取り上げたかった。じゃあどうしたらいいかということのしっかりした回答は、彼らのどちらも見出してないですね。ただ激しく探求して、その探求の努力を小説に見事に昇華している、というふうに思います。自己矛盾というか、努力して右往左往する姿には積極的な評価をしたい、というのが僕の姿勢なんです。

ウェルズ　今お伺いしていて、どういう作家をどう取り上げるかという姿勢がよくわかりました。本の中では、読んだ方がいいですねえ、とか、これは大作家です、というようなことでラベルを貼っておられますね。もう一つ思い出したのですが、先生のラベル貼りの表現の一つに、僕はこの作家が好きですね、というのがあって、ソローのエレン・シューアルという美少女への実らない恋のくだりの所で、私はこういう情けないソローが好きですね、と書かれておられます。好き嫌いで文学を語るというのは、学生には勧めにくい方法ではありますが、そのことについてはいかがでしょうか。

亀井　今、とてもいいことを言ってもらったと思うのですが、僕はこの本で自分の好みというか価値判断を積極的に表現しようとした。客観性に弱いと言われれば、そうですねと言うしかないが、客観性って何ですか。僕はこう思います、こう評価しますということをあまりにも言わなさすぎるのが、日本における文学研究、少なくとも日本におけるphilological系アメリカ文学研究をいじけたものにしている大きな要因じゃないかしらと僕は思う。反対することは自由ですから批判を待ってますよという姿勢で、僕は積極的に自分の思うことを言おうと努めています。学生、とくに大学院生に、レポートなんかでは自分の価値判断を言え、とさんざん言ってもなかなか言わない。言わないのが学問だと思っているんですよね。価値判断を言うのが学問だと僕は思う。それをはっきり言ってくれれば賛成も批判もできるんです。

そういう意味でね、あなたは今、先生は好き嫌いで文学を語ることをなさいますけれどもどうですか、と言われましたけれども、まさにその姿勢がこの本の欠点かもしれない。しかし、半分の人はそれを欠点だと見ても、それがいいと思う人も半分くらいはいると思うわけ。全部の賛成を得ようとは思っていない。自分はひそかに思っていたけれどそんなことは言っちゃいけないかと思っていたところへ先生が言ってくれてよかった、と思う人が半分くらいはいると思うわけ。そういう価値判断をはっきり言うということは、一種の冒険ですけれども、冒険を学者がしなくて誰がする、と思いますよね。

ウェルズ　それに関してさらにしつこくお伺いしたいと思います。好き嫌いで判断した、と先生がおっしゃるから大丈夫なんですが、好き嫌いを学問的レベルまで持っていくということは並大抵のことではないと思うのですけれども、そのために必要なことは何なんでしょうか。好き嫌いを言うこと自体も難しいと思うんですが、さらにその自分の好き嫌いを信頼して、そして自分の好き嫌いにこだわりながら、作品を鑑賞し評価し楽しむ、そして学問として体系づける、というところまで行くということ……。

亀井　微妙で難しいところですが、非常にもっともな質問です。先ほど言いました、アメリカ文学の作家なり作品なりを一所懸命読んで理解する、とこれがまず第一歩ですね。とにかく作品をよく読んで、たくさん読んで、作家についても当然よく知るようになる。そして読んで知ったことを、自分の「生」で受け止めて、吟味して、エンジョイもする。そして価値判断する。いろいろしながら、最終的には自分の「生」の反応を重んじながら判断するというのが基本です。そうすると、ただその「生」の反応を自信を持って言葉にしうる場合もあるし、そうでない場合もあるかもしれない。すべてに対して自信を持って言っているんじゃないと思うんです。さっきのソローの所で、エマソンよりソローの方が上「なんじゃないかしら」なんていうのは、一見頼りなげですが、自信満々で言っております。そういうところと、あまりないと思いますが、絶対にこうだと言い切っておるときに案外自信がない場合もある。その辺はあなたの方でいろいろと吟味をしてほしいところですけれどね。こういうふうに価値判断の表現は本当のところ微妙ですが、僕はかなり自分を確かめながら勇気をふるって、価値判断をしているんじゃないかしらんと思います。それが学問になるかどうかは、自分自身にどこまで学問が集積され、自分の「生」の中でどこまでそれが生きているかによるんでしょうね。曖昧な返事かもしれないが、こういうことは精神の持ち方とその人の実力の問題ですから、微妙なままがいいんですよ。

ウェルズ　その微妙なところに関係すると思うんですけれど、先生の文章は非常に謙虚だと思うんです。さっきもおっしゃっておられた、半分の人は反対するけれど半分の人は賛成してくれるのではないかという、そういうお話ぶりにしても、本当に半分の人と思っていらっしゃるのか、ひょっとしたら八〇%の人が賛成してくれるのではないかと思っていらっしゃるのではないかと思います。この文学史の中でもそれに似たような、何かこう譲歩した話はいくつも出てくるのです。それを読むと、わざと謙遜して書いていらっしゃるのではなく、本当にそう思って、少し遠慮してはおられるのでしょうけれど、基本的に謙虚な文体だからそうなのかなと私は思うんですけれど。そのことを私の印象として申し上げておいて、先生のお好きなベンジャミン・フランクリンの美徳の一番最後の一番難しい美徳が「謙虚」であるということですよね。その兼ね合いで先生のアメリカ文学史観はどうなるんでしょう。謙虚さというのをキーワードに見た場合、ご自身を振り返りながら何かお話をお願いします。

亀井　この前、平石貴樹氏がここで講演された時に亀井俊介先生の韜晦ということを言っておられた。亀井先生はいつも韜晦する。あなたが今言った謙遜という表現を平石氏は韜晦と表現し、自分の本当の姿を見えないようにしていると、もちろん冗談ですけれども、言っていた。僕は第二巻までは、自分がいろいろ他の人と違う評価や思い入れをすることに、本当のところ自信もありましたが、第三巻の現代文学のところに来ると、「これは僕は知らないけれどねー」という表現を何回もしている。平石氏はそういう「僕は知らないけれど」にごまかされてはいけませんよ、と言ってましたけれども、本音のこともありましたね。こういう一種、謙遜の表現はあちらこちらでしているのですが、やっぱり本当に謙遜している場合とそうではない場合とがありますね。結構図々しい面もいっぱい持っていますから、謙遜したようにしてはいるけれど、どこまで本当なのか、だんだん僕自身にも分からなくなってくる。まあそれは、僕の問題というよりむしろ読み手の問題であって、亀井氏はここで謙遜しているようだけれど本当は図々しいところなんだよ、とその辺は自由自在に……。

ウェルズ　あ、そうではなくて、私は、先生は謙遜しておられるというのではなくて、謙遜しておられるところもあるんですけれど、なんか基本的に姿勢が謙虚なんじゃないかなと言っているのです。しゃべり方に謙遜みたいなところが現れるところを印象強く受け止める方も多いかもしれませんが、私はそうではなくて、作品に接する時も作品を語る時も、あるいはアメリカ文学を研究するというそのこと自体に関しても、亀井先生は非常に謙虚な方なのではないかな、ということを、ご本を読んでいても教えを受けていても、とにかく感ずるんです。そのことと、謙虚であることを一番難しい美徳であるといったベンジャミン・フランクリンを亀井先生がとてもお好きだということとは何か関係があるのではないか、そのことと先生のご研究の神髄と何かとても関係があるような気がして。

亀井　いやー、そう。

ウェルズ　謙虚であるというそのこと……。

亀井　謙虚だと言ってもらえれば、それはそうなのかなと有難く受け止めて終わることかもしれません。あなたのいまおっしゃったことに対して直接の返事はしにくいですから、若干違う話になるかもしれませんけれど、まあ、よく人に言うことを話してみます。僕は自分が読んだ作品について話す時に、一言でいえば、自分の「生」で責任をもつ姿勢で話そうと努めるんです。実例をひとつ。僕がセント・ルイスの大学に留学した時に、大学院の一番最初の授業、英文科の院生全員が最初に聴かされる授業が、ビブリオグラフィー・アンド・リサーチという授業でした。文学研究の一番基本として、ビブリオグラフィーをどうやって作るか、リサーチをどのように行うかということを学ぶ授業ですが、その先生がおっしゃったことに、たとえばレポートを提出する時、レポートは学術的なものなのであるべきだから、その中でI thinkというような主観的な表現をしてはいけない、客観的でなければならない、と言うんです。その時、僕は「先生、それは変ではないですか、私が思うんだからI thinkでいいのではないか」と言ったら、「筆者はこう思う、the present writerはこう思う、といったふうに第三人称で自分を表現せよ」と先生は言うんです。ほとんど唯一、僕が先生に突っかかっていった例ですね。「そんなふうに自分を三人称にして表現することが客観的なものか、私はこう思う、といった方が客観的ではないですか」と僕は言う、「いや、それは主観的だ」「自分の行為だから、私はというのが客観的で正確でしょう」とつまらないことで先生とやりあった。相手は先生ですから、適当なところで引き下がりましたけれどもね。

アメリカで勉強した人の多くは、日本に帰ってちょっとした書評なんかする時にも、「評者はこう思う」と書いたりしています。いちいち僕は批判しませんけれど、腹の中ではそれは違う、「僕は」「私は」と言うのがいいといまだに思っています。書評で、評者は著者についてこう思う、なんて書かれると、なにがなんだかわからなくなったりもする。

ともあれ、僕は、「私」というものが責任をもって表現しているという、その姿勢が文章にも講義にも表れるべきだと思います。そうすれば自分の限界もわかりますから、一種謙虚的な表現にもなります。さっき言いました、「そうじゃないかしら」と相手に同調を求める表現なんかもすると思います。

ウェルズ　よく分かりました。要するに自分の研究の一つ一つ、あるいは自分の判断の全部に先生のおっしゃる「生」をかけて責任を取るという覚悟でものを書けば、謙虚にならざるを得ないんですね。傲慢になったら自分の生ごとひっくり返る可能性もあるわけで、まあ、命をかけるというか……。

亀井　まあそういうとちょっと大げさですが……。

ウェルズ　責任を感ずるかどうか……。

亀井　そうです。ですからこの文学史の中でも、たとえばメルヴィルの『クラレル』という長編詩があって、あれはアメリカ文学の研究者なら読んでおかなければならない作品でしょうけど、僕はこの詩にお手上げなんです。で、この作品については専門家にまかせましょう、とはっきり言ってます。読んでいないときには読んでいないと言うべきだと思う。それを読んだようにいうことは、自分で知らないうちにやってることはあるかもしれませんが、意識的にやるのはそれこそ無責任だと思うんです。

ウェルズ　私も読んでいないものについては授業しないようにしましょう、っと。責任をもって。でも、結構私も正直な方だと自分では思っているんですけれど。それでですね、話がだんだん面白くなってきてしまいました。もう一つ、あのアメリカ文学史の中で先生はユーモアをとっても大事に思っておられる、アーヴィング、トウェインとか、そのことで何か……。

亀井　確かに僕はユーモアを重んじております。たとえばアメリカの政治家、大統領でもだれでもいいのですが、演説をする時には必ずどこかにユーモアを入れておかないと不評判になってしまうと言われていますね。だいたいアメリカ人はまだ新興国の人間ですから、基本的にクソ真面目なんですよ。だからこそ緊張をゆるめるために激しくユーモアを求めるところがあって、ユーモラスな表現を作り出そうと努めるわけです。政治家もそうですが、深刻そうな作家でも意識的にユーモアを作り出していると思う。いや、深刻であればあるほど、ユーモアによって自分の言いたいことを活性化させようと努める。そういうユーモアに文学研究者は気がつかなければいけないと思うんですけれど、日本の文学研究者はそれこそ一所懸命字引を引いて勉強していますから、気がつかなくて終わってしまうことが多いのです。文学を楽しんで読むんじゃなく、「研究」のために読んでるから、ユーモアに気がつかないとも言えますね。たとえば、フォークナーなんか、難しいと思ってしまって緊張して「研究」の姿勢で読む。しかしフォークナーの文学はユーモアにあふれているんです。トール・テールをいっぱい使って、駄じゃれやら冗談やら助兵衛話やらも氾濫させている。フォークナーのユーモアに気がつかないフォークナーの研究者を僕は信じたくない。ユーモアに気がつくということは、その作品の生命に気がつくことです。マーク・トウェインなんかますますそうですね。英語の字引を引いて一所懸命勉強することももちろん大切ですけど、少し字引を脇に置いて、その作者の顔つきを想像しながら作品を読むと、面白さがわかってくるんじゃないかなと思います。この本におけるユーモアの強調をあなたが気付いてくれたことは大変うれしいと思います。

ウェルズ　ありがとうございます。この本で気がついて、作品を読んで、ようやく面白くて笑ったとしてもですね。ユーモアについて、そのユーモアが読者に伝わって、読者が「おぉ！」と気がつくように書くというのは至難の業ですよね。先生の文学史を読むと、この小説面白いのかな、読んでみようかな、という気持ちになるんですけど、自分で、どこが面白いのか書くとなると四苦八苦して、七転八倒したりするんですよね。それは何かコツがあるんですか。

亀井　ユーモアを説明すると九〇％面白くなくなってしまうんですよね。それをどう処置するかというと、文章の修練というよりしょうがない。僕自身はヘンリー・ソローやマーク・トウェインのものの言い方を真似したりしていますけど。

ウェルズ　謙虚に責任を持って頑張ります。最後にこれぞという質問をさせていただきたいんですけど。このアメリカ文学史、先生は最初に、ある種の主張に対してそうじゃないだろうと思って書くことにしたとおっしゃいました。新しい文学史のキャノンの見直しとかは、八〇年代・九〇年代に非常に盛んだったですね。多文化主義による文学史の見直しとかもあって、文学史が非常に細分化してきたりして、みんなが通史で読まなくなったし、また、何々先生の文学史といったものがなくなってきた。で、そういう風潮に対する挑戦ということもあって先生はこの本を書かれたと思うんですけれど、それ以外に、いろんなところでこの文学史は挑戦者の精神に貫かれているという印象があるんですね。もしそうだとしたらですけど、この文学史が一つの具体例でしょうけれど、先生の学問は一体何に対する挑戦、あるいはどういう主張なのかということを、お話しいただけるでしょうか。

亀井　これはまた大変な質問ですね。あらかじめ準備しておいて返事をするとよかったのかもしれませんが、いま思いつきみたいな感じで返事をします。僕もまあ一応東京大学英文科を卒業して、アカデミズムということを基本的には重んじています。しかしアカデミズムがなにか一種、形式の尊重みたいな、よろいかぶとで身を固めたような研究に没頭し、その種の研究成果を重々しく見せつけているあり様に接して、アカデミズムが嫌になってしまって、どうかしてこれをぶっ壊したいという気持ちにもなったわけです。一面ではアカデミズムは大事だと思いながら、これをぶっ壊してもっと生き生きした本当の「生きた」アカデミズムを実現したいという、途方もない気持ちにもなったわけです。この本をしゃべり言葉にしたというのも、そういうアカデミズムに対する一種の挑戦の気持ちがあったかもしれません。堅苦しい論文調よりもしゃべり言葉でやろうと決めたのは、文章自体が僕にとっては挑戦だと受け止められ、知らない間に自分で自分の文章に乗っかって、権威じみた考え方に反対するようなことを言っているのね。そこらへんにあなたが僕の「ひそかにラディカル」な姿勢を感じてくれたということは大変うれしいことです。

ただ、アカデミズムに挑戦する本も、もちろんいろいろ出版されていると思います。今までの学問は全部間違っておるなんていう調子でね。さっきのアメリカ文学史の「見直し」の主張なんていうものも、そういう面をもっているかもしれない。ただ、挑戦が目的みたいになってしまうと、僕は賛成できない。そして挑戦するなら、それだけの実力をもって挑戦してほしい。挑戦する人の多くはどうも実力はあまりなくて、ただ恰好いいから挑戦しているのではないか。それこそ軽薄な人ほど声が大きいということになるわけなんで、だから自分では挑戦の姿勢は大事にしておきたいと思うんだけれども、慎重に静かに楽しい挑戦をしていきたいなあと、まあ思っているんですけれどね。

ウェルズ　それでは本当に最後ですけれど、いつか自分が死ぬまでには亀井先生にちょっぴりでも挑戦できるほど実力をつけたいと思いますが、亀井先生の後に続いていく者たち、後続の研究者あるいは勉強している人たちに、このアメリカ文学史を書いて下さったことも含めて、何か託したかったものとか、伝えたかったこととかありましたらお聞きしたいと思います。

亀井　まあ、このアメリカ文学史に関連して言えば、若い人たちに一番お願いしたいこと、勧めたいことは、とにかくアメリカ文学の作品を読んでいただきたい、理屈をこねるより先にどんどん作品を読んでいただきたいということですね。面白い、wonderに満ちていますから。同時に自由な姿勢で、自分の自由な生き方を大事にしながら、作品を読んで、それに自分の「生」を呼応させる姿勢で、読んだ感想を素直に表現する——そういう文学の勉強を進めてほしいなあと思います。非常に漠然とした思いですが、僕は真剣にそう思い続けています。

ウェルズ　わかりました。どうもありがとうございました。

第八章　『有島武郎――世間に対して真剣勝負をし続けて』

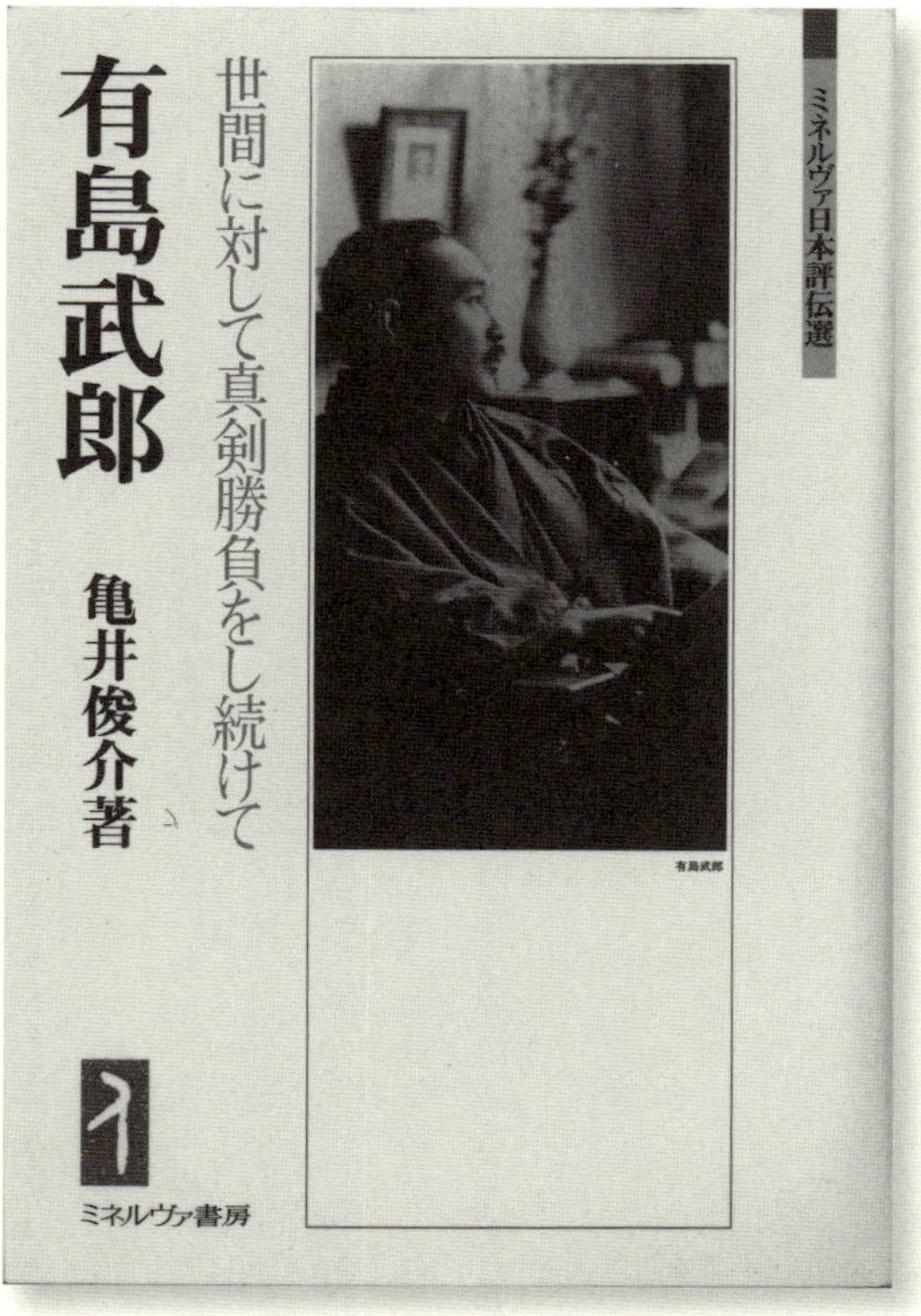

『有島武郎――世間に対して真剣勝負をし続けて』
ミネルヴァ書房（ミネルヴァ日本評伝選）　二〇一三年一一月一〇日　四六判　三三〇頁
目次　（序）「本格小説」作家・有島武郎／（1）アメリカへ／（2）人生の探険／（3）「ローファー」の生／（4）「本格小説」作家への道／（5）『或る女』／（6）晩年と死　参考文献　有島武郎略年譜
二〇一五年三月和辻哲郎文化賞受賞

「精魂込めて」

今回は著作についての話の三回目で『有島武郎――世間に対して真剣勝負をし続けて』を材料にしたいと思っております。ここにおいでの皆さんのほとんどは英米文学を中心に勉強なさっている方々ですから、日本の作家についての本というのはちょっと場違いかなあと思ったんですけれども、あえてこの本を取り上げました。それにはやっぱり理由があるんです。ひとつはこの本が僕の一番最近の著作ですから、自分のいまの考えが最もよくあらわれていると思うからです。もうひとつの理由の方がもうちょっと重要かもしれません。それはこの本の「あとがき」かどこかで言ったと思いますが、僕はいま（二〇一四年）八二歳ですけれども、この本を執筆したのは八〇歳の時で、そんな歳になって一冊の本を執筆するということは従来思っていたよりもはるかに大変で、体にも心にも余裕がなく、われながら「精魂込めて」執筆したと言えるんじゃないかと思います。精魂込めて書いたということは、この本の多少の長所にもなっていると思いますけれども、短所にもなっていると思います。自分の欠点みたいなものもこの中に表れてしまっているのではないか。そういうことも後からディスカッションしていただければ有難いと思うのです。

執筆までの経過

さてまず執筆の次第。どういう経過でこの本を執筆したかといいますと、いままで何度も言及してきました僕の学位論文『近代文学におけるホイットマンの運命』の一番のヤマバが有島武郎なんですね。この論文はホイットマンが、アメリカ文学はもとより、フランス文学、ドイツ文学、イギリス文学にどういう影響を与えたかということをかなり執念深く論じているんですが、最後に日本文学にどういう影響を与えたかを扱っております。それがむしろ論述の中心なんです。その日本文学の中での一番大きな存在が有島武郎だったんですね。計算したわけではありませんけれども、『近代文学におけるホイットマンの運命』のたぶん四分の一ぐらいは有島武郎を論じておりました。有島はホイットマンというまさに自己本位、自己の存在の自由を主張し、またその思いを文学に力強く表現した詩人を、世界中に類がないと言ってもいいくらいに真正面から受け止めた。そしてホイットマン的な生き方を自分の存在によって自分流に再現しようとした、そういう作家だと思うわけです。で、その有様を学位論文で追跡し、分析したんですけれども、この人を伝記にし、その生涯をじっくり検討したいという思いは、論文執筆中からひそかに高まっていました。

そんなことがありましたので、こんどの本の「あとがき」に書きましたように、いや、「あとがき」では出版社名は明記しませんでしたけれども、岩波書店が世界の文学者や思想家の評伝シリーズを企画し、有島武郎の巻を私に依頼してこられた時には、喜んで引き受けたんです。「二十世紀思想家文庫」という、文庫といっても普通の四六判の本のシリーズです。「あとがき」を書いたときにはそれが何年頃のことだったか記憶がなくって、そのことは言わなかったんですけれども、こんどの本が出版されて読んで下さった岩波書店のそのシリーズの担当者だった小口未散さんからお手紙を頂戴して、それが一九八〇年代の初めだったことが分かりました。今から三〇数年前になるわけですね。その頃、小口さん――出版社も編集者もいろいろですが、僕が今まで出会ったなかで最も優秀な編集者の一人と言っていいと思います――が「二十世紀思想家文庫」の企画に参加され、なんで僕をご存知だったか知らないんですけれども、とにかく僕を執筆者に推薦して下さったんだと思います。僕の方も有島の伝記を書きたいと思っていたところですから、喜んで引き受けたわけです。

それでさっそく書き始めました。そして有島武郎のアメリカ留学時代までは一気に書きました。アメリカ留学をすまして、日本に帰って来るまでですね。といっても、それは『近代文学におけるホイットマンの運命』にも相当程度書いておりましたから、それをもう少し伝記風に仕上げればいいわけで、一気にやれたんです。しかしそこから先が続かなくなってしまった。有島武郎はアメリカに留学中、ホイットマンを知って、日本に帰ってから、ホイットマンの精神を日本でなんとか自分自身に生かしたいと思って悪戦苦闘し、そういうことを基にして作家になっていったに違いないんですが、その有様をどう頑張ってもうまく書けなくて、ストップしちゃったんですね。ストップしちゃって、弱ったな、どうしようかなと思っていたら、「二十世紀思想家文庫」もストップしちゃったんです。何冊かは出たんですけれど、どういうわけか中断しちゃった。あれだけの大出版社がせっかく始めた企画を中断するというのは、よっぽど何か理由があったんでしょうね。しかし僕には幸いだったわけです。シリーズが中断して、自分の執筆も自然に中断して、そのまま二〇年ぐらい経っちゃった。この間いつも気になってはいたんですけれども、二〇年くらいは一挙に経ってしまうんですね。

そしたら二〇〇二年に、京都のミネルヴァ書房から「ミネルヴァ評伝選」というシリーズを出版したい、それは日本人の評伝、その時点では百冊のシリーズの予定でしたが、そのうちの一冊として彫刻家イサム・ノグチについて執筆してほしいと言ってこられたわけです。どうしてそんな依頼がきたかというと、僕はそれまでにイサム・ノグチの父である詩人ヨネ・ノグチを研究しておったものですから、その息子の方についても当然執筆できるだろうと思われたんでしょうね。とんでもない話で、僕はイサム・ノグチについてはほとんど何も知らない。たまたま依頼のきた二年前、二〇〇〇年にドウス昌代さんが、僕のよく知っている人なんですけれども、イサム・ノグチについて大変いい評伝を出されており、それは僕も読んでいて、それ以上の評伝は僕にはできないと思って断ったんです。そうしたら、では誰でもいいから執筆してほしいと言われる。ほかの人の執筆予定と重複しない日本人だったらどういう人物でも結構ですと言われるものですから、じゃあというので、有島武郎だったら書きたいと言った。そしたら、ぜひどうぞと言われて引き受けさせていただいたんですが、有島武郎はそれほど執筆希望者のいない、人気の薄い作家なんですね。

「本格小説」の問題

それで、二〇年放っておいたものをさてじゃあやろうという姿勢になったんですけれど、依然として、アメリカから帰った後の有島が作家になっていった姿をどういうふうに書いたらいいのか、分からなかったんですね。執筆の方法、方法というよりも態度、姿勢、自分がどういう姿勢で執筆するかということが分からない状態で、またあっという間に一〇年経っちゃった。それで八〇歳になって、このまま放っておくと、こんなに大切に思う有島武郎についてついに本にしないで終わっちゃうだろうなと思った。それが、何がなんでも執筆を再開し始めた理由のひとつなんです。

けれども、もうひとつ理由があるんです。それは、そのちょっと前に、僕は『英文学者　夏目漱石』（松柏社、二〇一一年）という本を出したんです。東京の仲間たち、平石貴樹さんだとかその他何人かの人たちがその本の出版記念会をしようと言ってくれて、僕は大規模な会はご辞退したいけれども、少人数のおしゃべり会のようなものだったら嬉しい話だと、そんなことを言いまして、僕が住んでおります府中というところの居酒屋に十数人集まって出版記念会みたいなものをしていただき、そのうちの半数ぐらいが二次会で拙宅に来てくれ、アパートの狭い部屋ですけれども、いろいろしゃべって楽しんだんですね。

そこでしゃべった話題の一つが今度の本の「序」の中に出てくる「本格小説」の問題なんです。

作家の水村美苗さんが『本格小説』という小説の「序文」でこういうふうに論じておられる。日本の近代小説の主流は私小説、自分の生活やら心境やらをこまごまと表現していく小説ですね。私小説こそが真実を表現するという考え方が日本の近代文学では一種の伝統になっていて、スケールの大きい波瀾万丈のストーリーが展開する創作的な要素の大きい小説は、日本ではあまり重んじられない。けれども自分（水村さん）は、そういうのが本格小説だと思う。イギリスの一九世紀にそういう本格小説が発達し、日本では明治の早い時期にそれを真似た小説がつくられ始めたけれども、あまり発達しなかった。それで水村さんは自分でそういう「本格小説」を書きたいと思い立って、『本格小説』と題する小説を執筆したというわけなんですね。面白い小説です。読売文学賞を取られた立派な作品なんです。けれども、僕らから見ると、イギリス小説をたくさん読んでいる僕の仲間たちから見ると、この小説は明瞭に『嵐が丘』を踏まえておるわけなんで、『嵐が丘』のストーリーを日本に持ってきて、登場人物も日本人風にして内容が展開する作品みたい。それはそれでいいんですけれど、ただ、いま話したように出版記念会が済んで、拙宅で飲んでしゃべっているわけですから、もっと本質的な議論になるんです。それで、西洋の小説の換骨奪胎じゃなくて、日本のうちから出てくるような、日本作家の独自の感情や思考が展開する本格的な「本格小説」を自分たちは求めるという議論になった。

議論はとうとう、日本にはどういう本格的「本格小説」があるかという話になりました。酒飲んでしゃべってますから、皆さん、あるあると、言い始めるわけです。明治文学で先駆的な作品だと、島崎藤村の『破戒』なんていうのは、いろいろ欠点もありますけれどもまさに日本の本格小説。時代が経ってくると志賀直哉の『暗夜行路』だとか、永井荷風の『腕くらべ』だとか、それから夏目漱石の『明暗』。

誰もが推したのが、夏目漱石の『明暗』でしたね。けれども、あれは漱石最晩年の作品で、中断して終わっちゃいました。完結はしていない作品なんです。ほかに何かないか。そんなことでいろいろ言って、議論が出尽くしちゃったような時に、僕が前から一番思っておった『或る女』はどうか、と言ったんです。ここで僕は非常に鮮明に情景を覚えているんですけれど、みんな一瞬黙っちゃった。はっとしたふうで、しばらくしてから、そういえばそうだなあなんていうことを言い出した。日本の近代小説をディスカッションするときに、けっして『或る女』が最初には登場しないんです。いろいろな作品が出てきて出尽くしちゃったような時に、あったなあ、『或る女』も、ということで出てくる。出てくると、やっぱりあれは大小説だということで評価はされるんですけれども、なかなかすぐに念頭に浮かばない作品なんですね。

手書き原稿

そんなことがありまして、「本格小説」を語り合ったことが非常によい刺激となって、僕は、今度の評伝は『或る女』をすべての結節点とし、有島の生涯もそっくりそこまで持っていくような、そういう評伝にしようと決意しました。実は前から思っていたことではあるのですが、決心がつかなかったんですね。よしやろうという気持ちになって、それから懸命にやり始めたんです。ちょうど一年かかって完成しました。僕はこのオーラル・ヒストリーで前にもお話したように思いますけれども、手書きだもんですから、原稿がですね、何度も書き直して最後に清書するという書き方です。書き始めると、何度も何度も書いて、とうとう一種の腱鞘炎みたいになっちゃって、ペンを持つと手が震えちゃって執筆しにくいなんていう症状まで出てきて、湿布貼ったりし、ほとんど正味一年、文字通り老骨に鞭うって原稿を書きました。四百字詰でいうと六百枚。先方からの依頼が四百枚で、僕は正確にそれに応じる姿勢だものですから、下書き六百枚ほどを縮めていき、四百枚にするんです。ただ僕のは二百字詰の原稿用紙ですから、八百枚になるわけです。とにかくこれを仕上げたときはああやったあという、分量的な話ですけれども一種の達成感があった。それから年表とかなんとかいろいろ作るわけですけれども、先程も申しましたが、精魂込めて執筆した思いがあります。それが執筆の経過なんです。あ、そうそう、さっきの三〇年前に有島のアメリカ留学時代までは書き上げたと言っておりました分、それはもう原稿用紙に清書しておりました。しかし今度新規に執筆しようと思ったら、前の原稿は通用しないことが分かり、全部放ってしまいました。

「生」を対応させること

次はどういう姿勢でこれを執筆したかという話に入るわけですが、有島武郎は日本では上流階級のお坊ちゃんでしたから、実人生の苦しみなんていうものは知らないで成長した。アメリカへ行って初めて実社会の中に投げ込まれて、苦労したわけです。苦労しながら、ここでは細部は申しませんけれども、いろいろ追いつめられた状況でホイットマンを知って、ホイットマン流に自己本位に生きることを知った。ここが大事なところで、有島の「生」がぎりぎり崩壊しそうなまで追いこまれていたからこそ、ホイットマンの「生」の力をつかみ取ることができたのね。それが彼の留学の最大の成果だったと僕は思う。で、日本に戻ってきて、そういうホイットマン的な自己本位の「生」をみずから実行しようとするんですが、アメリカの社会と日本の社会はまったく違いますから、そんなこと容易にできっこなく、思想的にも日常生活においても四苦八苦するんですね。四苦八苦するんですがその辺はいいんです。その辺はわりかし執筆しやすい。しかしそういうところから、作家としてどういうふうに自分の人生体験を文学作品に結実していったかという辺を書きたいわけ、僕は。それがこの評伝の一番中心になる。文学作品をどのように創造していったかという辺ですね。いろいろな批評家たちにならって、いろいろな批評理論に従って書くことも不可能じゃないと思う。たとえば、精神分析的な方法を使ったりとか、思想論的に料理したりとか、あるいは宗教上の態度を文学に適用してみせるとか、いろいろあると思うんですけれども、僕はそういうアプローチの仕方では本格小説『或る女』がどうして実現したかということは説明し得ないと思っている。

結局どうもねえ、どうやって筆を進めるかで、本当はそれほど悩まなかったけれども、いろいろ悩んだとしときましょう。その揚句にたどりついたやり方というのは、文学研究の一番基本の姿勢から出発しようということです。思想とか心理とかそんなことじゃない、あるいは信仰だとか宗教、そういうものから有島の文学を裁断しようとすれば、簡単に裁断し得るわけ。またそういう研究はすでにいっぱい出版されているわけ。そうじゃなくって、文学作品そのものから出発しようということです。作品をさらにまた読み直して、有島が作家として出発し始めた最初からの作品を全部ひとつずつ、今まで何度も読んでおりますけれども、日記や手紙もひっくるめてもう一度精読し、その作品に自分が、今もう八〇歳になって老いぼれているけれども、生涯文学を勉強してきた人間としての自分がどう思うか、つまり自分の「生」がどう反応するかということを自分流に確かめながら、一つ一つの作品についてまたノートを作っていって、作品の内容や表現と自分とを対応させながら感想ノートを書いていくという、一番初歩的なというか、文学研究の最初の段階を忠実に踏まえてやっていこうと決めた。それが自分の根本姿勢であります。もちろんそれまでに吸収した文学についての知識は生かすんですけれども、一番大事なのは自分の「生」の反応です。自分の感情、それから思想、僕はそんなに思想があるとは思いませんけれども、感情と思想、両方をひっくるめた自分自身の「生」とその作品の中の生とを対話させるみたいな、そういう姿勢でノートを作りながら読み直し作業をしました。

「文章」を読むこと、論じること

もうひとつ大事な点は文章なんですね。有島武郎の文章は独自な文章で、いろいろ批判される。とくに翻訳調が嫌われる。翻訳調の西洋的な表現、理屈ばったレトリックがたくさん使われると同時にセンチメンタルな表現がいっぱい出てきます。成長した作家がこんなセンチメンタルな態度でいいものかと思えるような表現もしたりして、いろいろ批判されるんですね。批判されるけれども、最後に彼が到達した『或る女』の文章は、読まれた方はお感じだと思いますけれども、圧倒的な力を持っている。ものすごい力で読者に迫ってくる。で、あの文章はどこから出てきたのかしらというのが、僕の最大の思いでした。あんなセンチメンタルな文章書いて、翻訳調の有島が、どこでどうしてこういう文章の書き手になったのか、ということを思った。で、有島のいろいろな作品を順番に読んで、ここでこういう文章、ここであういう文章、この作品はものすごく細かなリアリスティックな文章で、あの作品はどうのこうの、といったふうな検討をしていった。で、気づいたのは、有島は実に文章の実験をし続けたということです。そういう実験の跡を忠実にフォローしながら内容の検討もした。

僕はこの本の中で、「驚異の八年」ということを言っています。八年間、有島はそうやっていろいろ文章を実験しながら、新しい作家になっていった。結局、『或る女』というのは、主人公は女性ですけれども、人間をトータルに表現したい、外からも内からも、徹底的に表現したいという思いの成果なんですね。いい面も、醜い面も、すべての人間は持っておるわけで、この女主人公もすごい、美しい、どんどん自分の道を切り開いていこうとする女性ですけれども、同時に醜い、いやらしい面もいっぱいあるわけなんで、そういう人間を、有島はトータルに表現していく。それにはそれだけの文章を修練し身につけながら、内容を盛っていったにちがいない。その姿を忠実にフォローしていくという感じで、僕はこの本を仕上げていったわけです。

この本につけたリーフレット（「自著を語る」）でも言ったんですけれども、明治時代、少なくとも夏目漱石なんかを読む時代までは、人々は大体文章に注目して文学を読んだ。文学の要《かなめ》は文章だということが常識であったわけですね。この文章はいいとか、あの文章はちょっととかと言ってね。明治時代の批評家は必ず文章を批評していた。また作家も自分の文章をつくるため全力を注いでいた。ところがだんだん西洋の批評理論が入って、文学の要は文章だということがどこかに行っちゃって、思想とか心理とか社会性とか、そういったものでもって文学を裁断するようになる。それは僕は間違いだと思ってます、最も重要なのは文章だと。いまだに文学の要は文章だという姿勢で、岐阜女子大学での授業でも文章をいつも重んじながらやってきたと思うんです。ただ悩みは、文章の面白味とか素晴らしさとかを読者に伝えるのはたいへん難しいということですね。最後のところは、これ素晴らしい文章ですから読んでみてと言う、それ以上言えないんです。どうして素晴らしいかということを言葉で説明するのはほとんど不可能に近いですね。音楽なんかでも、聴いた曲の素晴らしさなんかを言葉で説明しようと思ってもできない。作品を聴いてよと言うしかない。文章も最終的にはそうだろうと思う。

それでもやっぱり、文章の力を伝えるために、いろいろ工夫はしたいですね。こんどの本で、ひとつの方法としてやったことがあります。『或る女』は最初『白樺』という雑誌に連載された。前半部分は『白樺』に「或る女のグリンプス」という表題で連載されている。それを有島は何年か後に修正して『或る女』の前篇に仕立て直したわけです。つまり雑誌に発表したものと単行本にしたものとの間が数年間隔たっておる。その間にも有島は自分の文章の修練をしておりますから、雑誌連載したものと単行本になったときのものと表現がどう違うかを、いろいろ比較してみたのです。そのことをこの本の中である程度細かく、ここが難しいところで、あんまり細かくそんな比較をしていると、ごちゃごちゃした説明になり、読んでる方がいやになっちゃいますから、嫌にならない程度に面白そうな実例をピックアップしながら説明していったのです。その辺は書き方のテクニックの問題だろうと思いますけれども、もうちょっと言いたいけどこのくらいにしとこうという程度がいいですね。とにかく元稿と修正稿とのそういう比較の方法も、有島の文章修練の跡を見るには役立ったと思います。

あとは自分がいいなと思うところを引用して、「読んで、理解して、味わって！」と訴えるよりしようがない。どういうところを引用するか、これは非常に重要な問題ですね。文学作品を論じる時に、どの部分を引用するかによってその引用者の能力の相当部分が証明されると、僕は前から思っているくらいです。一番いいところでもあんまり多く引用すると嫌になられますから、最良の引用を最小限に、と頑張ったつもりですけれども、その辺が十分に納得してもらえるかどうかという問題はあります。

「文学」研究としての評伝

ともあれ乏しい才能を絞って、文章を中心に有島の「本格小説」がどのようにして書かれたかと、その跡をたどって見せたのが『有島武郎』です。さっきもちょっと申し上げたかと思いますが、有島武郎は文体なんかも障害になったんでしょうね、世間的にはあまり読まれない作家で来ました。しかし有島はああいう誠実な作家ですから、ほんとに誠実に、自分の思想を実生活に実現することに生涯頑張った人ですから、少数ながら熱烈なファンがいるようでして、そういう人たちが「有島武郎研究会」というのを作っています。僕も三〇年くらい前にそれに誘われたんですけれども、僕はあんまりそういう集団に情熱がない方だもんですから、辞退して参加しなかったわけです。で、この「有島武郎研究会」は非常に真面目な研究を進めていまして、その最大の成果が『有島武郎全集』でしょうね。いい全集だと思っております。

で、この会を中心として有島研究は進んでいるんですけれども、研究が進めば進むほど、生涯のできごとの細かな点まで徹底的に調べるとかね、あるいは文学作品については、登場人物についてモデル探しとか、そういう「研究」は非常によくやってこられた。ただ、生涯の細部を調べたから、モデルを調べたから、有島の作品がよりよく分かるかというと、必ずしもそういうふうには進まないわけですね。だから、この作品はこういうふうに文章が展開する、それでこういうふうに面白いんだというふうに、「文学」をよりよく理解し、よりよく味わうという有島武郎の「文学」研究は、あんまり進んで来なかったんじゃないかと思う。僕のはそういう研究とは違う、甚だ力ないけれども「文学」研究のつもりです。評伝ですから、伝記として一生涯の大事な出来事はピックアップしながら記述が進むんですけれども、最終的には「本格小説」作家・有島武郎の文学者研究というのがこの本だったんじゃないかなあと自分では思います。

❖インタビュー

ウェルズ　この『有島武郎』を拝読しているうちに、亀井先生にもう一度出会ったという気持ちを強く持ちました。と同時に、変なことを言うようですが、今まで亀井先生を尊敬し、ご研究を途中で迷うことなくずっと後を追いかけてきた自分自身にも出会ったという気持ちがあったのです。この本はそういう個人的な気持ちを誘う、不思議な力を持っているようです。

それで一番最初の質問なんですが、今日のお話の中で亀井先生は「この本はアメリカ留学に行って帰ってくるところまではさっさっと書けたんだけれどもね」とおっしゃっていますね。もう一冊、私が非常に尊敬している人についての、またそれを読んで非常にショックだった研究書『内村鑑三――明治精神の道標』(中公新書、一九七七年)も、内村が船に乗ってアメリカにいく場面から始まっているんですね。この有島の本も船に乗っていくところから始まる。これは偶然ではないのではないかと思います。両方ともとても印象的に記述されていて、目に見えるようにお書きになられていますね。このところはご自身の経験に何か関わっているんじゃないか、ご自身の人生の大事なところと関わっているんじゃないか、そのあたりのことをまずお聞きしたいです。

亀井　自分ではそのことは意識しなかったんですけれどもね。この本を読んだ何人かの人から手紙を頂戴して、今あなたがおっしゃったことに近いようなことを言って下さった。有島が日本を出発する時の、一種の渡米願望とか船の状況とかについて「亀井さん、自分自身のことを言っているんじゃないの」なんて言われました。あるいは自分の知らない間にそういうふうになっていたかもしれませんが、執筆時点ではそういうことは思っていませんでした。内村についてもそうだったとは、自分では忘れちゃっていました。やはり僕自身も最初に留学したときは船で行ったのでね、そうだろうなと思います。

ウェルズ　内村にしても有島にしても、アメリカに行ったことが決定的な転機だったと思いますが、今のように留学が盛んではなかった時に亀井先生ご自身が留学されたことと、それへの共感があったということでしょうか。

亀井　このオーラル・ヒストリーで自分の渡米体験のことはお話ししましたけれど、これは学問史ということですので学問中心に話しましたが、実はアメリカでの生活そのものも僕には非常に大きいものでした。有島の体験とはもちろん種類はまったく違いますけれど、僕もアメリカに行っている時、夏休みに農家で労働したくて大学内の職業紹介所に行って仕事を探したりしていた。そんなふうでしたから、有島が積極的にいろいろな労働に従事した話には、たいへん共感したというか、分かる気がしたんですね。こういう意味では、有島とどこかで重なっていたかなあと思いますね。あれやこれやひっくるめて、アメリカでの生活が僕の人生の出発点だった、とそんな気に誘われもしますね、いまのあなたの質問を聞いていると。

ウェルズ　留学中に女性に憧れちゃったりとか。

亀井　はいはい。

ウェルズ　それは内緒ですね。それから留学先を決めるときに、この本の中でも官のヨーロッパ、民のアメリカと書かれておられましたが、やはりアメリカを選んだ人たちに共感をしたということと、ご自身がアメリカの研究者であるということのつながりはあるのでしょうか。

亀井　多分それはあるでしょうね。いい意味か悪い意味か分かりませんが。偏見と言えば偏見かもしれないですが、僕はアメリカ派でね。アメリカに留学した明治時代の作家や詩人たちに何となく共感するところがあってね。ヨーロッパに行った森鷗外や夏目漱石という秀才たちには、そういう意味の共感というのはそれほどない。やっぱり自分自身が基になっているのでしょうね、自分がアメリカに行ったということがね。

ウェルズ　今「何となく共感」と言われましたが、それはどういう共感でしょうか。もう少し具体的にお話していただけませんか。

亀井　うまく説明できないけれども、前回も話しましたが、自分もアカデミズムで生きようという熱心さは持っているんですけれど、僕にはどこかでアカデミズムの権威主義に対する抵抗感があって、そういう意味での自由な勉強をするのならばヨーロッパよりアメリカに行った方がいいのではないか、というような感じがたぶんあったでしょうね。

ウェルズ　この本の中でもずっと書かれていますが、アメリカということと自由を求めるということは繫がっていくと思うのです。ここでその自由についてお話を伺いたいと思います。有島がホイットマンの言うローファーloaferを目指したということをお書きになっておられるのですが、ローフloafというのは空間的にうろうろするというイメージの言葉なんですけれど、この本の中では、制度的な縛りから離れて立つ人をローファーというとおっしゃっていますね。空間的にうろうろする人と制度から自由であろうとする人というのは、極度の比喩になっていますね。そのあたりはどうなんでしょうか。

亀井　有島自身もローフという言葉に精神的な意味を持たせていると思いますよ。確かにあなたが言うようにローファーのローフという言葉の一番のもとは、ホイットマンの“Song of Myself”の“I loafe and invite my soul,”――私はあたりをうろうろ歩き回ってのんびりしながら私の魂を招く――という詩句にあり、そこから有島がローファーという言葉を作り出して、それに精神的な意味を盛り込んで重要視して論じたのです。しかし考えてみれば、“I loafe and invite my soul,”という表現自体に精神的なローフという意味もあり、「自由な放浪」をすでに含んでいると思う。だから本来は空間的な言葉ですけれど、自由の精神も言葉自体の中にあるのではないかと思います。

ウェルズ　ただ、『或る女』の冒頭にホイットマンの詩が入っているわけなんですが、今それを読んでみると、ホイットマンはローフするのにcheerfullyにする。そこがまたホイットマンらしい気がするんですが、有島はどう考えてもcheerfullyにローフしているようには見えない。それが二人の決定的な違いだと思うのですが、そのあたりを先生はどのように思われますか。

亀井　有島は必死になってローフするんだな。その違いはありますね。アメリカの状況もあるでしょうけれども、やはりホイットマンは庶民の子だから比較的楽にcheerfullyにローフできたわけだけれど、有島は基本的にはお坊ちゃん育ちですから、上流家庭で育ち、優等生で、それも単に学習院の優等生ではなくて、日本国の優等生だったと思う。それくらいの優等生ですから、ちょっと制度的な規範から外れて自由になろうとすると、必死の覚悟が必要だったんでしょうね。

ウェルズ　自由と言っても必死の自由という、そこの矛盾ですね。

亀井　あなたと話していて、だんだん思うんだけれどね、内村鑑三と有島武郎との関係。僕の想像では有島は内村の一番いい弟子だったんだと思う。ただ性格はまったく違うんですね。内村はたとえば自由を求めるならパッとそちらに向かって突き進んじゃう強い人なんですが、有島はなかなか進めなくて、進もうと思いながらも、父がこう言うとか、祖母があぁ言うとかと、周りを気にしてばかりいる。彼は優等生のよい子ですから、こんなことをやったら父が嘆くだろうなとか、あるいは憤慨するだろうなと思って、自由の実現にも、恋愛の達成にも、なかなか進めないのね。内村とは全然違うんです。それで、最終的に有島は大作家になるんですが、彼の青年時代の日記を読んだり、いろいろな伝記的事実を考えたりする時、有島に対する僕の姿勢として劣等感を持つことはないわけ。「有島君、もっと大胆に振舞ってもいいんじゃないの。そんなにグズグズ反省ばかりしている必要ないよ」なんて、一種年長者じみた気持ちで接したくなるみたい。ほんとはそのグズグズさこそが有島の真摯さの証明であり、身上でもあるんですけれどね。

ウェルズ　それは博士論文で有島を追われた時もそうでしたか？

亀井　いえ、今度のこの本でその姿勢は強まったと思いますね。博士論文の時はそういうふうに「生」

を重んじる姿勢はまだあまりなかった。

ウェルズ　内村鑑三の本はものすごく早く、私の十代の頃に出ていたんですね。内村鑑三の本は早く書けてしまえて、有島武郎の本は今ようやく書けたというその必然性と、今おっしゃった「有島には劣等感は持たないですんだ」ということと、それでは内村に対してはどうだったんだろうかということをお聞きしたい。今お考えになって、どう思われるんでしょうか。

亀井　内村の青年時代に対しても僕は別に劣等感といったものを感じてはいなかったけれど、彼は自分と違う強い人だなあと思う、強さみたいなものへの一種の憧れはあったような気がしますね。どこかで、自分が真似しうる範囲では、内村鑑三を真似たいと感じてはおったでしょうね。

ウェルズ　そういうわけで『内村鑑三』は早い時期に書けて、『有島武郎』については、有島より年が上になって「やあやあ、有島君」と言えるようになってやっと書けた、ということがあったんですかね。やっぱり私の中ではこの二冊の本はセットであって、研究者亀井俊介を理解するために、セットで読みたい二冊なのかなと思います。期間的には離れていますが、基本的にはけっこう似通った問題意識を持ってお書きになっているように思うんです。ただ論述の設定がちょっと違っていて、『内村鑑三』の方は時代とか人物、それから思想というふうに押さえていかれて、『有島武郎』の方はずっと人物を引き寄せていかれてますね。そして彼は文学者ですから、文学者の声というか文体へ移る。文体はほとんど文学者の身体と言っていいと思うんですが、それから時代へと移っていく。本の構成が大分違っていますが、そこのところを今振り返られていかがですか。

亀井 『内村』を書いたのは四〇の頃かな。今は年齢的に倍になっているわけね。するとね、その後の四〇年をいい加減に過ごしてはいたけれど、やはりその四〇年の間にいろいろ考え方が、自分流にいえば熟成して来ているんじゃないかしらんと思う。たとえば人間関係にしろ、『内村』の頃は多少図式的に考えていたかもしれませんが、今度の『有島』ではもう少し柔軟に重層的に考えるようになってきていると思う。

それでちょっとあなたの話からそれてしまうんですが、今ふと言いたくなったことがあります。この本について、ある新聞にちょっと長い書評が載りました。丁寧に読んでくれてかなり褒めてくれてもいる有難い書評ですけれど、僕から反論したい点もあってね。その書評者が述べられる本書への不満についてですが、一つは、有島が影響を蒙ったクロポトキンなどを僕が無視しているということです。僕は無視してはいない、ただ「文学」中心で論じたかったこの本では、クロポトキンなどを取り上げている余裕がなかっただけなんです。それから書評者のもう一つの不満点はね、先ほどから話しております「有島武郎研究会」を僕がほとんど無視しておることとなんです。その人は「有島武郎研究会」の有力メンバーらしい。で、その書評の結論部分で、亀井氏がクロポトキンなどを無視せず、先行研究である「有島武郎研究会」の成果をもっと吸収すれば、この本はより説得力を持ったであろうと言われる。それはそれで結構なご意見なんですが、その先が問題なんです。その人は、もしそのようにしたならば、この本——サブタイトルに「世間に対して真剣勝負をし続けて」とうたっています——は「世間」に対してではなく「社会」に対して真剣勝負をし続けた有島武郎の人物像を描けたのではないかと言われているのです。だけど、そこが違うんです。僕には、有島が「社会」に対してじゃない「世間」に対して真剣勝負し続けたことが重要なんです。「社会」というのは自分の外の何かでっかいもの、いわば個人から離れた組織なんです。「世間」というのはもっと身近なものでしょ。先ほど言った父、祖母なども世間であれば、友人もガールフレンドも世間である。そういう世間に真剣に勝負する、そこから文学者有島が生まれたのです。そういう作家を僕は論じたんでね。「社会」と付き合うのは理論的であったり形式的であったりして、し易いんです。「世間」は身近なだけに付き合うことが難しい。僕は今の年齢になって、ようやく世間というものに対応することの悩みとか苦しみとか努力とかいうものも分かるようになってきたんじゃないかしらんと思うんですね。

で、『内村鑑三』の頃はどちらかと言うと、「世間」よりも「社会」の方を考えておった。『内村鑑三』も一所懸命に書いたけれども、その時は内村が社会をどのように考え、社会をどう変えようと思っていたかといったこと、つまり日本社会と取り組んだ内村の姿勢に関心があって、それをずっと追究していましたね。そこのところに一種僕の若さもあってね、まあいい面もたぶんあったとは思いますけれども、『内村鑑三』は若い頃の作品だと思う。『有島武郎』で、有島の社会よりも世間との取り組みを重んずるようになったのは、年をとった僕自身の人間理解の姿勢の変化のせいじゃないかなあと思いますね。

ウェルズ　話は少し戻りますが、世間ということと関係して、先に話に出たローファーですが、有島が最後には社会より世間と向き合ったということであるならば、制度から自由になるというのがローファーの立ち位置であるならば、有島はローファーになり得たということなんでしょうかね。社会とは制度ということになり、世間は人々ということになると思うんですが、社会と対立するということを抜けて、世間の方がむしろ桎梏になって来たということは、ローファーの悩みなのであって、それはローファーであろうとしたことを有島は成し遂げたということでしょうか。

亀井　先の書評者が「社会」と「世間」を分けて論じたから僕もそれに応じただけで、「社会」と「世間」はもちろん大いに重なっています。ただ僕の言いたいのは、有島がローファー的に自由になろうとした時、本当の重みは社会といったような制度的なものではなく、世間という人間的な重みだったということです。有島が日本に戻ってきて、まずあらためて実感したのは「世間」の重みです。一番具体的には父親の重み。父親というものが厳然と存在していて、また父親が善意でもって自分を大事にしてくれて、父親の善意を知るだけに、父親に抵抗して自分のローファー的自由を追求することはしにくい。また結婚して、夫人との関係もいろいろあり、これもまた「世間」ね。結局いつまでも悩むわけです。父親が死んで夫人も死んでやっと自由になり、そうしてようやくある程度ローファー的自由さというのを手に入れる。しかしなかなかローファーに徹しきれなくて、徹するために、とうとう教会とも断絶する。自分でキリスト教会と縁を切るわけですが、それでようやく作家になるわけです。ローファー的自由を確認するような思いもあって作家の方に進むわけです。

しかし文学もまた伝統を持っており、自由を文学において実現するためには、いろんな文学上の桎梏を絶ち切らなければならない。内容上の実験、文章上の実験をしたのは、そのためです。そういう努力の果てが『或る女』ですよね。そしてローファーになったと思ったら、最後に例の人妻との事件になって、その旦那に脅迫されることになる。その時も自由を貫こうと思って、賠償金ですか、お金を支払うことを拒否するんですね。それは自分のローファー的自由を貫くためにそうやっているんですよね。そうすればもうその果ては自殺するより仕方ないということになっちゃうわけなんです。だからローファー的自由を実現するためにまさに命をかけて「世間」と戦うんだけど、最終的にそれを実現したときは死であったということになっちゃうんじゃないかしらね。

ウェルズ　話が変わりますけれども、先ほど読者の方々からの反応の中で先生に有島が乗り移ってるという意見がいくつかあったとお聞きしました。私はそうは思いませんでしたが、すごく熱が入ってるというふうには感じました。ただ、有島の文体に対する真剣な態度を尊敬する亀井先生のお気持ちを強く感じました。そしてその裏には、亀井先生ご自身が研究者であっても文体に非常にこだわり、本を出されるたびに文体を改良しようという努力をしてきておられるということがあると思うんです。ご自身の文体の追求と、有島の文体について研究することとは関係があるのでしょうか。

亀井　僕自身がいつも文体について考えているから、有島の文体についてもたいへん気になるというのは、間違いなくそうだと思います。さらにもう一つそれに乗っかって言いますと、この前の『アメリカ文学史講義』の時には、話し口調を再現することによって自分の文章がより多く自由になったという思いを話しました。今度は「精魂込めて」一所懸命書いていたものだから、知らぬまにこの本の文体はしゃべり口調じゃなくて文章体になったと思います。普通、作家にしろ著述家にしろ、八〇歳を超えてまだ文章をひねっているような人は、たいてい一種の枯淡の境地に入って、自由に枯れた文章を書かれると思う。僕もそちらに進もうと思っていたのに、この本でひっくり返っちゃって、枯淡でない一所懸命な文章を書いていた、ということに本を仕上げてから気がついたんですね。ただまだ仕上がったばかりだものですから、もういちどまた話し口調を進めようとか、あるいはもっと自由な文章を工夫しようとか、今のところはまだこれからの方向は決まっていないんですけれども、この本が思わず知らず文章調になったということは自分で非常に意識しております。

ウェルズ　私がこの本を読んだ感想を書くとしたら、この本の亀井先生の文体は、ああやっぱりここへ来た、とすごく思わせる何かだったですね。何かが違った。『アメリカ文学史講義』の時はしゃべり口調にするという明らかに意識的な何かがありました。それ以前の初めの方の著作は、研究書だけれどともかく読みやすく、というふうにしておられた。ところがこの本は、書き言葉なんですけれど、何か先生ご自身がものすごく自由になったという印象を持ちました。特に初めの序文や第一章で、有島について「まじめすぎていやんなっちゃうんだけれども」とか、今までもそういう表現をされたことがありますが、それは真正面から批判をしない時にそういうふうに言っておこうという形でした。でも今回はそうじゃなくて、ご自分を自由に出しながら、研究というものと自分というものの折衷というか、ここまで自由でもいいんだよ、というお手本を見せてもらったような気持ちで読みました。でも一方で八〇歳まで研究をしないとこういうことはできないのかな、亀井先生でさえこのお年になるまでしなかったことだったのかな、という気がしたんですがいかがでしょうか。

亀井　なるほどね。僕自身は今言ったようにこの本が文章調になっているなあと思っていましたが、その文章調の中にあなたがさらなる自由さを見出してくれたというのはたいへんうれしい話です。これでも結構、自分に厳しいですから、自分ではそうとは思えなかった。でも、本当はそうであってほしいと思っていた。ただ、ほとんどすべての人はそうだろうと思いますが、「序」というものは普通、本を仕上げてから最後に書くものなんです。僕は序に限らず、全体を何度も何度も書き直すんですけれど、この序の章だけはさらに書き直してね、ひそかにこの本全体の中で序の文章が一番いいと自分では思っているわけ。たとえばさっきの、「本格小説」についてみんなでいろいろしゃべっておる、ほんの一頁くらいの部分を本になってから読んでみて、ほう、なかなかいいじゃないか、と自分で思ったりしてね。一種の呼吸ね、確かにあなたが言ってくれたように、文章調なんだけれども一種自由に書いておるなあ、と思います。まあ、序についてはそうだけど、本文の方はもう一度見ないとわかりませんけれど。でもそう言われてみればそういう表現をしているかなあとも思う。思いたいから思うんでしょうけれどね。

ウェルズ　そういう意味で、先生の研究書は一番最初の時から、誰でも読める、出来の悪い学生だった私でも読める文体を心掛けてきておられて、その極致というか、ああここまで自由になるのだ、という感激が私にはありました。それが私の一番の感想でした。

亀井　ああ、それは非常にうれしい話です。

ウェルズ　また話題を変えて、『或る女』の話に入りたいと思います。この作品は今回読み直して、やはり最初の部分から圧倒されてしまったんですが、読み直してみると主人公はすごく嫌な女なんです。だけど、すごく魅力的な作品なんです。有島はこの作品を書くにあたって、自由でありたいと闘い続けることの何かを表現しようとした、でもその主人公を女にした。もう一つ、本格小説だとおっしゃいましたが、この主人公が女性だということと、本格小説だということは、どのようにかかわりがあるんでしょうか。主人公を女にしたということをどういうふうにお考えになられますか。

亀井　平凡に言えばたまたま絶好の材料があったということが大きいんじゃないかしら。そのモデルの女性とも親しかったわけですから。しかし有島は現実にはこの女性と別世界の人になっちゃってから、作品のヒロインにした。作家精神の中で彼女をとても大事にして長いこと付き合い、すごい「人間」に仕立て、いろいろな方面から眺めもし、そうして外からも内からもこれ以上ないくらい完璧に近く表現したんじゃないかと思いますね。主人公が女だったから、想像力も展開し、内容豊かになったんでしょうね。内容豊かな「人間」に描けたんだと思う。日本社会では女の方が重荷を背負わされているから、ドラマチックになったとも言えるでしょう。

ウェルズ　やっぱり有島が女性をどういうふうに理解していたのかということは、読者としては整理してみたいところでしょうね。それを考えながら『或る女』を読むと、前篇では「葉子の女の本性にしたがって」というふうに、女の本性で、という表現が何回も出てくるんです。それで読んでいて、女の本性を決めつけないでよ、という気持ちになってしまうんです。ところが、後半に入るとその表現が全然出てこなくなる。そして葉子がどんどん苦悩していき、読むのがつらいくらいになると、女の本性はまったく出てこなくて「人間」葉子になってくる。そこのところで、有島武郎が女性観というものを突き抜けたというような感じがするのですが……。

亀井　確かに『或る女』の前篇でみると葉子は嫌な女ですが、だんだん読み進んでいくと、葉子の苦しみとか悩みとか、嫌な面も残っているんだが、それもひっくるめたトータルな葉子という者への一種の同情とか共感とかいうものが出てきますね。僕はそれがこの作品の重要な点だと思うんです。有島武郎の作家能力を判定するうえでも非常に重要だと思います。ちょっと話はそれますが、たとえばマーク・トウェインの『トム・ソーヤーの冒険』でハックルベリー・フィンが登場してくるとき、最初は単にトム・ソーヤーの引き立て役としてです。まったく社会の外の「のけ者」としての彼が、社会の中で生きるトムの苦労を際立たせるんです。ところが、次第に作者はハック・フィンという少年の自由さに共鳴していく。執筆しながらハック・フィンの面白さ、大きさを発見していって、だんだん作者自身がハック・フィンに夢中になってしまうんです。そして『トム・ソーヤーの冒険』が終わったときには、知らぬ間にハック・フィンが作品の主人公になってしまっている。それで『トム・ソーヤーの冒険』を仕上げた瞬間に、作者はその続編の『ハックルベリー・フィンの冒険』を書こうという気持ちになっているのです。それと似たようなプロセスで、『或る女』でも、有島は前から知っていた女性を主人公にして、社会の秩序を無視して生きようとする女の戦いのようなものを書こうとした、が初めはそういう女の嫌らしい面ばかりが出てしまった。しかし書いていくうちに、一人の女として、あるいは一人の人間としての彼女への共感が大きくなっていって、今度はこれを完璧に描き切るんだという気持ちにまでなってくる。案外、作家という者は執筆しながら、自分自身が成長していって、すごい「人間」の表現にまでいっちゃったんだと思うんですね。『或る女』の人物像が最初と最後で違うというのは、一面では有島武郎の作家としての大きさを証明する要素になるんじゃないかと僕は思いますね。

ウェルズ　今おっしゃったようなことを、本格小説という言葉の説明と合わせてもう一度言っていただくとどういうことになりますか。

亀井　ちょっと定義ふうに言うと、水村さんという作家が言うには、日本の近代文学における本格小説は、明治の前期、一九世紀の英文学あるいはヨーロッパ文学を知って、これこそ「近代」の文学だと受け止め、それを模倣吸収しようとしたところから出発した、というわけ。そしてそういう小説は、従来の日本にはなかったような、あるいはその後に発達した私小説とは違う、大きなスケールでダイナミックな内容の小説になった。それを本格小説というわけね。僕は、文学が模倣から始まるというのは当然でもあり、全然悪いことじゃないと思います。イギリス文学を模倣して坪内逍遥とか尾崎紅葉とかいうような作家たちが出てきたのは、歴史の必然であって、いいことだと思います。ただ、僕が思うもっと本格的な「本格小説」というのは、内から出てきた力がもとになって形成・展開する小説です。その「内から」ということが重要なんです。学習のプロセスで模倣はしたにせよ、外から吸収したものがそのままストーリーに仕上がるんじゃなくて、自分の中で表現したいことが湧き出てきて、それが登場人物になりストーリーになり文章になる、そういうのが本物の本格小説だと思う。その意味で有島のこの作品は、執筆し始めたころはあるいは一種便宜的に登場させたかもしれないヒロインに、だんだん思い入れが深まって、まさに「内から」この人物を作り出す、この人物を通して人間を描くんだという創造作業がたかまってきて、それがまたそれまで修練を積んで出来てきた文章と相俟って、ものすごい表現となった。こうしてこの作品は本物の本格小説の金字塔となったのだと思います。

ウェルズ　作家は作品を書きながら成長していく、また、自分の中から出てきたもので作品を書くことにより、文章も鍛えストーリーも出てくる、というお話でした。それを伺っていて、研究者も同じではないかな、という気がします。これまで亀井先生はずっと、内村鑑三から有島武郎まで、そしてその間にマーク・トウェインの研究もされ、バラエティに富んだ研究をされてきておられます。そのたびに文体、構成、サブジェクトにさまざまな工夫をされています。そういうふうに、書きながら変化し成長する。成長と私の口から言うのも僭越ですが。そしておそらくいろんなことをやっておられるのは、すべて内からの必然性があってのことなのではないでしょうか。これまでの本格小説というお話を本格研究ということに移してお話を納めていただけますでしょうか。

亀井　これもうれしい亀井観ですが、本格研究を言葉で言うのは、うーん、そうですねぇ……。

ウェルズ　本物の研究者、あるいは、いい研究者と言った方が良いでしょうか。

亀井　なかなかダイレクトな返事はしにくいですけれどね。ただ、僕は思うんですけれど、さっき年齢のことを言いましたね、僕はもう八二歳。あなたは何歳か知りませんが、六〇を過ぎ七〇、八〇歳となると、どこかでもういいやという姿勢が出てくるものなんですよ。それを一種の悟りの境地にすれば、さっき言った枯淡の文章もできるし、枯淡の境地の文学研究も十分あり得る。またそういう種類の文学研究の本もたくさん出ていると思います。ただ僕の「もういいや」はどうも違うみたい。学界のいわば社交的なお付き合いの研究は「もういいや」という姿勢みたいなんです。外面的な恰好づけは「もういいや」です。

たとえばこの本の「参考文献」表は、学界一般のアカデミックな研究者が見たらとんでもないものを作っていると思うことでしょう。参考文献表というのは、先行論文を七〇、八〇冊、あるいは百冊も並べて、自分はこんなにたくさん読んでますよと示している。僕はその姿勢をまったく否定しちゃった。最初は出版社の編集者に、僕は参考文献表を載せないと言ったんです。そうしたら、これはシリーズもので、すべての本に参考文献表が載っているので、やっぱり載せてほしいということでした。それじゃあ、参考文献表を載せるけれども自分流で作ると言ったんです。僕にとって一番大事な参考文献は、テキストです。つまり作品をきっちり読むことが一番大切ですから、参考文献表にまずいい全集を載せ、それから全集に載ってない作品が載っている文献を載せました。そこから先の研究書のたぐいはほんの一〇冊くらいしか載せていない。もちろん本当はもっと読んでますよ。でもその一〇冊だけでいい、としました。そしてさっきの有島武郎研究会から出てる本はほとんど全部省いちゃったものだから、先の書評者は憤慨したんでしょうね。僕は自分流に、この本の執筆で実際に参考にした本だけを載せました。それも、どの本についても不満を書き添えているんです。たとえば伝記の本ですと、もちろん参考にさせていただいたけれども、有島の生涯の前半については書いてくれているが、「作家」有島武郎についてはほとんどの本が省いちゃってるんですね。そういう不満を正直に述べたりしています。だからこの参考文献表自体が今の日本のアカデミックな世界に対する一種の反逆というか挑戦的な姿勢をあらわしていると言えると思います。

それからまた普通の評伝だったら、生涯をある程度バランスをもった頁配分をして記述すると思いますね。そういうふうにしようと思えばできたんです。でも僕は「序」でもはっきりと言っているように、この本は「文学者」有島武郎の評伝だから、アメリカ留学と作家としての成長との部分に集中して、それをラクダの二つの瘤みたいにふくらませる記述にしました。常識的な伝記というものに対して僕なりに挑戦しているんじゃないかしらと思うんです。ですからこの歳になって、枯淡の境地じゃなくて、まだずうずうしく挑戦しようとしている。あるいは馬鹿な挑戦だと言われるかもしれませんが、とにかく挑戦したいなあという姿勢なんです。つまり僕流の「自由」なんですね。そのことがこの本を書いたことによってはっきりしたと思うんです。

ウェルズ 先生がそうやって挑戦して下さるというのは、後に続く者としては大きな励ましですしありがたいことで、亀井先生がおやりになるんだから私も挑戦してもいいじゃないのということが言えるような。自分がやるのは勇気がないけれど、亀井先生がやってるしということで。

亀井 ありがとうございます。

〔後記〕

本書についてのオーラル・ヒストリー（インタビューを含む）撮影は、二〇一四年三月一九日に行われた。約一年後の二〇一五年二月に和辻哲郎文化賞の発表がなされ、三月一日に授賞式が行われた。

第二部

学びの道を顧みて

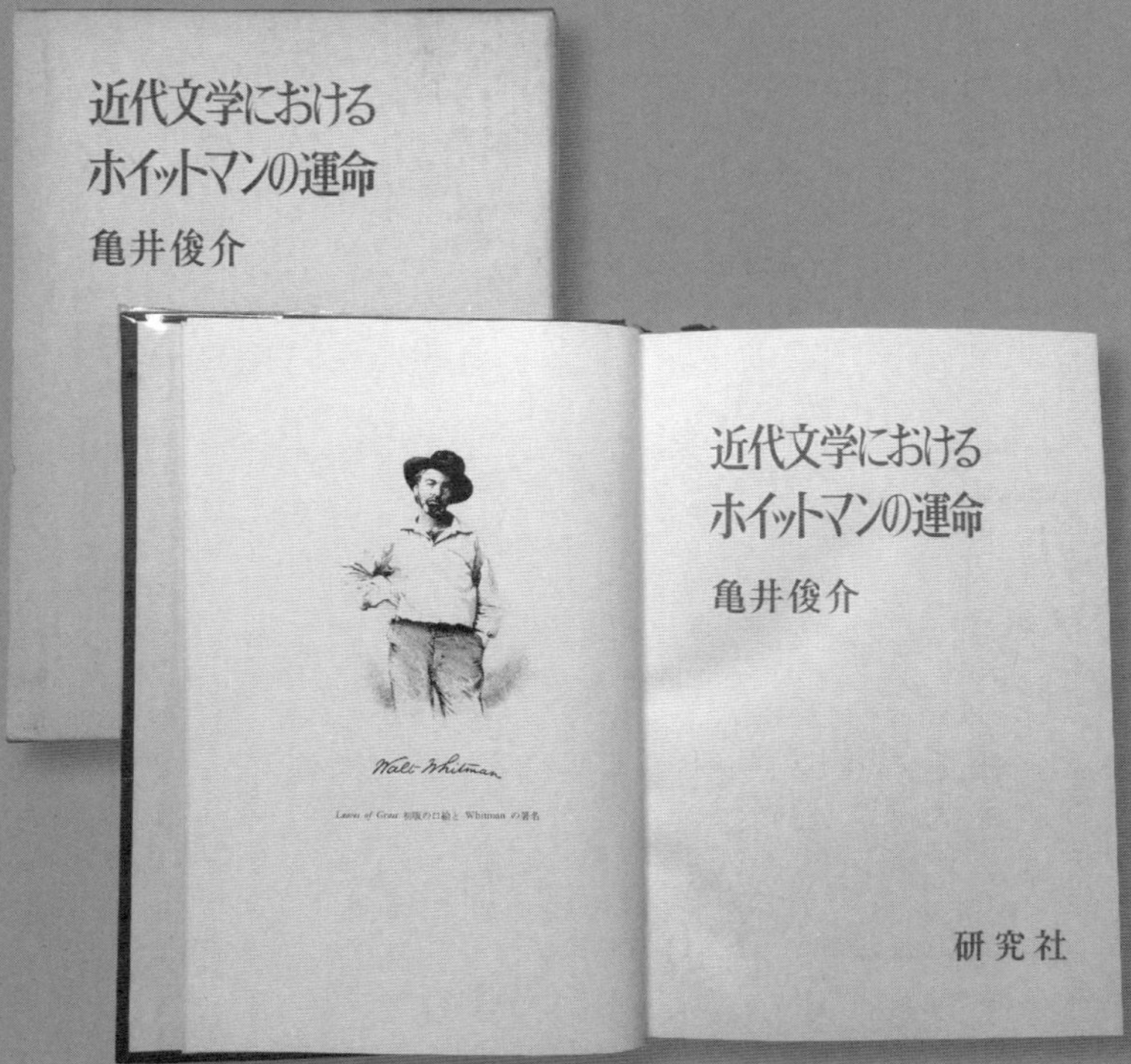

『近代文学におけるホイットマンの運命』
（研究社、1970年3月）

第九章　わが極私的学問史

初山踏みの跡

岐阜女子大学のデジタル・アーカイヴズが企画して下さったこのオーラル・ヒストリーも、今回で最終回となりました。だいたい時代を追って自分のつたない初山踏《ういやまぶ》みの跡をたどりながら、自分の著作や、それに恩師や知友の話をまじえて、第二次世界大戦後の英米文学・文化および比較文学・文化研究の展開の有様を「極私的」に語ってきました。この間さまざまなインタビュアーから有難い質疑をいただき、自分の話の至らないところを補ったり深めたりできたと思います。で、今回は最後にごく手短かに僕なりの学問の跡をふり返ってみてから、長年の畏友である川本皓嗣さん――あの平石貴樹さん同様、わざわざ東京から駆けつけて下さいました――にこのヒストリーの締めくくりを助けていただけたらと思います。

ワンダーを追究したい気持ち

さて、いままでえんえんと自分の仕事を振り返って眺め直してきましたが、ここで改めて思うのは、このオーラル・ヒストリーの一番最初に述べた、自分が小学校時代はまさに日米戦争の真っ最中で軍国少年だった、その軍国少年が中学校一年生の時に、日本の敗戦に出会った、そして文化国家建設のスローガンに乗って、一挙に文化少年に転換させられた、途方もない体験だったなあという思いです。それまで敵であったアメリカを今度は文化のモデルとして勉強するという百八十度の方向転換を、中学一年生の頃にわが身に体験したのです。ただ、すでに申したことだと思いますが、僕の実感では、そういう大転換をして、戦争中の自分とは違う解放された自分の存在を感じ出しましたね。アメリカに違和感や対抗心を感じることはあっても、アメリカの文化に解放の力の根源といったようなものを感じるのですね。もう一つ大事なことは、アメリカというものが敵にしろ味方にしろ一つのリアリティであるということを、自分の生ま身でもって感じたことですね。肯定するにしろ否定するにしろ、現実にわれわれの生活を、いや精神までも反転させる力を持った存在であって、決して頭の中でひねくりまわせるような抽象的な存在ではないということです。最近のポスト・モダニズムなんていうのは、そういうアメリカを抽象化してしまった議論を展開している傾きがある。それは少なくとも僕の実感とは違う。アメリカはリアリティである、しかもワンダーを持った、正体がよく分からないけれども何かすごいなあという存在、そしてこちらの「生」を突き動かすような存在なんです。だからこそその実態を、本質を知りたいという気持ちをかき立てられるんですね。アメリカの持っているワンダーを追究したいという気持ちが、僕には今までずっと一貫してあったと思います。

新しい学問に生きてきて

さてそのアメリカについて、だいたい僕は三つの方向をもって勉強してきたと思う。これもくり返しになりますけど、一つは文学、アメリカ文学ですね。これは、文学を精一杯楽しみ、味わいながらも、同時に文学を通してアメリカのワンダーの根源を探りたいという思いに駆り立てられてのことだったように思います。

それから二つ目が、比較文学・比較文化の分野の仕事です。アメリカを見る目が敵から手本へと大転換したということは、自分自身を見直すということにつながるわけです。敵を見、自分を見るという相対的なものの見方。つまり比較という視点を、僕は自然に身につけてきたんじゃないかと思います。もちろん東大比較文学科に入って勉強したことは大きいんですけれども、あちこちの文学・文化を比較して相対的に見るというのは自然に身につけた視点だと思います。

それから三番目として、大衆文化を重んじる態度です。なんでこの方向に進んだのかと自分で考えてみますと、岐阜県の田舎で成長したことが大きいんじゃないかと思います。木曽谷に近い中津川で成長した田舎少年が東京へ出ていくと、まず最初に都会コンプレックスに陥る。ああ都会の人たちは何でも知っていて恰好いいなんて思ってしまうんです。ところが劣等感と同時に優越感も感じる。都会の連中はなんて軽薄でぺらぺらしゃべりやがるか、と。劣等感の裏返しかもしれませんが、優越感も持つ。まさに都会コンプレックスですね。ところで田舎人が都会コンプレックスを持ったような感じで、僕はまだ戦後あまり経たないころにアメリカに留学して、いわゆる先進文明と称されるものにコンプレックスを抱いたんですね。アメリカの道路を見ただけで、ああすごいと思い、日本は駄目だと思った、そういう劣等感と同時に、時どきアメリカ人の思考や行動にとんでもない軽薄さやシンプルさを感じ、日本の方がまだ文化の修練を経ているといったような優越感を覚えたのね。まさに文明コンプレックスです。そういういろんなコンプレックスを経験して、それこそが自分の文化的な成り立ちだと自覚した時、僕は文化というものを固定的にではなく幅広く動的にみる視点を次第に養ってきたんじゃないかと思います。単なる知的エリートの視点ばっかりじゃなくて、知的に対する情的な大衆の視点をもっと大事にし、勉強しなくちゃいけないと思ったようです。そうなった時、僕は文化コンプレックスを乗り越えて、文化をその複合性のまま自分のものに感得することができるような気がしてきた。大衆文化を重んじることは、つまり自分の文化的自立を重んじることだったんじゃないかと思います。

そして、いま申した三つの学問分野が、それぞれ新しく始まったばかりのものだったということがまた大事なんです。このことはすでに話しましたので簡単にします。一番目のアメリカ文学の研究は、もちろん戦前から始まっておりましたけれども、それが学問として成立するようになったのは戦後ですね。特に地域研究的な視点をもった文学研究となると、まさに戦後のものであるわけです。二番目の比較文学は、これはまさにもう戦後の学問です。日本で初めてできた東大大学院の比較文学比較文化学科で、僕は三期生です。まだできたばかりの学問の先端を突っ走っておったと言えそうな気がします。三番目の大衆文化研究ということになれば、僕以前にアメリカ大衆文化を学問的に研究していた人はほとんどいなかったと思いますから、偉そうに言えば僕がそこに踏み込んで行った最初の方の人間のような気もするくらいです。

さてこういう三つの新しい学問分野に、僕は自分で入念に考えて入って行ったのではなく、気がついてみると入り込んでいたと言える部分が大きいような気がする。で、新しい分野に入っていくと、失敗したり、失望するようなこともいっぱいあるわけです。僕は文学そのものを重んじる姿勢をとったり、反対に大衆文化をやってみたりと、あちこち右往左往しながら、自分の学問を模索して進んできた感じがします。それを、先生たちが実に優しく見ておって下さったということを痛感します。島田謹二先生などは、本来はポーやマラルメのご専門ですが、僕のホイットマン研究を大いに励まし、サポートして下さった。また、大衆文化にのめり込んだことにも批判的な言辞はまったく発せられず、いわばにこにこして見ていて下さった。それは、島田先生自身がポーやマラルメの審美的な研究から明治の海軍史の研究へと大転換していかれた方ですから、ご自分の体験に即して学問の展開の仕方が分かっていらしたからでしょうね。富士川英郎先生も、リルケ研究の第一人者から江戸時代の漢詩の研究の第一人者へと大転換なさっているんです。

そしてそういう僕の身近にいて下さった先生方が、たいていの学者はもう何もしなくなる大学定年退職後に途方もない大転換をし、自分で新たに道を切り開いていかれたということも、僕には絶大な影響があったと思います。励ましになったですね。ともかくそういう先生方を身近な先達と仰ぎながら勉強を進めたということは、非常な幸せでした。もちろん自分の勉強への不満不安はしょっちゅう起こるんですが、今こうやって振り返って見るのも最後の段階になると、いいことの方が残るんですね。いろいろ不安は覚えてもともかく遮二無二突っ走ってきたなあ、ということを思います。で、最後のまとめのようにして申し上げれば、これからも同じようにあちらこちら模索し、右往左往しながらも、遮二無二突き進んでいきたいなあというようなことを思っております。

❖インタビュー

川本皓嗣　川本皓嗣でございます。私は亀井さんのいろんな面で後輩です。東京大学大学院比較文学比較文化専門課程（現・超域文化科学専攻）の後輩。亀井さんはそこの大先輩です。また駒場の東大教養学部の英語の教師になった時、すでに亀井さんは英語の先生の大先輩でありました。それ以降ずっと、たとえば教授会の帰りに、家の方向が同じなので、一緒に飲みに行こうなんてことから始まって、お互いの家に招いたり、招かれたりということもありました。そういうことがあるうちに、生涯に二度、一度は二人だけで三週間、もう一度はもう少し多くて数人で、アメリカを一緒に回るという素晴らしいチャンスにも恵まれました。大学院出講ということでも同じでしたし、その後もありがたくお付き合いさせていただいておる仲です。

これから質問その他をいたしますけれど、私のような立場ですと、あまり系統立てて子供の頃からというよりも、落ち穂拾い的に話題を補っていくのも大事だと思うので、順不同で質問をしていきます。それからもう一つ、実は亀井さんもご自分でおっしゃれることと、やはりはにかんで、おっしゃれないこともあるので、そういうことは私の方で補ったうえで質問をしていこうと――要するに私が生涯で感嘆したこと、気が付いたことなども申し上げますので、よろしくお願いいたします。

「水が流れるように本を読む」

川本　亀井さんでまず思い浮かぶのは規子さん、亡き奥様の言葉です。ある時規子さんは私に「この人はふっと気が付くと、水が流れるように本を読んでいる」と言われたのです。本当にその通りで名言ですね。規子さんは一生お側で亀井さんを見ていて、水が流れるように本を読み、水が流れるように書かれ、もちろん苦労しておられるということは別にして、そういうふうにして一生過ごしてこられたとおっしゃったわけです。私なんかはギクシャク、離れたり又戻ったりというふうにしてきたのですが、亀井さんは一種呼吸しておられるのと同じように、勉強され、本を読んで楽しまれたということがあります。つまらないことを言いますと、吉田健一がある芝居を見た時のことを、こう言っているんです。「ある侍が出て来て『さて、書見などいたそうか』と言った。こんな大げさなやつは本を読めるはずがない。本を読む時にそういう態度はあり得ない」と。亀井さんは書見などというのではなく、ふっと気が付いたらもう勉強しておられて、しかも熟読、精読――じっくり読み味わうというのが基本です。これだけの大学者であり文筆家でありますから、さぞ早いことさっと読んで、さっと書かれるのだろうと思いきや、そうではないんです。

いまだに覚えているんですけれど、一緒に飛行機に乗ってアメリカに行った時のことですが、亀井さんは『花嫁のアメリカ』（江成常夫著、一九八一年）という、写真と文章が見開きになっている本の批評を頼まれていたらしいんです。亀井さんはたいへん書評を大切にされる方でもあるんで、その時も私は側にいて、見ないようで見ていたんですが、パッと読んで終わるんだろうと思っていたら、一ページずつ「はぁー」とか言って、感動しながら読んでいるんです。こんなことでいつ読み終わるんだろうと思っていた。それくらいじっくりと、特にノートを取るわけでもなく、ともかく一ページずつ繰っていく。それがたぶん亀井さんの基本ですね。そういう態度――じっくりと、しっかりと言葉を味わいながら、精読するということ、それを基本にしておられるということを、私は肝に銘じたと思います。

それなのに亀井さんはものすごい量のお仕事をなさっていて、書かれた本のリストを読んで、卒倒しそうになります。よくぞこれだけたくさんのお仕事をなさったと思います。私はいろんな先生の出版記念会の世話役などをよくやるんですが、前代未聞なことに、ある時、たった数年の間のことですが、一〇冊の本をまとめて亀井さんの出版記念会をすることになりまして。普通一冊書いただけで大騒ぎするんですけれど……。本当にそれは呆れるばかりで……。しかも極めて多方面のお仕事をなさっておられて、それもすごいですね。先程お仕事を三つの領域に纏められましたので、そのことに関しては詳しく申しませんが、ちょっとびっくりしたのは、亀井さんが昔、サー・フィリップ・シドニーや、富士川さんの授業でリルケを読んでおられたことです。ルネッサンス・イギリス詩を亀井さんがずっとなさっておられたとしたらと思うと、まったく別の感想があるんですが、そちらの方はその後いかがですか。

亀井　やろうという気持ちは大いにあったのですが、進まないで終わっちゃいましたね。

川本　ともかく、東大の教養学部の先生を採る時には、英語教室ではアメリカ文学、イギリス文学、それから英語学や作文などの三分野で採っているんですが、その時の東大の決定が、その後の亀井さんの方向を決める一種のきっかけになったというのが、非常に面白い話でした。で、その時にしっかりその分野をやろうと決意したことが現在の亀井さんの始まりだったというのは驚きでした。私も卒論はラシーヌというフランスの劇作家ですが、実は修論がヘミングウェイでしたものですから、東大の教員として採ってもらった時は、アメリカを教える担当でした。だから教養学科ではずっとアメリカ詩を教えていたんです。

で、先に申しました、ゆっくりお読みになる話に戻りますけれど、亀井さんは書き飛ばすとか、書き急ぐとか、ちゃんと確信もないのに書くとかということは一切されない。そういうお人柄でもあって、柔和な微笑みを浮かべられて、あらゆる人をガツンとたたき返すんではなくて、柔らかく認めて、非常に包容力のある、滋味のある人だというのは、皆さんご存知だと思いますけれども、亀井さんはその意味では非常に多面的な人であります。亀井さんに『ひそかにラディカル?』っていう不思議なタイトルの本があるんですが、俺はひそかにラディカルなんだという面があるんですね。そこにまた二つくらい面があって、一つは非常に厳しい方であるということです。先日もフィロロジカルとかポジティヴィズム、実証主義ね、とかとおっしゃっていましたけど、亀井さんのなさったいろんな編著を拝見して、『講座アメリカの文化　別巻　総合アメリカ年表』（南雲堂、一九七一年）などはその典型です。もうほんとうに一点もゆるがせにしない。人に書かせるときも、ただごとではなくて、先方がいくら書いてきても、かりに大先生であってもですが、「ここは違う」とダメ出しをして、何度でも突っ返されるわけですね。それはご自身がしっかりとなさってこられたからです。

ピューリタン的な生の態度

川本　厳しさに関しては感想に終わってしまう危険があるので、この辺で一つ質問をします。その柔和な微笑みで、文学がお好きで、言葉を大事になさっている詩人的な方だと思っているんですが、そういう意味では、非常に強い関心を持ってこられた対象が少し異質だと思うんです。亀井さんの文学研究の核になるのは、まずはホイットマン――これが最初で、徹底的になさり、それから内村鑑三。その中でも訳詩集の『愛吟』（一八九七年）を詩として非常に高くかっておられる。普通、日本の翻訳詩というとフランス系ばかりで『愛吟』なんか出てこないんですけれど、亀井さんはこれが好き。それから有島武郎。そしてポルノ革命も研究対象にされてますけれど、そういうことをひっくるめて、私には亀井さんが非常に広い意味でのピューリタン的なモラルへの強い関心を持っているように感じます。それは私が文学が好きで、言葉に関心があるというのとは違うと思うのです。強い倫理的、モラル的関心があり、ホイットマンはそこから外れた人だけど、彼はモラルがあるからこそ意識してそれを解放した。亀井さんも解放という言葉を使われましたね。強さともおっしゃいましたよね。新渡戸稲造よりも内村鑑三に自分にない強さがあるとおっしゃいました。それは別にしても、これまでになさってきた仕事を拝見すると、普通の文学研究者と違う、ちょっと日本人には珍しい倫理的な関心がおありだと思うのですが、その出所というか、あり方というか、お育ちというか、自覚というのか、そのようなことをお聞かせ下さい。

亀井　それについては自分でも思うことはありましてね。このオーラル・ヒストリーでくり返し語ってきましたけれども、僕は幼くして軍国少年から文化少年に転換したということもあったりして、思想の動きとか、展開の仕方というものに非常に興味があったんでしょうね。たとえば僕が中学校の二年生、三年生の頃には、太宰治の自殺事件があって、文学少年たちは太宰の方へ関心を寄せていっておったんですけれど、僕はそちらよりは、もっと硬質の内村鑑三の評論、といっても非常に易しい入門的な評論の本を好んで読んでいましたね。『後世への最大遺物』のようなね。ああいう本に非常に惹かれておった。それはやはり日本が「軍国」から「文化」に大転換した時に生き、それまで軍国主義に乗りまくっていたくせして一挙に文化主義をふりかざしだす先生もおられましたから、世の中、「いいかげんなもんだなあ」という思いが腹の中で育っていたりしてね。そういうことから、思想のあり方、そして思想の展開といったものに、何となく関心が向いていたのね。

いま川本さんはピューリタンという言葉を使われたが、そうかもしれないと思います。時どき自分をピューリタン的かしらとも思いますけれども、別に宗教的ではないんです、一種正義感みたいなものでね。まったく世の中に迎合の大人たちへの批判があって、そういうところから内村鑑三的な精神の動きなどに惹かれていった。文化少年は一種、思想少年だったと思います。ですから、その頃は小説よりも徳富蘆花の『自然と人生』（一九〇〇年）みたいなものを夢中になって読んだとかね。そういう少年時代から、あなたのおっしゃるモラル的関心はだんだん培われておったのかなあと思います。アメリカ文学研究に即して言うと、僕は自分にはピューリタンのような信仰心はまったくないと思いますけれども、ピューリタンの詩とか、あるいは牧師さんの説教とかを読むことは結構エンジョイするんですね。ピューリタンの詩は大部分、詩としてはつまんないですし、説教も退屈ですけれども、ピューリタンの一種「ひたむき」さ、それには共感するところがあります。要するに敗戦と戦後の混乱の中に生きたことが、僕のもとになっているような気がいたしますね。もちろん普通の小説も好きなんですけれども、そういうわけで、少年時代から思想的なものが好きだったということは言えそうです。

川本　そうですか。こういう一見柔らかな方が、実は関心のあるものにはギュッと向かっていかれる。それから研究のし方を見ても、突き詰めるというか、先程亀井さんが「ひたむき」とおっしゃったんですが、それもドンピシャだと思うんですが、一貫して厳しさみたいなものがある。それはお若い頃、つまり思想少年が一番印象的であって、最初に入って行かれたのは、内村鑑三ということですか。

亀井　たぶんそうかもしれませんね。

川本　で、徳富蘆花。もっと哲学的なものはどうですか。

亀井　僕はそちらは駄目なんだ。つまり抽象的、観念的なことにはまったく入れない。

詩への関心

川本　言葉としてちゃんと「ふくらみ」のあるものでなければいけないということですね。そこには、すでに文学との出会いということもあるだろうと思います。そうなりますと、亀井さんは本当は詩人になりたかったと以前から伺っていますが、若い頃は詩を書いておられ、北川冬彦の主宰する雑誌などに投稿もされていた。で、その後も詩・言葉が根底にあって、亀井さんはずっと詩というものを一番大事な場所として据えて来られた。皆さん今後楽しみにしていてください。『日本近代詩の成立』という本をお書きになっていますので、それもずっーと長く準備していたものがちゃんと熟成されて、これから出版されますから（二〇一六年出版）。若い頃詩人を目指された亀井さんの詩人としての自覚、詩への思いというものがどう生きているのか、という話をお願いします。

亀井　これはね、明瞭といえば明瞭なんです。要するに、中学、高校、あるいは大学の文学部時代くらいまでは、自分は詩が好きで、詩らしいものを作って、何人かで同人雑誌を出したりしておりました。けれども、エリオットを読んだ時かなあ、自分は詩人の才能がないんだということをはっきり見極めたんです。詩人の才能に詩魂と詩才（技能）があると思いますけれど、詩魂がダメなんですね。これが中途半端と見極めた。じゃあ、細々と趣味的に詩を作っていてもいいわけなんだけど、それはしたくないという程度の詩魂はあるんですね。もう一切詩は作らないと決めた。そこもピューリタン的かもしれませんね。で、詩を作る情熱を詩を研究する方に注ぎたいというふうに思い定めたような気がします。学者になる決意が明瞭に固まった時期とも重なるかもしれません。それ以来一切詩を作ることはしていません。

川本　それで、その詩の研究の方で、亀井さんの『近代文学におけるホイットマンの運命』というのは、もうほとんど神話的な博士論文で。ものすごく若い教師として駒場へ採られた後、何年かかられたですかね、雌伏の時は。

亀井　そう、準備期間は別として、執筆そのものは駒場に就職後の七〜八年でしょうかねぇ。

川本　あの『三太郎の日記』（阿部次郎著、一九一四年）ってのがありましたけど、書くたびに、「自分の書いたもんなんか、こんなものはカッコつけていて嘘っぱちだ」って言ってね、捨てていく記述があります。それでもっと本当のことを、本当に自分で思ったことを書くんです。皆さんもよく授業で言われたでしょう、「本当に自分の思ったことを書け」と。チャラチャラ勉強して、それをひけらかすんなら、そんなものはいらないと。亀井さんはこれが本当に自分が思っていることかと問い詰めて、捨てちゃったりしてるうちに、一〇年近くも経って、しかも出来上がったのはものすごい本になり、本当はたぶんもっと大きい分量のものだったんだと思いますけれど。伝説では荷車に乗せて持ってきたということになっていますけれどね。それはさておき、それくらいの心血を注いだ本で、研究社から上田和夫さんが出した、大きな本でね。過去最年少で日本学士院賞を取られた、というものすごい、日本のアメリカ文学研究の金字塔のような、しかも比較文学であるという本です。今伺っていて、目を開かれ、驚いた面もあります。

厳しさで言うと、これも皆さんさんざん教室で言われたことだと思いますが、それもやさしく言って下さるんですが、私たちが何か言うと「君たちは何も知らないね」なんて、感心したように言われてね。これは意外に効くものですね、はっと思って。私はアメリカで一度言われて、それで目が覚めて、少しはね。

亀井　あなたにそんなこと言った？　そんなはずはないと思うけど。

川本　本当なんですよ。その頃僕はマラルメとかに、ちょっとのぼせたことを言ってた頃ですから、「何も知らないね」とか言われて一念発起して、特に大衆文化には目覚めたりしました。で、亀井さんの厳しさですけれど、私がしゃべってばかりで申し訳ないんですが、修論や博論なんかの審査のときにも、亀井さんは本当に厳しいことをおっしゃいます。審査員の皆さんがのぼせて、「これはもうすぐに本になる、画期的だ、よかった」なんて言っている時に、亀井さんは、ニコニコ笑って一言、「もうちょっと、こうしたらよかったんですけれどね」とおっしゃってね。で、学生は褒められて、まあ、ちょっと注意点もあったくらいに思って面接室を出て行くんだけど、亀井さんのやさしく言った点が本当は致命傷であったりするんです、一緒に並んで審査している者から見るとね。学生は喜んで帰るけれど、側で見ていて、亀井さんは非常に厳しい人だったと思います。

それからこれも言わなければいけない。詩少年、詩青年であったくせに、ある時自分で見定めて、今後いっさい創作詩は書かないと決めたわけでしょう？　ホイットマン詩は訳していても世に出さないとか。先程もいっさい何々はしないと、時々そういった固い決断がありますね。そういう戒律的なところがね、ある意味善悪・美醜問題、美的感覚かもしれないけど、亀井さんには倫理的感覚が非常にあると思います。

学者と評論家

川本　それから、ご自分ではあまりおっしゃらないと思いますから、ちょっと補足しますけれど、本を書いたり、特に編著の場合、例の『総合アメリカ年表』の場合はほとんど自分でなさったということですけれど、事実の調査、掘り込んでいくこと、確かめることなど、あの時はけっこう私は探し出したなぁというような苦労話とか、この間違いは広まっているけど、実はこうだったんだとか、これは専門的な話でもありますから、一つ二つ、思い出していただけるとありがたいんですが……。

亀井　不意のことで、思いつくことがあるかなあ。先程ちょっとポルノの話が出ましたけれども、立花隆さんに『アメリカ性革命報告』（一九七九年）という本がありますね。あの人は評論家ですが、幅広く調査して書く人で、アメリカ性革命についても、いろんな現象を捉えて本にしておられます。日本ではこういう種類の本はほとんどが面白半分なんですね。そういう中で立花さんの本はいい方なんですけれども、それでも評論家の姿勢と学者の姿勢は、僕は自分を学者と見ての話ですけど、ここが違うんだと言いたいところがあるんです。「性革命」については、裁判で何をポルノと認定して禁止するかという点が極めて重要ですね。それで、連邦最高裁まで行った事件の裁判記録――

アメリカの裁判記録は日本のよりはるかに面白いんですけれども、それでも文章が長くだらだらと書かれていて、読みにくいんですが、それを正しく読み解かなければいけません。一九七三年のある裁判で、最高裁は、何がポルノかといったことの認定はもう国としては不可能で、それぞれの地方にまかせるとしたのです。保守的な地方には保守的な社会的基準があるだろうから、その基準でやってよいというわけです。ここを立花さんは読み間違えた。国としては決められないとしたことを、もうポルノはまったく自由だ、と読んじゃった。地方によっては正反対の結果になっちゃいますね。しかし表面だけ読んでるとそうなりがちなんですよ。『アメリカ性革命報告』はその一点で残念だった。やっぱり裁判記録というものは、懸命になって順序立てて読まないといけないものなんです。学問をする者はそれをすべきだと、立花さんの本を読んで痛感しましたね。

川本　それは非常に興味あることです。先程、戦前アメリカ研究はあったけれども乏しかった、自分は戦後に始めた研究者として、責任感を持って研究するんだと、方法的にも意気込みを持ってなさったとおっしゃいました。私もよく知ってますけれど、まあ亀井さん以前のアメリカをやっている人ってのは、一言で言えば、怪しい好事家か、モダンボーイか……。ちょっとアメリカを知ってて、噂話みたいなものをかじって、ちょっと洒落てることをやっている程度のことでしたよね。で、敵国だったこともあって、なかなかややこしいんですけどね。亀井さんはしっかりと自分は戦後のアメリカ学の学者としてやって行くんだという気概を持ってなさった。実は先程の話は、よくぞ言って下すったと思うんですが、私は教授会で隣で見ていたんです。教授会って、不謹慎ですけれど、退屈なものであって。あまり目立つことをやってもよくないし、しゃべっちゃいけないし、で静かに本を読んでるってのが大体の皆の姿なんです。と、亀井さんがね、たいそう分厚い本、青い本でしたか、小さい字の本を読んでおられるんで、小声で「何読んでるんですか?」って聞いたら、「アメリカ最高裁判所の記録」って。驚いて「何やってんですか」って言ったんです。いいですか、アメリカのポルノや性革命の研究だって、亀井さんの場合は、大衆の一番底辺から、最高裁の記録までいくんです。亀井さんは普通に実証主義とか、事実を大事にするという程度ではない。それはいつもお側にいて驚いたことです。

アメリカ旅行は解放の旅

川本　拝見するところ、亀井さんはこの何十年間、たぶんほぼ中断なしに毎年渡米されます。外国に行かない先生もいるんですが、大体は大学の教師はお金が回って来たり、何かの研究費を取って行くんです。そしてそれは自慢でもあり勉強でもあるんですが、亀井さんはともかく自費でも何でも毎年行く。研究者として、こういうことが勉強したいと思ったら、その時期を逸することなく行かれるんですね。私は二度アメリカにご一緒しましたが、行く先々にアッシー女性がいて、空港に降りたら「先生」なんて言って迎えてくれて、行きたいところに連れて行ってくれる。びっくりします。それだけではなくて、たとえばニューヨークに、まあかなりのお年の人ですけれど、亀井さんの大ファンで、アメリカ人ですよ、亀井さんが行くたびに、「あなたがやっていることの資料がここで見つかったわよ」なんて言って、たぶん古本屋とか図書館で見つけたんだと思うんですけれども、そういうものを提供する女性がいる。

そういう余談もあるんですが、全体として見ると、亀井さんがアメリカに行かれるのは、私は亀井さんの「定点観測」だと思ってきました。

私が三週間お付き合いさせていただいた時を振り返ると、亀井さんの行動の中心は古本屋めぐりでした。ホテルに着くとまずパッと軽い恰好に着替えられて、リュックを背負って、ダーッと歩き始めるんです。亀井さんが本気を出した時の歩く速さってのはすごいんです。ニューヨークの街を地下鉄にもタクシーにも乗らずに縦横無尽に歩いて、ふと気が付くと目の先に古本屋があるんです。古本屋の場所を知り尽くしていて、順番に回られる。それも一種の定点ですね。またサンフランシスコでは、詩ばかりを集めている古本屋などをずっとご一緒しました。それから「ゾッキ本」を売っているようなところもよくご存知で行かれる。なんで毎年行かれるんですか。

亀井　なんでだろう。まあ行きたくなって行くんだけど。やっぱり、今おっしゃったように、一種の文化観察の手段でしょうかね。一番は古本屋めぐりですね。最近はアマゾンなどが発達して、そのネット販売のせいでアメリカでも古本屋が減っちゃったね。サンフランシスコでもボストンでも、いつも行っておった本屋に行ってみたら、閉店しちゃっていることが多いんですけれど、とにかく本屋に行って、本を掴んでみることが基本的に幸せなんですね。観察よりもそっちかな。毎年アメリカに行ったのは、そういう幸せ感を楽しむということが一番の目的だったでしょうね。

川本　勝手に忖度すると、日本で研究者、教育者をなさっておられて、年一回アメリカに行かれて、「はあー」って解放される感じがするのが、とても亀井さんには心地よかったってことですか。生のアメリ

リュックを背負って本屋めぐり
（2003年9月、ボストンのランドマークをなす古本屋、ブラトル書店の脇で）

カに触れるっていうか……。本当に向こうに行くと亀井さんは人が変わるというか、溌剌として、速足で、元気になって、リュックを背負って、で、少し東洋の哲人のような感じに見えましたね。アメリカは栄えた人が大好きな国なのに、亀井さんが本をいっぱい集めて日本に送るために郵便局に持っていくと、局員が“Sir”とか“Professor”とか言って丁寧に対応していて、これはもう側にいてびっくりでした。

文学研究の現状——そして将来

川本　もうそろそろ時間ですね。じつは亀井さんの文章の秘密についてもおうかがいしたかったんですけれども、これはもうすでにこのオーラルでお話なさっていると思いますので割愛します。で、最後にこれまで、特にアメリカの文学・文化、それから日米の比較文学・比較文化をなさってこられて、やり始められた頃と今と、どう変わってきて、今後どうなっていくのかという見通しを、簡単でも、長くても結構ですので、お話し下さいませんか。

亀井　いま、そういうことを聞かれて、ますます思うんです。これは普段いつも思っていることですけれども、僕らが東大の大学院に入って比較文学を勉強し始めた頃、あるいはアメリカ文学やアメリカの地域研究的なことをし始めた頃は、そういう学問がこれからますます発展するんだということを信じておりました。比較文学にしろ、地域研究にしろ、出発したばかりのもので、アメリカ文学研究もようやく勢いがついてきた時で、これからもっと発展させるんだという使命感みたいなものも感じていましたが、未来は今よりベターになるんだということを信じてもおり、非常に楽観的に勉強していたと思います。ところがその頃から大ざっぱに言えば半世紀、とくに最近二〇年、三〇年のうちに、具体的に言うと大学の文学部はどんどん消滅してきて、英文科というものも消滅したり違う形のものにさせられたりしてきて、大学における文学研究や文学教育が衰退してきたことははっきりしています。組織ではなく、自分一個の勉強について言っても、この学問が、アメリカ文学研究が、あるいは比較文学研究が、従来思っていたようにこれからも発展するだろうか、ということを非常に深刻に心配している。それらはだんだん衰退状況に陥っている。アカデミックな分野、アカデミズムにおける文学研究は衰退していると思わざるを得ないような現象を多く見るということが、僕の若い頃と今の時代の相違点として一番大きいんです。

じゃあ、どうしてそういう衰退現象が生じてきたか。これについてはよく、世の中が悪いという人がいます。世の中が利益ばかり追求し、従って実際に役立つ学問ばかり重んじられるようになった。文学は役に立たないものの代表だから、その研究が軽んじられるのも止むを得ないというわけです。しかし、それは確かにそうなんだが、文学研究者自身にも責任の一端がある、と僕は思っているんです。今の文学研究の学界を見て下さい。文学研究から「文学」がどこかに消えちゃって、理論ばかり追いかけたり、参考文献の積み重ねばかりしていて、一番中心の「文学」への探求心が弱まってしまっている。たとえば「この文学作品を読んでみたら面白かったけれども、なんで面白いんだろうか」と問うと、「これはこういう所にこういう素晴らしい表現があって、おまけに内容がこういう独自のものになっていて、心に訴えるんですよ」というようなふうにして、文学の面白さを理解することを助けてくれるのが研究者で、その準備や手助けのよりよい道を探るのが文学研究の基本だったはずなのに、いまはそういう基本はどこかへ行っちゃった。文学研究者が語りかける相手は一般の文学愛好者ではなく、同類の文学・学者だけで、わけの分からぬ専門用語ばかりが氾濫している。文学研究が一般の読者と離れてしまって、学者の仲間にだけ通用する暗号のようなものになっている。そういう有様でいるうちに、文学研究は文学の世界から見放され、魅力を失い、衰退してきたんだと思います。

じゃあ、文学研究を再び生き返らせるにはどうしたらいいか。それはやっぱり「文学作品を読んで、もし何らかの感動を得たら、ちゃんと受け止め、言葉に即して理解し、味わい、その理解と味わいを人に伝えるという、基本の作業から再出発しようよ」というのが僕の考えです。文学作品を正面からきっちり読んで、その面白さの根源と自分が見極めたことを読者に、専門の学界の人間なんかよりもむしろ、なるべく幅広い読者に伝える努力をするということが、僕は文学研究の出発点で基本だと思うし、それをしたい、それをすべきだと自分自身に言い聞かせていることが多い。まだ、文学研究の将来に希望は捨てたくないと僕は思っています。

川本　亀井先生は何十年来、今でも岐阜で何人かの学生と共にいちいち本を読んで感動するという試み、そしてそれを伝える、言い表すということをなさってこられて、また参加している人が、実際にその喜びを味わっておられることと思います。ちょうど時間になりましたので、つたない質問でしたけれど、いろいろ伺って私は本当に目を開かれることが多かったです。ありがとうございました。

亀井　どうもありがとうございました。

付録　亀井俊介研究序説（講演）

平石貴樹

二〇一二年一〇月二七日　日本英文学会　中・四国支部大会（於高知大学）特別講演

なぜ亀井俊介研究か

平石です。本日はお招きをいただきましてありがとうございます。

今回私のお話は、「亀井俊介研究序説」ということにさせていただきましたが、亀井先生は、言うまでもなく私たちの大先輩で、二〇〇七年の六月に、日本アメリカ文学会の中・四国支部の大会がこの高知で開かれたときに、講演をなさったとうかがっております。その亀井先生について同じ高知でお話させていただくことも、なかなかご縁だな、と思っております。

まずことの順序として、私がどうして亀井先生のお仕事にあらためて興味をいだき、多岐にわたるご著書を読み返す仕儀になったのか、その事情をごく簡単に申し上げることから始めさせていただきたいと思います。私は長くアメリカの小説を読んできまして、アメリカの小説の性質や構造について、いささか考えることをしてまいりました。よく言われる用語で言えば、この性質は、「ノヴェル」に対する意味で「ロマンス」ということになります。専門でない方には、とりあえず、ロマンスのほうがノヴェルよりも、やや抽象的で、観念的なできばえである、と理解してもらえればいいでしょうか。

ところが、このロマンスの性質を、日本の小説のコンテクストの中において説明することは、なかなかに困難です。早い話、アメリカ小説の主要作品に比べれば、夏目漱石の後期作品、というか『三四郎』以後の作品は、だいたい立派なノヴェルのように見える。つまりすべてが具体的に緻密に書かれていますので、私などは、ノヴェルとロマンスの相違を学生に説明するときに、ノヴェルの側に漱石の後期作品を置いて説明する、というようなことをよくやってきたのですが、ちょっと調べてみると、その漱石作品を、概してロマンスに近いと、つまり抽象的で観念的な作り物であると判断する人が、じつは日本には、昔からたくさんいることがわかりました。同時代で有名なところでは、武者小路実篤が、漱石の『それから』について、そういうことを言っていますし、戦後では大岡昇平の『小説家　夏目漱石』が代表的な例ではないかと思います。

そうなりますと、ここからいろいろな疑問、あるいは好奇心が湧いてきます。漱石は作家になる前に英文学を勉強して、イギリス留学もしましたから、近代小説の書き方というものを、おもにイギリス文学から勉強しました。イギリスの小説は、アメリカがロマンスに傾くのに対して典型的にノヴェルだと、通常言われていますから、ここから出発した漱石の作品をノヴェルと呼ぶことは、それほど間違ってはいないはずですが、そういう漱石の作品までをも、作り物めいていると言って不満に思う日本の小説の流儀というのは、それではいったいどのようなものなのか。ノヴェルよりももっとノヴェル的であるということなのか。それはいったいどういう意味なのか。そして何がどう異なることによって、ノヴェルとロマンスの傾向は、国ごとに、あるいは影響を受ける作家ごとに異なってくるのか。この点を風通しよく説明しなければ、日本でいくらアメリカ文学を解説しても、空中楼閣を説明しているようなことになりはしないか。そういった疑問が湧いてくるわけですし、このところ私は、そういう疑問にしばらく取り憑かれているというか、楽しんでいる、そんな心理状態にあります。

現在の若い人たちは、海外経験も豊富でしょうし、日本人であれ、何人であれ、そういうナショナリティの自覚があまりないまま、いわばコスモポリタンとして暮らしてらっしゃるかもしれません。そうなると、たとえ国ごとに文学の形が違っても、それぞれの国から自分に合うものを、つまみぐい的に選んで読んでいけば、それでいいじゃないか。だいたい一生日本で、日本人に囲まれて暮らすとは限らない。そう考える人も多いでしょうし、実際の生活上、それで困るわけでもありません。ただ、自分がどういう小説の感受性に支えられて、どういう小説を好きで読んでいるか、という問題に、自意識的な興味のある人、中でも、文学を専門に研究してみようか、と思いはじめた人にとっては、国ごとの小説の違いという問題は、けっきょく避けて通れないことなわけです。議論は省略しますが、私にはその違いは、いまでも有効に機能しているように見えます。

こういった問いを抱え込んで、まずは、英米の小説を勉強した上で、ただそれだけでなく、日本の近代小説についても考察を進めた先達の著作を、私は少しずつ読み始めたわけですが、もちろん、英米の小説に通じていて、日本の小説も読んで発言している人というのは、夏目漱石をはじめ、これまでたくさんいます。戦後では、一九五〇年代に一世を風靡した伊藤整がいますし、江藤淳もいますし、近いところでは柄谷行人さんなんかも、その中にはいります。それはいいのですが、では私にとってもっとも身近なアメリカ文学を学んだ人で、なおかつ日本の小説についても発言している人、というのを探すと、なかなか見つかりませんで、どうも亀井俊介先生しか見当たらないのではないか、というのが、私が亀井先生にあらためて注目するようになったイキサツです。大橋健三郎先生も、佐伯彰一先生も、日本とアメリカ両国の小説をもちろん論じてらっしゃるのですが、その両国の小説の違いを、明治にさかのぼって考え直す、といったお仕事は、なさっていないようにお見受けします。そこで亀井先生だけが、どうしてこの問題に積極的に取り組んでこられたのか。そこにはどういった傾向や特徴がうかがわれるだろうか。といった関心に、次第に深入りするようになりました。今日のところは、時間の関係で、アメリカの文学・文化の研究者としての亀井先生の著作を中心にして、お話をまとめていくほかありませんので、今申し上げた私の問いまで、直接たどり着くことはできないと思いますが、できるだけ亀井先生のご研究を、いわば構造的に把握することによって、先生が私たちにとって重要な研究の対象であることを、ご理解いただきたいと思っております。

戦後日本の体験の中から

さて、亀井先生の研究の構造、といっても、簡単なものではありませんが、ともかくそれを考えるときにキーポイントになると思われますのは、先生が一九三二年のお生まれで、今年（二〇一二年）がたまたま傘寿にあたりますが、敗戦の一九四五年に一三歳、ちょうど中学生になって、戦後の日本の変化を実地に体験しながら大人になっていく。つまり日本とアメリカを、観察し、探求していく「世代的な立場」に、いわば立っておられた、という点だろうと思います。戦後の日本は、アメリカに一時占領され、その後もさまざまに濃密な影響を受けながら現在にいたっていますが、そのプロセスは、そのまま亀井少年の成長のプロセスでもありました。ということは、戦後日本が一貫して、親しみや憧れの眼差しをアメリカに送りつづけてきた、その視線と、亀井先生のアメリカ研究は、かなり重なりあう形になる。世間の追い風があった、とも言えますが、その風に吹き飛ばされないように、研究の実質をもって答える努力は、並大抵ではなかったとも思います。世間の追い風を受けて、気楽に流れに乗るだけなら難しくなかったかもしれませんが、亀井先生の場合、他方ではアメリカに同化せず、外国としての距離感を保ち続けたことが、一つの大きな特徴で、先生ご自身、繰り返し強調しておられるところでもあります。これは研究者として当然の姿勢と言えば言えるかもしれませんが、戦後のアメリカを相手にした場合、意外に「言うはヤスク、行うはカタシ」の難題だったのではないかと推測されます。

では、そうした研究者としての姿勢をもって、どういう努力を、先生は少年時代から続けてこられたのか、それを確かめることによって、先生の方法論の一部があきらかになってきますので、早速そちらへ目を向けたいと思います。

亀井先生は、岐阜県の中津川市の出身です。そこの中学高校で、まず英語の勉強に邁進しました。高校時代に、シェイクスピアの『ハムレット』を原書で通読し、また中津川は木曽谷の入口にあたることから、藤村の『夜明け前』を、早くから読んだだけではなく、英作文の勉強のために、この作品を英訳しようと思い立って、少しずつ訳しては英語の先生に見てもらっていた、という高校生活を過ごします。

当時から、英語は英米の文化をさぐる最良の手段でしたから、その思いに駆られて、これくらい英語を勉強した人は、おそらく全国にちらほらいただろうとは思うのですが、それにしてもすごい学力です。

「体験主義」への自信

ただし、先生はのちにアメリカ大衆文化を研究なさるくらいですから、中学高校時代も、真面目に勉強するばかりの少年ではありませんでした。一番に詩がお好きだったようですが、小説などもたくさん読んでおられました。戦後すぐの地方都市ですから、それほど書店が揃っているわけでもなく、文字通り手当りしだいに、読める本は読んでいたのだと思います。そんな時代を思い出して書かれたのが、引用の1番で、お手元の資料をご覧ください。

ある時、ふと中学の図書室に坪内逍遙訳『シェイクスピア全集』というのがあるのを見つけ、シェイクスピアの名前もろくに知らなかったけれど、読んでみたら面白く、夢中になってぜんぶ読んだ。この点でも、『少年倶楽部』から『シェイクスピア全集』まで、ほとんど時間のへだたりはなかったように思う。いや、同時に読んでいたのかもしれない。／しかし、こういうふうに育ったおかげで、私はいまになって、妙な自信のようなものを自分の中に植えつけられたと思う。混迷の中で心をとらえるものの価値を、骨身にしみて知っているのだ。私はいま英語教師で、文学研究者のはしくれでもあるのだが、たとえば文法論ひとつにしても、言葉のいのちを感じさせない研究には、はっきり背を向けてしまって恥じとしない。子どもの読物を論じても、高級そうな児童文学のたぐいだけを与えられて育ってきた連中のもっともらしい理論に、『少年倶楽部』と『現代大衆文学全集』にうつつを抜かした人間でしか指摘できない虚弱さを指摘しうるように思う。それからまたシェイクスピア論にしても、妙に哲学的な理屈を並べた批評を読むと、腹の中で笑う。シェイクスピアの中にある、中学生をも夢中にさせる種類の文句のない面白さを尊重しないで、なにが文学研究かと思うのだ。（「混迷の時代」一九七二『ひそかにラディカル？』所収）

と、珍しく過激なことをおっしゃっているこの文章は、いろんなことを考えさせますが、先生の現在までの方法論が、まずはよく現れていると思います。一つには、先生の「体験主義」への自信と言いますか、研究において、清濁あわせ飲んで、それでも光るものに価値がある、という信念。それが自分には分かる。あるいは人間誰にでも分かるからシェイクスピアが今日まで生き延びてきたのじゃないかと、そう考えれば、それは人間の普遍の能力に対する信頼と言ってもいいですが、そうした信頼。そして「虚弱」な「理屈」で武装することなく、光るものを求めて、あちらこちらへ出かけていく骨太の読書経験が文学研究なのである、という信念です。

こうした姿勢が、なんとホイットマンに似ていることか、とここで感じ取った方は、少なくないだろうと思います。亀井先生の一番のご専門は、民主主義の詩人ホイットマンであるわけで、長じてホイットマンを研究したから先生はこういう考え方になったのか、それとも先生がもともとホイットマン的だから、ホイットマン研究をするようになったのか、そのあたりが判然としないほど、この姿勢はホイットマンを思い起こさせます。たとえば"Song of Myself"の「Creeds and schools in abeyance あまたの宗派や学派には目をつぶり」といった、書斎派を否定して自然のままでいこうとするホイットマンの自信に満ちた姿勢が、ここにはおのずと重ね合わせられているように思います。

ホイットマン的反知性主義

一面から言えば、亀井先生の姿勢は、ホイットマンとともに、体験主義に傾いていて、ややその分anti-intellectualismにも傾いています。高級な文学理論の勉強より、実地に多様な作品を読むほうがどれだけ身になるか、重要な本質が見えてくるか、という意見です。

こうした姿勢を批判することは難しくないですし、げんにしばしば、一般論としてはおこなわれています。そもそも戦後の混乱期に、『少年倶楽部』を読む人はたくさんいても、そこからシェイクスピアへ進んだ人は、たくさんはいなかった。その事実をどうやって説明するのか。ということは、亀井先生は最初から、たまたま時代を超越する知性を持っておられただけのことなのではないか。それでいて表向き・反知性主義に与して、「妙に哲学的な理屈」を「腹の中で笑う」とおっしゃるけれども、哲学的な理屈こそが、読解の可能性を広げたり、素朴に読んでいるつもりでも時代のイデオロギーに染まっている、じつは素朴でない読者というものの現実を、浮き彫りにしてきたのではないか。そもそも「中学生をも夢中にさせる種類の文句のない面白さ」について、言うべきことはすでに言われ尽くしているだろうに、それを再確認したところで、少なくとも研究としては、ちっとも前へ進まないではないか。こうした批判が、すでに皆さんの中にも、頭をもたげているかもしれません。

これらの可能な批判のうち、高度な知性と表面上強調される反知性主義との矛盾した関係は、亀井先生に終生つきまとう「自己韜晦のスタイル」のようなもので、これは「不治の病」と言いますか、自分は大衆の一人であるばかりでなく、田舎者であり、「都会の俊秀」とは違うんだ、と事あるごとに先生は強調されて、頑固な自己規定をなさってきました。

岐阜から東大に入って、同級生と話してみると、都会の同級生と自分はだいぶ違う。当時英文科には、野島秀勝、高橋康也、小田島雄志、といった、それこそ俊秀の方々が、すぐ上の先輩にいたわけですから、確かにプレッシャーのようなものはあって、それがトラウマのように亀井先生の中に住みついた面もあるのかと思います。しかし、「都会の俊秀とは違うんだ」とおっしゃる先生の口調には、なんだか都会を軽蔑し返しているような、皮肉な響きも含まれていて、田舎者であるご自分のたくましさに、相当自信を持ってらっしゃることもまた感じられる。実際そのことが、今の引用の文章にもはっきり現れていると思います。「自信をもった田舎者」というと、またこれはホイットマンのイメージになります。私なども、「先生は東大教授を長く勤められて、何十冊も本をお出しになって、それで田舎者だと名乗るいわれはないじゃないですか。それは欺瞞的な態度じゃないですか」と何度も申し上げているのですが、「いや、自分はコツコツ調べるタイプで、理屈を信用しないんだから、方法論が田舎者なんだ」というようなことをお答えになります。

「裾野と頂上は繋がっている」

こうして、話は亀井先生の方法論にまた戻ってくるわけですが、韜晦された反知性主義に戸惑うことを止めて、今の引用をもう一度じっくり見てみると、『少年倶楽部』からシェイクスピアまでが、亀井先生の中では連続している。ご自身が別のところでおっしゃっている言い方を借りれば、裾野と頂上は繋がっているもので、裾野から頂上まで全部走破することが研究というものだ、という方法論がここには潜んでいることが分かります。いかにも山に囲まれた中津川の人らしい比喩ですし、これは先生のお気に入りの表現でもあるようで、一番新しい『ヤンキー・ガールと荒野の大熊』の中にも出てくるのですが、亀井先生の方法論を具体的に描き出した例としては、『サーカスが来た！』の中に次のような箇所があります。これが引用の2番です。

文学に対象をしぼると、エマソン、ソロー、ホイットマンから、マーク・トウェイン、ヘンリー・ジェームズを経、ヘミングウェイ、フォークナーにいたる、アメリカ文学という山脈の頂上をなすところはよく注目を集め研究されてきたけれども、その山脈の裾野をなす文学、思想、あるいは文化一般は、驚くほど無視されてきた。日本文学の場合でも、主として研究されるのは頂上をなす作家と作品であるが、私たちはその裾野をなす大衆文学の存在、傾向、雰囲気などを直接間接に知っており、意識的にか無意識的にか、両者の関係の上に頂上の文学を読んでいることが多い。ところが、アメリカ文学に対する場合、そういう裾野は霧か霞につつまれている。いや、まるで裾野は存在しないかのごとくに、頂上にだけ望遠鏡の焦点をあて、その高さを計ったり、形状を分析したりしているのが普通である。……裾野は、頂上に劣らず、アメリカ文化の本質を語りかけてくるような気が、私にはするのである。（『サーカスが来た！　アメリカ大衆文化覚書』）

この最後の「裾野は頂上に劣らず」というところが、ホイットマンの系譜を継ぎ、戦後の息吹を感じさせ、さらには田舎と都会の落差をチャラにもするような、民主主義の香り立つところであるわけですが、そうした民主主義を基盤として、裾野と頂上が繋がっている、どちらも大事である、という先生の主張が、ここでは明瞭に打ち出されています。

同時にここで顕著なものは、アメリカ文学の頂上は、裾野であるアメリカ文化に繋がっているのだから、そちらを考慮することによって、よりよく理解されるという、仮に名付ければ「文化還元主義」と呼んでいいような、先生の研究の原則です。実際、この引用の最後の、テンテンで表記した省略部分は、じつは二頁ぐらいあって、いろいろ書かれているのですが、そのあいだに、文学の話がいつの間にか文化の話に変貌して、要は頂上の文学作品も、背景となる裾野の文化をもっと研究しなければ分からない、というのが先生の立論です。文学は文化の一部分である。突出した、華麗な一部分であるかもしれないが、一部分であることに変わりはない、ということです。

文化と文学の両面研究——その危険

こうした原則には、現在ではかえって異論が出ないのかもしれません。文学は文化の一部分だと言えば、誰しも納得するばかりでなく、近年の若い人たちの文学離れに対応して、全国の大学が文学よりも文化の授業を増やして、あるいは看板をつけかえて、その中で文学も小さくなって扱われる、という状況になってきています。戦後その方針をもっとも早く打ち出した大学こそは、亀井先生が長年お勤めだった駒場の東大教養学部で、地域研究の一環として文学の授業も行われる、という段取りになっていました。今でもなっていますから、亀井先生のこういうお考えは、いわば職場の方針にマッチして好都合であった、とも思います。最近では、カルチュラル・スタディーズの分野が、文学作品を題材とした「文化的イデオロギー」の解明にむかっていますから、文学離れの時代にはかえって好都合で、教師のほうが文学から率先して離れていく実情も見受けられるようです。ともかくも文学と文化の密接な関係をうたがう人は、今ではほとんどいないかもしれません。

ここが亀井先生の構造の基本原則のところですので、念のために別の引用から確認しておきますと、一九六六年、ですから先生が三四歳のころにお書きになった、「アメリカ研究における文学」と題されたエッセイで、文学を社会背景から切り離す、という考え方もわかるし、関連していると言ってもその関連を理論的に見通すことは難しいのだけれども、と重々お認めになった上で、それでも自分としてはやはり、文化と文学を両面から研究していきたい、と発言しておられます。それが引用の3番です。

地域研究的視野はニュー・クリティシズムが時にもつところの狭さやゆがみを正すと同時に、そのあらたな展開をも可能にするように思えてならない。……このような困難の自覚にもかかわらず、結局のところ、私もまたアメリカ文明という総合体が存在するという仮定を信じようという立場にある。といっても、ほかの国にそういう総合体が存在しないというわけでは無論ない。早い話が、私は日本文明なるものの存在を信じる。そうであればこそ、徳富蘇峰や内村鑑三や新渡戸稲造や中江兆民などがなんとなく余計者に扱われ、まるで「軟文学」だけが存在したかの如く書かれている日本の近代文学史なるものにあき足りなさを感じている。そのような文学史によっては、明治の日本のあのヴァイタリティがどこから出てきたのか、一向にわからないのである。それと同じようなことを私はアメリカについても考えざるをえない。／　文明の存在を信じるというのは、そのヴァイタリティの本質的な理解に迫ろうということでもある。（「アメリカ研究における文学」一九六六『わがアメリカ文学誌』所収）

この引用の後半の内容は、亀井先生の明治文学に対する見解が、端的にうかがわれる重要な箇所ですけれども、いまはその話題に立ち入る余裕がありませんので、話をアメリカに限って進めるとして、先生の考える文学研究は、地域研究、文化研究と最後には一緒になって、アメリカ文明、あるいは別のところでは「アメリカ精神」と呼ばれる、人々の生きる姿の究明、「ヴァイタリティの本質的な理解」にむかう、という目標に貫かれています。これはおそらく「人間讃歌」のようなものに近い、やはり非常にホイットマン的な、民衆的な人間観・文明観であろうかと思います。

こういうふうに考えておられるから、亀井先生は、文学と文化の両方に等分の好奇心をもって研究されてきたのだ、ということはわかります。しかし、このエッセイでも認めておられるように、文学研究は、すぐには地域や文明の理解に結びつきません。むしろ、このエッセイのほかの箇所での表現を借りますと、片や「集団社会に重きを置く」アプローチと、片や「個人の芸術的表現に重きを置く」アプローチとでは、やはりソリが合わない面がどうしても出てきます。早い話、文学が好きな人は、なにもその作者が属する社会の文明について知りたくて、作品を読んでいるわけではありません。先生ご自身、引用の1番で、岐阜の中学生がシェイクスピアを翻訳で読んでも、その面白さが分かる、とおっしゃっているわけですから、文学作品の魅力は、必ずしも文化、つまり裾野を知らなくても、かなりの程度まで味わうことができるのではないか。それは中学生レベルだからそういう話が成り立つ、という問題ではなくて、文学の裾野はどこまで行っても、個人同士の繋がり、いとなみなのではないか、というふうにも考えられます。そう考えはじめると、文学研究と文化研究を一緒にすることのほうが無理があって、文学の読み方を限定してしまうという意味で、危険でもある。私はどちらかと言うとそう考えるほうで、文化研究の中の文学研究という枠組みは、言ってみれば教養学部的な作文にすぎないのではないか、と思えて仕方がありません。

まあこれは、簡単に結論の出る話ではなくて、見方の違い、出発点の違いということになるのでしょうし、私もここで、亀井先生の揚げ足取りをする気持ちは毛頭なくて、先生の立場をあきらかにするために、ちょっと私自身の見方を披瀝したにすぎません。先生は、こうした理論的困難を自覚した上でなお、文学と文化が接続されるべきものだと考えておられる。この自覚があるかないかが、昨今の文化一辺倒のカルチュラル・スタディーズとは決定的に違うところですし、また、すぐあとでお話する、亀井先生の「ウラワザ」としての小説読解力にも繫がってくる、重要ポイントであると思います。

大衆文化研究と個人の活動を見る目

アメリカ文化研究の分野では、引用の2番の出典である『サーカスが来た!』、これがやはり、亀井先生の代表作で、この中で文学に近いものとしては、ウェスタン小説なども取り上げられていますが、むしろサーカス、ターザン、そしてターザンを一躍世界のヒーローに仕立てたハリウッドの映画の世界、そういったものの歴史が、たいへん面白く取り上げられて、しかも肩のこらない読みものとして書かれています。亀井先生の本をまず一冊読んでみたい、という人にはお薦めの本で、ファンになること請け合いです。

そのほかにも、マリリン・モンローについての著書があり、アメリカのいわゆるポルノを中心とした性文化についての著書もあるわけで、こうした大衆文化の領域が、まさに亀井先生の独壇場ということになります。困ったことに先生の独壇場は、一分野に限られないわけですが、ともかく、膨大な資料を整理しては、読んで面白い文章につづるお仕事を、各方面で続けてこられました。そこに見出されたアメリカ文化の特質とは、結論に飛びついて言えば、デモクラシー、田舎的な素朴と大衆性、キリスト教とりわけピューリタニズムの影響をこうむった真面目さ、同時に活き活きと娯楽を求める楽天性とユーモア、そういうものだったとまとめることができます。

ただし、こうしたアメリカ文化の特質、「アメリカ文明」の活動の特徴を導き出すことが、本当に亀井先生のアメリカ研究の目的であるのか、と言えば、それも少し違うような気がします。なぜなら、そうした結論は、アメリカ文学でも文化でも、いくらか勉強した人ならばだいたい見当がつく、あるいは多くの参考書にすでに書いてある、そういう結論に重なり合うわけで、そういう予想された結論を、金太郎飴のように何度も引き出すために、亀井先生はあれだけの膨大な資料を集め、読み込んできたのか、と考えてみると、どうもそうではなかったようにも思われます。そこを間違えると、「亀井先生の本は面白いけど、特に新味はない」といった、知ったかぶりの感想をもらす「都会人」になりさがってしまいます。むしろ先生としては、そうした抽象的一般論ではなく、その中で存分にふるまう個人の活動に焦点を当てて、その個々の活動の多様性とヴァイタリティに驚く姿勢を、堅持してこられたように思います。つまり、アメリカ文化の各分野、各時代に、偉業をなしとげた人、ヒーローがいる。その人たちを活写・鑑賞することが、それ自体面白いことではないか。文化は社会の潮流だけれども、社会を作っているのは一人一人の個人ではないか。先生はそうお考えのようです。したがってそれは、アメリカ的個人主義を、やはりそのまま生かした方法論だと形容できるのですが、同時にまた、個人の活躍をとおして文化の発展を見ることによって、まさに引用の3番に示された、社会的アプローチと個人的アプローチの矛盾対立を、先生として見事に解決なさった方法論である、と言うこともできます。

文化を小説のように読む

ここで、文学一辺倒の私などから見ますと、先生がこうした方法論に辿りついたのは、やはり先生が早くから文学に親しんでこられたお蔭だったようにも見えます。と言うのも、文化ヒーローに注目し、その活躍を追うこの方法は、小説などを一つ一つ読み、主人公の活躍に感情移入して納得する、読書のふるまいに、意外に似ているようでもあるからです。

たとえばアメリカの小説を読む際に、アメリカ文学とは何か、といったことについて、私たちは結論を出そうと思って読んでいるわけではありません。強引に結論を出そうとすると、たとえば「ロマンス」の説のように、ある程度抽象的な、金太郎飴的なものが、一応出てはきますが、かならずしもその結論が目的ではなくて、個々の物語、主人公を読み取ることが、やはり第一の目的である。そういうふるまいになぞらえてみると、亀井先生の文化研究の構造が、なんとなく分かってくるのかな、と思います。それはつまり、文学研究が文化研究にふくまれる、という「方法論上の原則」とはちょうど逆に、文化の読み解き方が、文学作品の読み方に、じつは通じているところがある。文化をいわば小説のように読む。これが先生の、方法論を裏からささえる独特の実践論、戦術論ということになると思います。

もちろん、こうした戦術が分かったからと言って、すぐに真似ができるかどうかは別問題です。小説の場合には、最初から本の形に話がおさまっているのですけれども、文化研究というのは、どこに主人公を見定めるのか、その人が何を考えて何をしたのか、そこから始めなきゃいけませんから、膨大な手間がかかります。ほとんど、歴史小説を新しく仕上げるような苦労がつきものだ、と言ってもいいかもしれません。その苦労をいとわなかった人として、亀井先生がいる、というふうに考えると、多少はその偉業を理解する手がかりになるのではないかと思います。

アメリカ文化そのものについての抽象的な結論よりも、具体的な個人の活躍を重んじる、という亀井先生の戦術、これは今も述べましたように、文学研究の姿勢に通ずるものがあると思うのですが、この戦術は、同じく文化研究を目指すはずのカルチュラル・スタディーズやイデオロギー批評に対する先生の嫌悪感にもよく現れています。それらの近年流行の議論が言うように、アメリカ大衆文化が、結局のところアメリカ資本主義の産物であり、しばしば人種差別のイデオロギーの産物でもまたある、ということを、先生は当然ながら十分承知しています。しかし、話をすぐにそこへ持っていくことは、あまりにもすべてを単純化・抽象化してしまう。いわばそれは文化の全体を一挙に見てしまうふるまいであって、個々の文化現象をつぶさに味わうためには、高いところから批判的に見るだけではなくて、むしろそれを楽しむ大衆と同等な目線で、まずは現象をそのまま受け取る。小説を読むときに人がおこなう「感情移入」を、文化現象に対しておこなっていくことが必要だと、先生は考えておられるように思います。

こうした先生の戦術が、おそらくもっともよく現れているのが、『サーカスが来た！』の中のミンストレル・ショーの分析です。白人が黒人の真似をして観客を笑わせる、あのショーですが、これを先生は、「人種差別の産物であってけしからん」と一蹴するのではなくて、あくまでも白人観客の立場から、差別心と同時に、黒人に対して「自分たちは寛容だ」と自己満足する矛盾した気持ちがあって、だから余計に観客は楽しかったのではないかと、うがった見方を提示した上で、このショーが、いかにその前後のアメリカ文化の展開に深く関わりあっていたか、詳しく述べておられます。

それにしても、結局のところ、亀井先生が提示しているのは白人の文化ではないか、と指摘する人が、若い世代にはいるかもしれませんけれども、それも亀井先生としては、重々承知であるわけです。私などがアメリカ文学を考える場合でも、九割ぐらいは白人の小説を考えます。小説には小説のヨシアシというものがありますから、書いた人はみんな平等に評価しましょう、誰が誰を評価しても自由です、というような小学校の作文の時間のようなことは起こりません。そこが分からない若い人の論文をこのごろずいぶん見かけますけれども、文学が民主的であるのは、つまらない単純な作品を書いてもいい、という意味ではありません。文化についても、個人単位に見れば、とりわけ二〇世紀前半までに活躍できた人、進取の気性に富んで冒険できた人は、どうしても白人、あるいはユダヤ系の人に限られてくる。亀井先生はそういうふうに了解しておられるのだと思います。

ですから今後、二〇世紀後半をも視野に入れて、黒人文化のヒーロー、その他の少数派人種のヒーローを研究する人が現れることを、亀井先生は望んでおられるだろうと、私は考えております。分野は音楽でも、スポーツでも、あるいはファッションだとか民衆美術だとかでもいいはずで、とにかく丁寧な調査をし、その中から個人主義的な、小説の主人公のような人物が、いわば埃に埋もれた中から現れるのを見つけ出す。しかもそれを、亀井先生バリの平易でコクのある文体で語るならば、膨大な資料収集と整理をして、文化と文学をまたにかけ、しかもなお誰が読んでも面白い本を書くという先生の大いなる秘密を手に入れることも、あながち不可能ではないかもしれない、と私は考えています。

文学研究のウラワザ

さて、それでは次に、亀井先生のアメリカ文学研究について概観していきますと、まず、文学と文化は繋がっている、という方法論を定めた亀井先生が、第一にホイットマン、第二にマーク・トウェインを専門にされたことは、ほぼ必然的なことだったように思います。ホイットマンはアメリカ精神の全体にも、先生の方法論そのものにも関わってきますし、トウェインは、西部のユーモア作家から出発して、いわばアメリカ大衆文化のさまざまな面を直接生きた人であり、おおいにその見本を提供した、と言いうるからです。『サーカスが来た!』でもこの両者、とくにトウェインは、ひっきりなしに参照されています。

これを裏側から見ますと、先生は、ポー、ジェイムズ、フォークナーといった、芸術派の作家が、基本的には苦手であるはずなのですが、たとえば先生の『アメリカ文学史講義』全三巻において、そういった作家の章を見てみると、多少突き放した書き方がされてはいますが、先生はきちんと各作家につきあって、ポイントになる部分を読んでおられます。この『文学史』あたりから、先生の文体は、ご自分の気分が比較的出やすい「語り口調」になりますので、面白がっておられない場合にはすぐバレてしまうはずなのですが、なかなかどうして、芸術派の作家たちもきちんとフォローなさっておられます。これは、文化と文学が繋がっているといくら言っても、小説を読むときはそれだけでは済まない。ここは一冊ずつ、個人単位で、丁寧につきあっていきましょう、という亀井先生のもう一つの原則、原則と言っても方法論に対する例外規定のようなものですので、さきほどウラワザと呼んでおいたわけですが、そういうウラワザのようなもう一つの原則が、働いていると考えられます。

先ほど1番で引用したご自身の言葉を借りて言えば「心をとらえるものの価値」ということになりますが、ご自分の心をとらえる小説の力を、亀井先生は場合によって、方法論以上に大切にしておられます。これが先生の「体験主義」の真骨頂で、その結果、「小説を読む場合には、自分が面白いと思ったかどうかが最優先」といった方針を、先生は常に授業や研究会でも強調されて、「自分がどう思ったのか、まずそこから出発しなさい」と若い人たちに注文をつけておられるようです。それはおっしゃる通りだと私も思いますが、文学作品を読みなれない若い人の場合は、自分が本心からどう思ったのかを言うことが、おそらくいちばん難しいわけで、自分の評価軸というのは、大衆小説から何から一通り読んでいかないと、なかなか形成されないものだろうと思います。つまり「心をとらえる」ということは、文学だけに関して言っても、じつは裾野から頂上まで、てくてく歩くように読んで素養をつけなくてはならない。それを亀井先生は、中学から大学まで、文学少年、文学青年として、だいたいやっちゃった。小説ばかりではなく、むしろ先生の本領は詩ですので、それこそ中学生や高校生の雑誌に載るような詩から、シェイクスピアまで読み進めて、ご自分の評価軸を形成なさったのだろうと思います。これがあるために、詩や小説を読むときは作品をいちいち文化に還元しなくても、あるいは文化に還元しえない芸術派の作品であっても、それなりに楽しめるかどうかを測定することがおできになる。ところが、先生はご自分のその素養を忘れてしまって、あるいは忘れたフリをして、さかんに田舎者だと韜晦をなさった上で、「素直に読んで感想を言おう」などと学生さんたちに無理な注文をしているのではないかと、私はじつは忖度しています。

「活き活きした個人」を求める

この点で私などに印象ぶかいのは、『アメリカ文学史講義』の第三巻、戦後編です。現代の小説家は数も多いし、評価も定まっていないということで、先生はお得意の韜晦を繰り返しながら、ぶっつけ本番のようにして、個々の作品に感想と評価を付け加えていくわけですが、その評価が、だいたい合ってるんですね。と、私が言うのも僭越ですが、小説のあり方や楽しみ方について、文化史とは直接関係のない、しっかりした評価基準を持っておられることが分かります。

『アメリカ文学史』からさらに興味ぶかい例を引きますと、一九世紀前半の、いわゆる「家庭小説」とか「感傷小説」とか呼ばれるジャンルの女性作家たちの作品について、先生が匙を投げていらっしゃる場面があります。「家庭小説」というのは、キリスト教の信仰にもとづいた女性の生き方を教えるために、反面教師的に、堕落した女性や悲運の女性の物語を提供して、読者の涙と反省を誘った、そういう読み物で、当時はベストセラーを記録したのですが、その後忘れ去られていました。一九七〇年代ごろから、フェミニズム批評の一環として、当時の女性の状況を検討するために、再評価や再発見がおこなわれるようになったのですが、そうした視点だけではなく、「家庭小説」は、そもそも家庭の日常を綿密に描く傾向がありますから、近代リアリズム小説の前段階をなすジャンルとしても、注目を集めてきています。で、亀井先生は、そのジャンルの作品をいくつか紹介したあとで、「どうも気に入らない」とおっしゃるわけです。それが引用の4番になりますが、

私も一応、大衆文化や大衆文学に関心がありますから、こういう本をめくるようには努めてきた。しかし駄目なんです、これが。途中で投げ出したくなるか、せいぜい頑張っても斜め読みの流し読みになってしまう。お涙頂戴は、私も涙もろい大衆読者だから嫌いじゃないんですけれども、敬虔な信仰のお説教話になると、あまりの嘘に堪えられないんですね。もしも作者がこの嘘を真実だと信じているんだったら、この人たちは何者か、ということになる。いわゆる通俗小説にも、通俗小説としての真実があるはずです。それをもつ作品が、本当の大衆小説として生きながらえていくんじゃないかしら。（『アメリカ文学史講義』第一巻）

ここで亀井先生は、まるでマーク・トウェインのようにと申しますか、家庭小説の宗教的なお説教を「嘘」と断定して、通り過ぎて行かれます。もちろん、一九世紀前半当時、女性の作者や読者にとって、信仰の問題が嘘であったはずはないのですが、そしてそれこそは、アメリカ文化と深くつながった問題であるはずなのですが、ではそういう問題を、亀井先生は知らないのかというと、もちろんそんなはず

はありません。ただ、その問題を追究しても、活き活きとした個人の活躍は出てこない、と見ておられるのだと思います。また同時に、文化に繋がっていようといまいと、活き活きとした個人を描くのが小説ではないか、そうでなければ誰も我慢して読みませんよ、という、小説読者の当然の要求が、先生の念頭にはあったはずです。それがおそらく、「通俗小説としての真実」と言われた内容にも該当すると、こういう背後事情になっているのではないでしょうか。思わずまた、「活き活きとした個人」といった言い方をしてしまいましたが、ここにも亀井先生の「民主的な個人への信頼」に通じるものを見つけ出すことができます。もちろん、それだけで詩や小説が的確に読めるようになるわけでない、というのは、今もお話したとおりですが、ともかくも先生の心の奥底に、文学や文化研究の前提条件として、どっしりあるものは、そういう種類の「個人に対する信念」なのではないかと思います。

詩や小説に「活き活きとした個人」を求めるこの信念は、それだけで言えば、独創的というよりはむしろ穏当で、まともな考え方だと思いますが、それが亀井先生の中では、他方で文化研究の方法論にも、戦術論にも、結びついていますし、他方で、詩や小説を読むときには、少年時代から鍛えてきた、作家本位の、個人主義に即した読み方をおのずから可能にする、先生にとって万能の効果をもたらした信念であろうかと思います。裾野と頂上の繋がりを見据えるほうもホイットマン的だし、個人単位のほうも、もとよりホイットマン的（プラス・トウェイン的）ですので、亀井先生の方法論は、一言で言えばホイットマンなんですよね、という結論になります。これは私が昔からそう思っていたことではなくて、最近先生の本をいろいろ読み返して、なんとか分析をしようと思ってたどり着いた結論ですので、まだ先生には直接申し上げてないのですが、申し上げたらどんな顔をなさるかわかりませんが、まあ「序論」としては、それなりにイイ線を行ってるのではないかと思います。

語りかけるスタイル

ここで、亀井先生の文体のことも、急いでヒトコト付け加えておきたいと思いますが、いくつかの引用からもお分かりのように、洒脱で読みやすい、みずからしばしば「浴衣がけの学問」と言っておられる表現スタイル、その一部は読者に語りかける講演口調になっていますが、こうした文体は、抽象的な理論を嫌う亀井先生の姿勢から、想像がつかないことはありませんけれども、やはりそれだけでなくて、民主的な思想に裏打ちされたものであることを、先生ご自身が告白なさっています。最初の大作、『近代文学におけるホイットマンの運命』のもとになる博士論文を書いていらしたときのこと、それが引用の5番ですが、

> こういうデモクラシー詩人を論じるなら、小学校しか出ていない父でも読める文章で表現すべきだと殊勝なことも考えて、苦心惨憺、せっせと書きためたのが四百字詰め原稿用紙で三千枚。これが私の博士論文になった。（「文章開眼」一九八三『ひそかにラディカル？』所収）

というわけで、もちろん先生には独特の文章感覚がおありだろうけれども、その基本には、表現のスタ

イルも民主主義の時代にふさわしいものにしなければならない、というお気持ちがあったことは間違いありません。ちなみに、研究社から出版された『ホイットマンの運命』は、この三千枚を半分の長さに縮めたものだそうです。

等身大の人間像

そろそろ時間がなくなってきましたが、亀井先生がこうした文体をもっとも効果的に用いた場合の、文学・文化研究の読みどころについても、ちょっと触れておきたいと思います。縷々述べてきましたように、先生のご研究は、個人主義的なアプローチだものですから、本格的な場合には「評伝」として、その結果があらわされることになります。ホイットマン論の前半もそうですし、トウェイン論も、そのほか『内村鑑三』や『マリリン・モンロー』、最近の『英文学者　夏目漱石』なども加えることができます。これらの評伝は、先生の場合、主人公である人物に親身に寄り添うかたちで展開するために、読者にその人物が身近に、等身大に感じられる、そういう出来上がりになっています。

いま思わず、「等身大」という比喩を使いましたが、この比喩は、「この偉大な作家も、あるいは女優も、私たちと同じ人間なのだなあ」という感慨を、読者に抱かせる先生のアプローチと文体の特質を指していています。先生は要するに、天才作家も私たちと同じ普通の人間なんだ、と言おうとしてらっしゃる。それが、時に私などはイライラさせられます。天才は普通の人と違うから天才なんじゃないかと、私などは思うのですが、亀井先生は、「人間はみんな大差ない」と徹底的に民主的に考えておられるので、その人間観が、評伝の中にはたっぷり出てきます。実例としては、どの本からでも取れるのですが、ここでは皆さんがあまり読んでなさそうな、岩波新書の『マリリン・モンロー』から、モンローとアーサー・ミラーが離婚することになったイキサツの一節を覗いてみます。それが引用の6番で、

だがやはり、二人の生き方の違いは、埋め合わせることができなかった。この時期、芸術上の創造力において、私はモンローのほうがミラーを上まわっていたと思う。しかしモンローの、完璧な妻であってかつすばらしい女優でありたいという思いは、彼女に激しい緊張を強い続けた。ミラーのほうは、自分に対するマリリンの過大な期待と要求にふりまわされ、ますます作品を生めなくなった。……モンローとミラーとの結婚生活は四年半。これを短いと考える人もいるだろうが、私には二人ともよく頑張ったものだと思える。（『マリリン・モンロー』）

これはいわば、人生の難所をよくわきまえた年長のオジサンが、若い二人に親身になって語る口調、とでも形容すればいいでしょうか。「二人ともよく頑張った」と、ごく普通の言葉で親身になる姿勢によって、相手が等身大であるかのような感覚を、読者に鮮やかに伝えてよこす。そういう文体上のシクミになっているのだと思います。こういう文体が、亀井先生の民主的な評伝の核心にあたる部分だろうと思います。

「時代の申し子」としての研究者

こういうふうに見てきますと、亀井先生がまるで民主主義の化身と言いますか、戦後日本の申し子のように見えてくるのではないでしょうか。しかもその民主主義を日本にもたらしたアメリカを、研究対象として選び、文学のみならず文化研究をも視野に収めようとなさってきたわけですから、研究対象も方法論も、どちらも民主的であり、個人主義的であることは、いかにも必然的なことだった、と言うほかはありません。だけれども、亀井先生のような申し子は、ほかには見当たらないのではないだろうか、とも私は思います。ちょうどホイットマンやトウェインが、それぞれいかにもアメリカの申し子であるように見えながら、それぞれに異なった独創性を発揮したのと同じように、亀井先生も、戦後日本の空気をこれ以上ないほど反映させながら、まったく独自の方法論とその成果を、築かれたと言っていいのではないかと思います。

「時代の申し子」といった形容は、作家についてはしばしば言われることですが、研究者については、あまり聞きません。時代を越える研究の蓄積を大切にする研究者の世界では、そんなにたびたび「申し子」が出て来ない道理なのですが、ただ亀井先生の場合には、戦後の日本、そして学問体制としての、アメリカ文学研究と文化研究、さらに日米の比較文学、というふうに、三重にも四重にもあらたな研究体制の確立が必要な時代であったために、これに応える大きな才能があらわれた。と同時に、そうした時代の必要が、先生を大きく育てたのではないか、とも思わされます。現在では時代も変わり、学界のあり方も変わりましたので、亀井先生のような方が二度とあらわれることはないかもしれませんが、先生の方向性のようなものは、継承することができるのではないか。その点は、途中で申し上げたとおりです。私としては、あえて今日のお話を「序説」と名付けて、近い将来、亀井先生の衣鉢を継いで、個人主義の方法論をもって、アメリカの文学と文化をさらに活発に研究する人があらわれることを期待しております。

日本文学について

そんなところで、亀井先生のもう一つの重要な研究領域である日本近代文学のお仕事については、時間の関係で踏み込むことができませんでしたが、引用の3番で、ちょっと触れられている日本の近代文学に対する見方と、これまでお話してきた先生の民主的な姿勢との関係だけ、まとめを兼ねて述べさせていただきます。

先生の明治文学に対する見方は、一方で主流と見なされる作家や作品、引用の3番に言う「軟文学」における、社会意識や思想性の欠如によって、他方では社会意識や思想性をそなえた文学作品を過小評価することによって、従来の日本近代文学史はできあがっている、という見方だと考えられます。ここで社会意識や思想性というのは、何か特別な思想なのではなくて、本来民主主義的な個人が備え持っているべき「自己の平等な普遍性の自覚」に由来するもので、『ホイットマンの運命』の中でも先生は、ホイットマンの言葉を引いて、個人が個人であると同時にわきまえるべき「市民の精神」とか「国の精神」として、これを説明なさっています。先生が『ナショナリズムの文学』で、徳富蘇峰や内村鑑三らの社会派の文学、あるいは文学未満の文章を、積極的に取り上げられたのも、こうした文学の思想性・社会性を再評価したいという文脈においてのことでした。

文学の思想性を主張する、もっともあざやかな具体例は、先生が何度か引用しておられる、ホイットマンの詩の一節で、これを内村鑑三は終生愛唱していたとのことです。それが引用の7番で、訳は内村鑑三のものです。

そは大なる思想が
ア丶我が兄弟よ、大なる思想が詩人の天職なり

（内村鑑三訳詩集『愛吟』の序詞より）

もう読みませんが、ここで言う「大なる思想」、それは広い意味で社会派の思想を指しますし、その根本にあるものは、民主主義が、社会意識なしには成り立たないんだ、というホイットマン的な命題に、亀井先生が内村同様に強く反応されて、それを文学に求めた結果であると見ることができます。

もちろん、戦後の日本には、そうした社会意識が従来の日本文学には不足していたと、西洋の近代文学に照らして指摘をする評論家が、複数あらわれていました。伊藤整がその一人であり、フランス文学出身の中村光夫もまたそうでした。亀井先生は、当面ホイットマンに集中して勉強をつづけられ、つい

で三年間の留学に出発なさいましたので、それらの戦後の評論家たちの活動はほとんどフォローしていなかった、とおっしゃっておられますが、仮にそうだとしても、戦後の申し子と言うべき先生が、結果的に、戦後の日本の近代化の気風を文学の世界にもたらしたそれらの評論家たちと、大枠において共通した問題意識を持つことになったということは、まったく偶然ではなかったと、私としては考えております。

イギリス文学から出発した伊藤整は、かつて、日本で本格的な近代小説と呼べるのは、漱石の『明暗』と有島武郎の『或る女』だけではないか、と言っていたのですが、その有島武郎について、亀井先生は現在評伝を書いてらっしゃって、来年には刊行される予定だとうかがっております（二〇一三年刊）。戦後の気風、近代的個人主義と社会意識の問題にどこまでも忠実であろうとされる先生の姿勢に、私たちとしてはある意味で襟を正しながら、そのご本を待ち、日本における英米文学の意義のようなものを、それぞれまた考えるヨスガとさせていただくことができるのではないかと思っております。

というわけで、最後は駆け足になりましたが、そうした来年の宿題をふくめて、あとは若い世代に託したいと思っております。

どうもありがとうございました。

あとがき

本書は私の個人史の本であるのに、この「あとがき」も同じく個人史から書き始める。よほど歴史好きなのだろう。

私は東京大学に教員としてちょうど三〇年勤めた。その後、「余生」のつもりで勤め始めた郷里の岐阜女子大学にも、今年で二二年間教授をし、その前の非常勤講師や客員教授時代を含めると、そろそろ三〇年に近くなる。つまり「余生」どころか、これも私の「人生」そのものとなったわけだ。

岐阜女子大学が力を注いでいる事業の一つに、デジタル・アーカイヴズ活動がある。そしてその一環として、私のオーラル・ヒストリーを記録することが企画された。テーマは私の個人的な学問史ということだったので、私は有難くお受けした。

さっそく始まったこの企画は、私の学問的な回想話をそっくりＤＶＤに撮影することが中心だったが、私の話し下手を補うため、適当にインタビューをはさんでいただくことになった。そうすることによって、個人史が第二次世界大戦後の時代史、あるいはその文化史、学問史の一端につながることを期待してのことでもあった。その作業は二〇一二年度、一三年度、一四年度と、三年越しで行われた。各年度に三回（最後の年度だけは二回）撮影を行い、毎回ほぼ三時間かけ、その前半は私が一人で話し、後半はインタビューに当てるというのが、基本的なパターンとなった。

私はDVD作成についてまったく何も知らぬ人間だが、毎回、複数のカメラと複数の録音機が、正面や斜め左右から私をにらんだり励ましたりしていたように思う。そしてこのプロジェクト全体のディレクター、三宅茜巳教授の指図の下、サブディレクターや撮影技師たちが静かに働いた。ほかに聴き手が三、四人と、インタビュアーが一人ないし二人おられた。ディレクターたちが一番心配していたのは雑音が混入することだったようで、フリの観客はお断りし、撮影室にいる人は余分な音を立てないように求められた。インタビューは最初のうち私をよく知ってくれている身近な人に依頼したが、やがて遠方に在住の方にもお願いするようになった。どなたも快く引き受けて下さり、なかにはご自分からやりましょうと申し出て下さる人もいた。有難いことの連続だった。

DVDは年度ごとに三枚にまとめられたが、撮影後の編集がたいへんだったようだ。その完成後、オーラルの部分を文字に起こし、読める形で残すことにもなった。岐阜女子大学英語英米文学会の三人の有力会員が、この「文字起こし」の仕事を積極的に引き受けてくれた。こうして『Oral History 亀井俊介パーソナル学問史』と題する全三冊のパンフレット（第Ⅰ冊「時代を追って」二〇一三年、第Ⅱ冊「著作をめぐって」二〇一四年、第Ⅲ冊「わが恩師たち／学びの道を顧みて」二〇一五年）ができた。

このDVD三枚と、パンフレット三冊が、私の「学問史」プロジェクトの公式記録というべきものだろう。両方とも岐阜女子大学デジタル・アーカイヴズに、私の著作ともども保管されているので、閲覧希望の方は申し出られれば対応があると思う。ただ私は根っからの文字人間なので、このプロジェクトを喜ぶと同時に、この成果を一般向けの本の形にして出版できたら、という思いを抱いていた。三宅教授に相談したところ、即座に賛成して下さり、どうぞ自由に思い通りにやってほしいと言われた。それからほぼ二年を費やして、私はこのパンフレットの内容を一般書向けに編集し直す作業に打ち込んだ。

もちろん、語っている内容にいささかでも変更を加えることはしない。ただ私は毎回、小さなメモだけ用意して話をする方針をとっていたので、ある種の自由さはあるのだが、時に話は脇にそれすぎたり、また時に重複したりもしていた。それで、一般向けの本では全体の進行にある程度分かりやすい筋道がつくように努めた。重複部分を削ったことはいうまでもないが、ほかにもたとえば第Ⅲ冊の「わが恩師たち」の部分は、第Ⅰ冊の「時代を追って」の中の恩師についての話と重なることが多いので、解体してそちらに組み入れるというような操作もした。それに付随してインタビューの位置も組み変えるというような事態も生じた。また私は、パンフレットでは横組みだったものを一般向けの本では縦組みにしたかった。だが組み直してみると、私には気に入らぬ文体の個所があちこちに出てきた。こうして編集作業は難航し、パソコン原稿を何度も打ち直す仕儀となった。その作業を手伝ってくれていた日比野実紀子さんは、終始快く応じてくれた。

こうして原稿はできたが、ちっぽけな一個人の勉強記録にすぎない本を、民間の出版社から出してもらうことの難しさは私も十分に意識していた。それでも私は、私を学問の世界に最初に押し出してくれ、その後も常に私を支えてくれていた研究社に、まずこの本の出版交渉をするのが礼儀であり、またそれが実現したらこの上ない喜びだ、という思いがあった。それで同社編集部の津田正氏に原稿を送って読んでいただいたところ、すぐに全力をあげて協力する旨のお返事があり、それ以後まさにその通りの協力を得て本書仕上げの作業は進んできた。それはまことに幸せな作業だった。

たとえば私は早くから本書の書名を『わが極私的学問史より』とし、それだけでは内容が分からないので、『アメリカ・日本・内なる心』というサブタイトルをつけることを考えていた。だがどうもごてごてしすぎる。津田氏は私の学位論文である『近代文学におけるホイットマンの運命』と呼吸を合わせて、『戦後日本における一文学研究者の肖像』というような書名ではどうか、と助け船を出して下さった。いささか長いが、本書の内容を簡潔にまとめている。そこでさらに二人で話し合った結果、いまご覧の書名になった次第である。

さらに蛇足ではあるが、本書の語り口について一言述べておきたい。私はこれが単なる自分史ではなく、「オーラル・ヒストリー」であることに特別な意味を感じている。私は訥弁の話し下手であるにもかかわらず、今までに講演集を三冊出版し、しゃべり言葉をそのまま再現した『アメリカ文学史講義』全三巻も出している。たまたま機会を与えられてそうなっただけかもしれないが、話し言葉で思いを表現することに独得の自由さを見出し、強く心惹かれるところあってのことに違いない。そういう中でも、本書は自分について話せばよいのだから、最も自由に話せた——少なくとも話そうと努めた、と言えるのではなかろうか。『アメリカ文学史講義』では、自分のことを「私」と言っている。話し言葉ではあるが、どこかで文章表現の構えだったかもしれない。だが本書では、私は終始「僕」である。「講義」よりもっと自由な姿勢の「談話」なのだ。逆に言えばもっとまとまりがなく、欠陥が多いかもしれない。しかし自分の口調に一番近いこの「僕」調で自分の勉学の軌跡をたどれたことを、私は無上の喜びとしている。

さらに一言。本書には「付録」として、平石貴樹氏の講演「亀井俊介研究序説」を収録させていただくことができた。平石氏は最初、この講演を二〇一二年一〇月(私のこのオーラル・ヒストリーの撮影が始まった頃)、日本英文学会中・四国支部大会(高知大学)で行った。私はその録音テープを聴くことができて非常な興味を覚え、平石氏に頼んで二〇一三年六月、岐阜女子大学英語英文学会でも講演していただいた。平石氏は岐阜の聴衆に一層親切な表現・内容にして下さり、私を含めて皆一層の感銘をもって拝聴した。しかし本書では、あえて高知での講演を採らせていただいた。とくに岐阜の聴衆を意識されない講演の方に、平石氏の日頃のお考えをより直接的に聴くことができると思ったからである。私の勝手な要望に終始快く応じて下さった平石氏のご厚意に、心からお礼申し上げたい。

平凡な一文学研究者の回想話を、このように本にして残すことができるのは、幸せそのものと言ってよいだろう。これまで私を支えて下さったすべての人に、感謝を捧げたい。本書で話題にさせていただいた恩師・知友は言うまでもない。本書のもとを作って下さった岐阜女子大学デジタル・アーカイヴズの三宅茜巳教授以下のプロジェクト関係者、またこのオーラル・ヒストリーのために親切また入念なインタビュアーになって下さった方々、面倒な「文字起こし」その他で私を熱心に応援して下さった方々、そして本書を出版までもってきて下さった研究社の津田正氏に、心から有難うございましたと申し上げたい。乏しい才能にもかかわらず、この道一筋に歩いて来てつくづくよかったと思う。

二〇一七年二月

亀井俊介

亀井俊介オーラル・ヒストリー　戦後日本における一文学研究者の軌跡

企画・制作　岐阜女子大学デジタル・アーカイヴズ
三宅茜巳　岐阜女子大学教授
林知代　岐阜女子大学講師

撮影・編集　田中恵梨　岐阜女子大学大学院生
堀井悠来　岐阜女子大学学生

語り手　亀井俊介　岐阜女子大学教授・東京大学名誉教授

インタビュアー　藤岡伸子　名古屋工業大学教授
犬飼誠　元岐阜女子大学教授
三宅茜巳
ウェルズ恵子　立命館大学教授
平石貴樹　東京大学名誉教授・作家
川本皓嗣　東京大学名誉教授・元大手前大学学長・日本学士院会員

インタビュアー・文字起こし　荻本邦子　岐阜女子大学大学院修了生
黒田宏子　岐阜女子大学大学院修了生
日比野実紀子　岐阜女子大学大学院修了生

書籍・編集　亀井俊介
日比野実紀子

肩書は二〇一三年一二月三一日現在

亀井俊介著作目録

■単著

『Yone Noguchi, An English Poet of Japan』 The Yone Noguchi Society of Japan 一九六五
『近代文学におけるホイットマンの運命』 研究社 一九七〇
『ナショナリズムの文学——明治の精神の探求』 研究社 一九七一（講談社学術文庫 一九八八）
『アメリカの心 日本の心』 日本経済新聞社 一九七五（講談社学術文庫 一九八六）
『サーカスが来た！ アメリカ大衆文化覚書』 東京大学出版会 一九七六
（文春文庫 一九八〇、岩波同時代ライブラリー 一九九二、平凡社ライブラリー 二〇一三）
『内村鑑三——明治精神の道標』 中央公論社（中公新書） 一九七七
『自由の聖地——日本人のアメリカ』 研究社（研究社選書） 一九七八
『摩天楼は荒野にそびえ——わがアメリカ文化誌』 日本経済新聞社 一九七八（旺文社文庫 一九八四）
『バスのアメリカ』 冬樹社 一九七九（旺文社文庫 一九八四）
『メリケンからアメリカへ——日米文化交渉史覚書』 東京大学出版会 一九七九
『カバンひとつでアメリカン』 冬樹社 一九八二
『アメリカのイヴたち』 文藝春秋 一九八三
『本のアメリカ』 冬樹社 一九八二
『アメリカン・ヒーロー——広大な国の素朴な夢』 ジャルパックセンター 一九八四
『ハックルベリー・フィンは、いま——アメリカ文化の夢』 講談社 一九八五（講談社学術文庫 一九九一）

『荒野のアメリカ（亀井俊介の仕事1）』 南雲堂 一九八七
『ピューリタンの末裔たち――アメリカ文化と性』 研究社 一九八七
『マリリン・モンロー』 岩波書店（岩波新書） 一九八七（特装版 岩波新書評伝選 一九九五）
『わが古典アメリカ文学（亀井俊介の仕事 2）』 南雲堂 一九八八
『西洋が見えてきた頃（亀井俊介の仕事 3）』 南雲堂 一九八八
『性革命のアメリカ――ユートピアはどこに』 講談社 一九八九
『アメリカ人の知恵――荒野と摩天楼の夢案内』 KKベストセラーズ（ワニ文庫） 一九九〇
『「金メッキ時代」への私的考察』 PHP研究所 一九九〇
『本めぐり東西遊記（亀井俊介の仕事 5）』 南雲堂 一九九〇
『現代の風景――亀井俊介コラム集』 河合出版 一九九一
『わが妻の「死の美学」』 リバティ書房 一九九三
『アメリカン・ヒーローの系譜』 研究社 一九九三
『アメリカの歌声が聞こえる（シリーズ旅の本箱）』 岩波書店 一九九四
『マーク・トウェインの世界（亀井俊介の仕事 4）』 南雲堂 一九九五
『アメリカ文学史講義1 新世界の夢』 南雲堂 一九九七
『アメリカ文学史講義2 自然と文明の争い』 南雲堂 一九九八
『アメリカ文学史講義3 現代人の運命』 南雲堂 二〇〇〇
『アメリカ文化と日本――「拝米」と「排米」を超えて』 岩波書店 二〇〇〇
『ニューヨーク』 岩波書店（岩波新書） 二〇〇二
『わがアメリカ文化誌』 岩波書店 二〇〇三

『ひそかにラディカル?――わが人生ノート』 南雲堂 二〇〇三
『アメリカでいちばん美しい人――マリリン・モンローの文化史』 岩波書店 二〇〇四
『わがアメリカ文学誌』 岩波書店 二〇〇七
『ハックルベリー・フィンのアメリカ――「自由」はどこにあるか』 中央公論新社(中公新書) 二〇〇九
『英文学者 夏目漱石』 松柏社 二〇一一
『ヤンキー・ガールと荒野の大熊――アメリカの文化と文学を語る』 南雲堂 二〇一二
『有島武郎――世間に対して真剣勝負をし続けて』 ミネルヴァ書房(ミネルヴァ日本評伝選) 二〇一三
『日本近代詩の成立』 南雲堂 二〇一六

■共著

亀井俊介・平野孝 『総合アメリカ年表(講座アメリカの文化 別巻)』 南雲堂 一九七一
鶴見俊輔・亀井俊介 『アメリカ(エナジー対話)』 エッソ・スタンダード石油広報部 一九七九(文藝春秋 一九八〇)
紀平英作・亀井俊介 『アメリカ合衆国の膨張(世界の歴史23)』 中央公論社 一九九八(中公文庫 二〇〇八)
小池滋・亀井俊介・川本三郎 『文学を旅する』 朝日新聞社(朝日選書) 二〇〇二
亀井俊介・沓掛良彦 『名詩名訳ものがたり――異郷の調べ』 岩波書店 二〇〇五

■編著

波多野完治・島田謹二監修/亀井俊介・私市保彦責任編集 『世界の児童文学』 国土社 一九六七
亀井俊介編 『現代比較文学の展望』 研究社 一九七二(『現代の比較文学』講談社学術文庫 一九九四)
芳賀徹・平川祐弘・亀井俊介・小堀桂一郎編 『講座比較文学』全八巻 東京大学出版会 一九七三—七六

斎藤真・本間長世・亀井俊介編　『日本とアメリカ――比較文化論』全三巻　南雲堂　一九七三
斎藤真・大橋健三郎・本間長世・亀井俊介編　『アメリカ古典文庫』全二三巻　研究社　一九七四―八二
本間長世・亀井俊介編　『アメリカの大衆文化』　研究社　一九七五
加藤秀俊・亀井俊介編　『日本とアメリカ――相手国のイメージ研究』　日本学術振興会　一九七七（学振選書　一九八九）
平川祐弘・亀井俊介・小堀桂一郎編　『文章の解釈――本文分析の方法』　東京大学出版会　一九七七
鈴木俊郎・他九名編　『内村鑑三全集』全四〇巻　岩波書店　一九八〇―八四
堀内克明・他五名編　『カラー・アンカー英語大事典』　学習研究社　一九八四（改版書名『I SEE ALL カラー図解英語百科辞典』）
亀井俊介［編著者代表］　『日米文化の交流小事典』　エッソ石油広報部　一九八三
（拡大増補新版『日米文化交流事典』　亀井俊介編　南雲堂　一九八八）
亀井俊介編　『アメリカン・ウェイ・オブ・ライフ（文明としてのアメリカ3）』　日本経済新聞社　一九八四
斎藤真・金関寿夫・亀井俊介・岡田泰男監修　『アメリカを知る事典』　平凡社　一九八六
（監修者に阿部斉・荒このみ・須藤功を加えた新訂増補版　二〇〇〇、さらに監修者に久保文明を加えた新版　二〇一二）
佐伯彰一・荻昌弘・神谷不二・亀井俊介・高階秀爾編　『アメリカ・ハンドブック』　三省堂　一九八六
亀井俊介編　『アメリカの文化――現代文明をつくった人たち（USA GUIDE 6）』　弘文堂　一九九二
亀井俊介監修　『アメリカ（読んで旅する世界の歴史と文化）』　新潮社　一九九二
亀井俊介・鈴木健次編　『自伝でたどるアメリカン・ドリーム』　河合出版　一九九二
亀井俊介監修　『スコットフォーズマン英和辞典』　角川書店　一九九二
亀井俊介編　『アメリカン・ベストセラー小説38』　丸善（丸善ライブラリー）　一九九二
亀井俊介編　『近代日本の翻訳文化（叢書・比較文学比較文化3）』　中央公論社　一九九四
亀井俊介編　『アメリカ文化事典』　研究社　一九九九

亀井俊介監修、平石貴樹編　『アメリカ　文学史・文化史の展望』　松柏社　二〇〇五

亀井俊介・鈴木健次監修　『史料で読むアメリカ文化史』全五巻　東京大学出版会　二〇〇五―〇六

亀井俊介編　『アメリカ文化史入門――植民地時代から現代まで』　昭和堂　二〇〇六

亀井俊介編　『アメリカの旅の文学――ワンダーの世界を歩く』　昭和堂　二〇〇九

亀井俊介編　『「セックス・シンボル」から「女神」へ――マリリン・モンローの世界』　昭和堂　二〇一〇

亀井俊介監修　『マーク・トウェイン文学／文化事典』　彩流社　二〇一〇

■翻訳

ウィラード・ソープ著、亀井俊介訳　『アメリカのユーモア作家（ミネソタ大学編アメリカ文学作家シリーズ9）』　北星堂書店　一九六八

L・M・ボストン作、亀井俊介訳　『グリーン・ノウのお客さま』　評論社　一九六八

L・M・ボストン作、亀井俊介訳　『グリーン・ノウの魔女』　評論社　一九六九

亀井俊介編訳　『物語・世界めぐり2　アメリカの物語』　研学社　一九六九

L・M・ボストン作、亀井俊介訳　『グリーン・ノウの川』　評論社　一九七〇

サムエル・モリソン著、西川正身翻訳監修『アメリカの歴史』全三巻　集英社　一九七〇―七一（集英社文庫、全五巻　一九九七）

L・M・ボストン作、亀井俊介訳　『グリーン・ノウの子どもたち』　評論社　一九七二（評論社てのり文庫　一九八八）

W・E・グリフィス著、亀井俊介訳　『ミカド――日本の内なる力』　研究社　一九七二（岩波文庫　一九九五）

アルマンド・マルティンス・ジャネイラ著、亀井俊介・新倉朗子・亀井規子訳　『日本文学と西洋文学』　集英社　一九七四

マーティン・ヒルマン著、亀井俊介訳　『大西部の開拓者たち（図説探検の世界史9）』　集英社　一九七五
ウォルト・ホイットマン著、亀井俊介・瀧田夏樹・夜久正雄・吉田和夫・鵜木奎治郎訳
　『ウォルト・ホイットマン（アメリカ古典文庫5）』　研究社　一九七六
L・M・ボストン作、亀井俊介訳　『グリーン・ノウの煙突』　評論社　一九七七
R・L・スティーヴンソン作、亀井俊介・亀井規子編訳注　『宝島』全二巻　評論社　一九七七
エドワード・ケナード作、亀井俊介訳　『ねずみのたたかい』　小学館（世界のメルヘン絵本）　一九七九
ラッセル・ナイ著、亀井俊介・平田純・吉田和夫訳　『アメリカ大衆芸術物語』全三巻　研究社　一九七九
J・C・ハリス作、亀井俊介訳　『うさぎどん　きつねどん』　集英社（こどものための世界名作童話）　一九八〇　抄訳
L・M・ボストン作、亀井俊介訳　『グリーン・ノウの石』　評論社　一九八一
マーク・トウェイン原作　『トム・ソーヤの冒険』　集英社（少年少女世界の名作）　一九八二　抄訳
亀井俊介訳　『内村鑑三英文論説　翻訳篇上』　岩波書店　一九八四
ジョン・A・ギャラティ著、亀井俊介監訳　『知っておきたい　アメリカ史一〇〇一』　丸善　一九九三
亀井俊介・川本皓嗣編訳　『アメリカ名詩選』　岩波書店（岩波文庫）　一九九三
亀井俊介編訳　『対訳ディキンソン詩集』　岩波書店（岩波文庫）　一九九八

亀井俊介年譜

昭和 7年（1932） 8月14日 岐阜県恵那郡中津町（現・中津川市）に生まれる

20年（1945） 3月 岐阜県中津東国民学校卒業

4月 岐阜県恵那中学校入学

8月15日 日本降伏　第二次世界大戦終結

22年（1947） 岐阜県恵那中学校併設中学校三年編入

23年（1948） 岐阜県立恵那高等学校入学

24年（1949） 岐阜県立中津高等学校二年編入

26年（1951） 東京大学教養学部入学

9月8日 サンフランシスコ対日講和条約調印

28年（1953） 東京大学文学部英文学科進学

〈卒業論文「The Later Years of D.H. Lawrence」〉

30年（1955） 東京大学大学院人文科学研究科比較文学比較文化専門課程入学

〈修士論文「日本におけるホイットマン」〉

32年（1957）		同修士課程修了、文学修士
		同博士課程入学
34年（1959）	5月	同休学
	9月	米国ワシントン大学Washington University 大学院英米文学科入学
		同大学University Fellow（～1961年5月）
36年（1961）	9月	同大学にてMaster of Artsの学位を得る 〈学位論文「Walt Whitman's Politics：1840-1860」〉
		米国メリーランド大学大学院アメリカ文明学科入学
		Institute for Behavioral Research 研究助手（～1962年7月）
37年（1962）	4月	東京大学大学院に復学
	11月	留学より帰国
38年（1963）	3月	東京大学大学院必要単位を取得して退学
	4月	東京大学（教養学部）専任講師
	9月	『比較文學研究』七号（再出発第一号）編集担当（～九号）、 六三号（平成5年6月）まで編集委員
	11月22日	**J・F・ケネディ大統領暗殺**

昭和39年（1964）	1月	アメリカ研究者会議
40年（1965）	4月	助教授
42年（1967）	4月	アメリカ学会編集委員（～43年3月）
43年（1968）	12月	東大紛争、教養学部学生により研究室封鎖（～44年1月21日）
44年（1969）	1月	東大紛争、安田講堂封鎖解除（18、19日）
	3月	文学博士 〈学位論文「近代文学におけるホイットマンの運命」〉
	4月	教養学部教養学科アメリカ分科主任（～46年3月）
	8～9月	朝日洋上大学講師
45年（1970）	1月	日本英文学会編集委員（～49年3月）（47年4月～49年3月副委員長）
46年（1971）	5月	日本学士院賞受賞 （『近代文学におけるホイットマンの運命』研究社、45年3月）
47年（1972）	4月	大学院（英語英米文学専門課程）出講（～平成5年3月）
48年（1973）		日本学術振興会派遣在外研究員（米国ニューヨーク州立大学オルバニー校）
49年（1974）	4月	アメリカ学会理事（～55年3月）（51年4月～55年3月　常任理事）
		アメリカ学会編集委員長（～51年3月）

	8月8日	**R・M・ニクソン大統領、下院司法委員会で弾劾を可決されて辞任**
51年（1976）	4月	大学院（比較文学比較文化専門課程）出講（〜平成5年3月）
52年（1977）	7月	日本エッセイスト・クラブ賞受賞 （『サーカスが来た！　アメリカ大衆文化覚書』東京大学出版会、51年12月）
53年（1978）		米国カリフォルニア大学（UCLA）日米文化研究会議顧問
54年（1979）	10月	教養学部教養学科アメリカ分科主任（〜58年9月）
55年（1980）	8月	アメリカ研究札幌クールセミナー 全体会議報告「ハイフン付きアメリカの心」
	12月	日米友好基金図書賞受賞 （『サーカスが来た！　アメリカ大衆文化覚書』　前掲）
58年（1983）	4月	大学院（総合文化研究科地域研究専門課程）出講（〜平成5年3月）
59年（1984）	4月	日本比較生活文化学会会長（〜平成5年3月）
	8月	教授
平成2年（1990）	4月	指定職
	10月	教養学部外国語科科長兼英語教室主任（〜3年9月）
5年（1993）	3月	東京大学定年退職
	4月	東京女子大学（現代文化学部）教授

平成 6年（1994）	8月	「アメリカ文学の古典を読む会」発足（第一期～11年8月、第二期～17年8月） 同会編『亀井俊介と読む 古典アメリカ小説12』（南雲堂、13年7月） 同会編『語り明かす アメリカ古典文学12』（南雲堂、19年3月）
	10月	大佛次郎賞受賞 （『アメリカン・ヒーローの系譜』研究社、5年11月）
7年（1995）	3月	東京女子大学退職
	4月	岐阜女子大学教授
8年（1996）	4月	「岐阜女子大学英語英米文学会」発足、運営委員（～28年3月）
	7月	立命館大学文学部人文総合科学インスティテュート開設記念講演会講演 演題「文学・文化を比較すること」
9年（1997）	7月	大学設置・学校法人審議会専門委員（大学設置分科会）（～12年3月）
11年（1999）	5月	（東京）「みみづくの会」発足（～現在） 亀井俊介編『アメリカの旅の文学――ワンダーの世界を歩く』（昭和堂、21年5月）
12年（2000）	4月	日本マーク・トウェイン協会会長（～15年3月）
13年（2001）	**9月11日**	**ニューヨークの世界貿易センタービル爆破ほか、同時多発テロ事件**
14年（2002）	8月	古希記念論文集 （平石貴樹編『アメリカ　文学史・文化史の展望』松柏社、17年3月）
18年（2006）	5月	「日本マリリン・モンロー・クラブ」発足、会長（～24年5月）

20年（2008）	3月	（岐阜）「木菟会」発足（～現在） 同会著、亀井俊介監修『現代人の愛の行方——二十世紀アメリカ小説を読む』（木菟会出版部、25年1月） 同会著、亀井俊介監修『現代人の生の深奥——二十世紀アメリカ前衛小説を読む』（木菟会出版部、28年1月）
	5月	叙勲、瑞宝中綬章
22年（2010）	10月	日本アメリカ文学会年次全国大会特別講演 演題「文学の〝研究〟と文学の〝営み〟　若き日の夏目漱石をめぐって」
23年（2011）	11月	「比較生活文化学会賞・亀井俊介賞」発足
25年（2013）	10月	ヨネ・ノグチ学会 Yone Noguchi Society 発足　代表（～27年10月）
27年（2015）	3月	和辻哲郎文化賞受賞 （『有島武郎——世間に対して真剣勝負をし続けて』ミネルヴァ書房、25年11月）
28年（2017）	4月	日本詩人クラブ詩界賞 （『日本近代詩の成立』南雲堂、27年11月）

索 引

- 日本語の項目は五十音順、欧文の項目はABC順に配列した。
- 著作は、その作者名の下に収めた。ただし、亀井俊介氏の著作については、著作名で立項した。
- 本書冒頭の目次に掲げた小見出しなども適宜ご利用いただきたい。

あ

か

さ

た

な

は

亀井俊介（かめい・しゅんすけ）

1932年、岐阜県生まれ。1955年、東京大学文学部英文科卒業。文学博士。東京大学名誉教授、岐阜女子大学教授。専攻はアメリカ文学、比較文学。著書に『近代文学におけるホイットマンの運命』（1970年、日本学士院賞受賞）、『サーカスが来た！アメリカ大衆文化覚書』（1976年、日本エッセイスト・クラブ賞受賞）、『アメリカン・ヒーローの系譜』（1993年、大佛次郎賞受賞）、『有島武郎』（2013年、和辻哲郎文化賞受賞）、『日本近代詩の成立』（2016年、日本詩人クラブ詩界賞受賞）ほか多数。本書「著作目録」「年譜」も参照。

亀《かめ》井《い》俊《しゅん》介《すけ》オーラル・ヒストリー
戦《せん》後《ご》日《に》本《ほん》における一《いち》文《ぶん》学《がく》研《けん》究《きゅう》者《しゃ》の軌《き》跡《せき》

二〇一七年四月三〇日　初版発行

著者　亀《かめ》井《い》俊《しゅん》介《すけ》
発行者　関戸雅男
造本装幀　岡　孝治
発行所　株式会社 研究社
〒一〇二-八一五二
東京都千代田区富士見二-十一-三
電話　編集　〇三-三二八八-七七一一
　　　営業　〇三-三二八八-七七七七
振替　〇〇一五〇-九-二六七一〇
http://www.kenkyusha.co.jp
印刷所　研究社印刷株式会社
定価はカバーに表示してあります。
万一落丁乱丁の場合はおとりかえ致します。

ISBN 978-4-327-48165-0　C3098